从来念念不忘

莲沐初光 / 作品

河北出版传媒集团

花山文艺出版社

图书在版编目（CIP）数据

从来念念不忘 / 莲沐初光著. —石家庄：花
山文艺出版社，2016.8（2020.3重印）

ISBN 978-7-5511-2943-5

Ⅰ.①从… Ⅱ.①莲… Ⅲ.①长篇小说－中国
－当代Ⅳ.①I247.5

中国版本图书馆CIP数据核字(2016)第177053号

书　　名：从来念念不忘
著　　者：莲沐初光
策划统筹：张采鑫
特约编辑：廖晓霞
责任编辑：卢水淹
责任校对：齐　欣
封面设计：刘　艳
内文设计：米　籽
美术编辑：许宝坤
出版发行：花山文艺出版社（邮政编码：050061）
　　　　　　（河北省石家庄市友谊北大街330号）
销售热线：0311-88643221/29/35/26
传　　真：0311-88643225
印　　刷：三河市华东印刷有限公司
经　　销：新华书店
开　　本：880×1230　1/32
印　　张：8.5
字　　数：260千字
版　　次：2016年10月第1版
　　　　　　2020年3月第2次印刷
书　　号：ISBN 978-7-5511-2943-5
定　　价：45.00元

从来念念不忘

Contents | 目 录

Conglai niannianbuwang

从来念念不忘

Contents 目 录

第一章
斯人若彩虹，遇见方知有

总有一天，
会有人带我去远方，
去看星光，
去看大海。

莳莳十三岁的时候，最喜欢玩的游戏是装死。

初夏，麦田被日光染成金箔色，掀起温柔的波浪。莳莳穿着红色的碎花裙，站在田埂上，然后直挺挺地往后倒去。躺在软乎乎的麦秆上，她蜷曲起身体作林黛玉诀别贾宝玉状。

男孩子们呼啦啦地围上来，对着她干号，诉说着心中的悲痛：什么期末考试没办法小抄啦，什么怀念她做值日时的回眸一笑啦，什么怀念她发给他们的巧克力奶糖啦……总之，这个游戏让莳莳觉得自己无比重要。

莳莳最讨厌别人在这个时候打扰她。可是那天，隔壁家的阿牛偏偏没眼色地跑过来大喊："莳莳，先别死，你家里来人啦！"

家里来人又不是什么稀奇事。

每逢月中，总有一辆锃亮的黑色小轿车停在她家门口，送来大堆衣物和吃食，据说都是城市里时兴的。对于送礼物的中年男女，莳莳的印象不是很深，只记得他们衣着光鲜，笑容可掬。方脸盘的男子有些严肃，鹅蛋脸的女子只会假笑，他们会用火腿肠逗弄她喊爸爸妈妈。

蒔蒔本以为爸爸妈妈这次只是来送礼物，可是刚进门，就看到姑婆抹着眼泪："妮子，苦日子到头了，你可以回家了。"

爸爸妈妈笑得和善："蒔蒔，跟我们回家吧。"

阿牛比她还兴奋："蒔蒔，从此以后你就是城里人啦！"

所有人都比她欢欣鼓舞。

家。

城里人。

爸爸妈妈。

蒔蒔觉得自己的想象力太匮乏，无法勾勒出任何一个概念的轮廓。她向堂屋的屋檐下扫了一眼，发现自己的行李已经被打包好了。

没有人问过她的意见。

泪眼婆娑地告别姑婆和阿牛，蒔蒔坐上小轿车。她向窗外张望，在麦田里玩装死的小伙伴们都回来了，站在姑婆身旁向她挥手。

她鼻子突然有些酸。

"蒔蒔，你有什么愿望吗？"车内的气氛和空调一起降至冰点，岳晞容终于打破了沉默。年近四十的她保养良好，举手投足都有一种贵族范儿。

蒔蒔犹豫了一下，才低声说："我想去看大海。"

果然，夏爸爸和岳晞容委婉拒绝女儿的请求。在他们眼里，要趁这个暑假将这个灰头土脸的小姑娘变得洋气起来比较重要。还有，让每位家长都操心的一件事——功课。

"蒔蒔，现在海边的阳光太毒了，我们还是等一等再去。"岳晞容掏出湿巾擦拭着夏蒔蒔手上的泥土，"再说，开学后你就要插班，赶紧上补习班把功课追一追。"

愿望落空并没有让蒔蒔有一丝一毫的难过。

去看大海,本来就要和最重要的人一起去看才有意义。而爸爸妈妈,不算。

蒔蒔眯着眼睛看茶色车镜上的折射点，在心里喃喃自语。

总有一天，会有人带我去远方，去看星光，去看大海。

如果生活是一场戏，那么莳莳觉得自己一定走错了剧组。

自己本来应该在尘土里摸爬滚打，怎么会突然成了衣着光鲜的小千金呢？

夏家所在的小区毗邻湖水，风水上占了优势，据说当年的开发商费了好大力气才拿到的地皮。小区内的景观自然不用说，绿树成荫，枝繁叶茂，健身区紧紧挨着娱乐区，许多孩子在玩滑梯，家长们一边看着一边使用健身器材，整个画面其乐融融，完全不同于姑婆所居的小镇。

莳莳难受地扭了下腰肢，蕾丝裙子虽然很漂亮，但是裙角刮在皮肤上，又痒又难受。

"这就是……家？"莳莳觉得那一排排的高层住宅楼像是鸽子笼。如果人不会飞，关在里面一定很难受。

岳晞容并未觉察到女儿的心思，温柔地回答："是的，宝贝儿，我们到家了。"

即便是这样温情的时刻，夏爸爸也没有吭声。夏莳莳顿时敏锐地觉察到，也许爸爸并不像妈妈那样喜欢她。

"来，莳莳，按下这个。"岳晞容示意她按下电梯上的上行键。莳莳犹豫着按下去，发现面前的铁门开了，里面是一个小房间。

莳莳惊慌失措地后退，后背抵上一股推拒力。她抬头，夏爸爸正严肃地看着她："这是电梯，我们家住在十五楼，你要赶紧学会独自乘坐电梯。"

电梯门缓缓关上，莳莳努力忍住那股不适的感觉，强迫自己盯住不断上升的数字。

只是她没想到，更为痛苦的还在后面。

"滚开！"刚打开门，一只枕头就不轻不重地砸在莳莳的脑门儿上。莳莳跟跄地跌坐在光洁的地板上，惊讶地看着面前的一切。

茶几上堆满了卫生纸，而坐在沙发上的美丽小女孩儿已经哭成了泪人儿，大颗大颗的泪珠儿挂在精致的脸颊上。她看上去近乎虚脱，但右手还有力气抓起另一只抱枕。如果不是夏爸爸制止了她，莳莳恐怕还要挨第二下。

"小雪，你胡闹什么！赶紧给我收拾整齐！"

岳晞容将莳莳扶起来："莳莳，那是你姐姐夏暮雪。以前我们从没告诉过她还有个妹妹……走，上前去打个招呼啊。"

话音刚落，夏暮雪已经声嘶力竭地喊起来："谁有妹妹？我没有妹妹！让她滚，滚！"

"啪！"

清脆的掌声掐断了夏暮雪的喊叫，她憎然捂着脸颊，瞪着震怒的夏爸爸，声音发抖："爸，你为了这个乡巴佬打我？"

"闭嘴！你声音这么大，怕左邻右舍听不到吗？"夏爸爸阴沉着脸坐下，双手交叉，"都给我过来，我有几句话要交代。"

也许爸爸是要让夏暮雪道歉吧？这会不会让她更加仇视自己？

莳莳忐忑不安地紧挨着岳晞容坐下。

可她很快发现自己想多了。

因为夏爸爸开口说："莳莳，你以后在外面要喊我们叔叔阿姨，在家才可以喊爸爸妈妈，有人问起你从哪里来，你就说是夏暮雪的乡下小堂妹，来城里借读的。"

莳莳呼吸一室。

她扭头茫然地看妈妈。岳晞容面容淡定地看着茶几上的玫瑰花纹，似乎没有觉察到任何不妥。

"为什么要这样？"

夏爸爸说："小孩子不要过问太多大人的事，总之你要听话。"

夏暮雪也微愕，随即嘴角露出一抹幸灾乐祸的笑容："这样就更好了，最好谁都不知道我有个妹妹。"

"小雪。"岳晞容忍不住了。

夏爸爸还是袒护大女儿的："晞容，让小雪有个缓冲时间来接受莳莳吧。"说完他看向夏暮雪，"小雪，你不要以为妹妹会分走我们的宠爱。以后她有的，你也会有。"

我有的，她也会有？

莳莳觉得这句话可笑极了。夏暮雪本来就什么都有，而一无所有的人是她才对。

夏暮雪站起身："爸，你能这样说最好了。"说完，她白了莳莳一眼，转身回了房间。

莳莳呆坐着，觉得身下铺着针毡。她莫名想起了装死游戏，如果她现在装死，那么夏暮雪肯定会大笑三声。

"为什么要喊你们叔叔阿姨，难道我不是亲生的？"

岳晞容终于有些不忍，劝说着："莳莳，因为某些原因，我们不能认你，你体谅一下爸爸妈妈好不好？"

体谅？

谁会需要一个孩子的体谅和成全呢？她只觉得胸口沉闷，仿佛有一只小野兽在黑暗中睁开了发光的眼睛。

多年后莳莳想起这一天，用了无数个贬义词来形容。无忧无虑的小镇生活不见了，取而代之的是"兵荒马乱"的青春期。

莳莳常常想，自己的身世会不会成为一个永久的谜？

—3—

为什么自己是亲生的，却要生活在乡下？

为什么被接回了家，却要在人前喊他们叔叔阿姨？

没有人给她答案，有的是讳莫如深的态度，仿佛她就是一个瘟神，浑身都充满了禁忌。

没过几天，莳莳就开始跟着姐姐夏暮雪上补习班。她们的大提琴老师有澳洲留学经历，英文名叫作 Ann。莳莳被 Ann 的美貌震惊了一把，这大概是她所见过最好看的女人。

Ann 轻蹙秀气的眉头，看着莳莳抱着几乎和自己同等身高的大提琴，饶有兴致地用手指拨动上面的琴弦。

"铮"的一声。

Ann 终于忍不住了："莳莳，琴弦不是用拨的，你可以在旁边看我们怎么演奏。"

莳莳用力地点头。她是第一次看到大提琴，其诧异程度不亚于看到了宇宙超人。

怎么会有这样曼妙的乐器呢？像年轻女子的身体，优雅、流畅、富有活力和想象力。

坐在一旁的夏暮雪扑哧笑了出来："老师，你别管她，她没见过世面，就是这样土里土气。"

"你们是姐妹？"

"只是堂姐妹，远房的。"夏暮雪生怕莳莳和自己扯上太过亲密的关系，急急地辩解。

Ann 点头，翻开琴谱。夏暮雪又举手问："老师，谢峥然今天不来上课了吗？"

"他晚点儿来。"

"哦。"

莳莳注意到，夏暮雪的表情有些失落。莳莳小心翼翼地开始拉琴，可惜琴声刺耳得像铁夹下挣扎的老鼠叫声。等到夏暮雪拉到练习曲的高潮部分时，莳莳又不小心碰翻了琴谱。一连串稀里哗啦的声音，彻底让夏暮雪忍无可忍地放下了琴。

"莳莳，你给我出去！"

Ann 皱起眉头："小雪，莳莳可以不碰琴，坐在一边旁听。"

"那也不行！她把我练琴的心情都给毁掉了！"夏暮雪攥紧了拳头喊，"你知道一小时的授课费用是多少钱吗？足够你姑婆生活一个月！"

莳莳被这个真相吓住了。如果知道大提琴课这么昂贵，她一定会安分守己到下课。

最后，莳莳被赶到角落，不许发出任何声音。之所以没有被赶出琴房，是因为六月的天气变化快，早上还艳阳高照，现在已经是乌云密布，雨水倾盆。

雨幕铺天盖地地袭来，夹杂着的还有隆隆的雷声。在雷声雨声中，夏暮雪终于完成第一支练习曲。

没有人搭理莳莳，于是她百无聊赖地将目光放在窗外。不知不觉中，这场夏雨停了。

"我们现在将这支练习曲再来一遍，这次你要注意情感的变化……"Ann还在向夏暮雪讲解。

莳莳见没人注意她，试着将窗户推开一条缝，顿时嗅到了泥土特有的清新芬芳。Ann的家布置得十分雅致，院子里围着欧式铁艺，缠满了粉色蔷薇。这些比大提琴更让她感到惊喜。云后的阳光在蔷薇枝叶上映出微弱的七彩光，少女就在那一刻笑起来。

就在这时，有人推开了小院的雕花铁门，发出轻微的声音。

莳莳忽觉心脏停跳一拍。

那是一名年纪和她相仿的少年，穿白衬衫和篮球鞋，裤腿上居然没有沾上一星半点儿的泥点。他抬眼向窗户这边望过去，眼中淡漠疏离得像冰镇汽水，只靠近就足以感觉到寒意。

尽管冷漠，但无损他的致命风华。因为逆光，所以阳光透过雨露在那些蔷薇丛上架起了一座小小的彩虹。从莳莳的角度望过去，他仿佛从彩虹中来。

那是莳莳第一次看到谢峥然演奏大提琴，也是唯一一次。

他静静地坐在那里，白皙的手指瘦得惊人，神经质地用琴弓和琴弦碰擦，却能制造出最震撼的乐音。

如果说夏暮雪的乐曲是一条清流，那么谢峥然的音乐就能让空中飞满了安琪儿，支起耳朵就能听到天堂。

莳莳不懂得分析乐曲中的情感层次，只知道他怀抱大提琴的样子无比迷人，像拥抱着自己心爱的情人。一曲终了，Ann忍不住鼓掌："峥然，你这次考级肯定没问题了。"

"我不考级。"

"你说什么？"Ann很吃惊。夏暮雪干笑了两声："谢峥然，你开什么玩笑。"

他已经开始收拾东西："我不考级的。"

Ann 的脸上现出遗憾，仿佛目睹有人暴殄天物："你是我见过的最有潜力的学生，也说过想去维也纳的，就这么放弃了？"

"对。"

"那你把琴砸掉好了，反正你以后也不需要了。"Ann 赌气地说了一句。没想到谢峥然居然停了手里的动作，淡淡回答："好哇。"

死一般的沉寂。

他掏出手机在琴谱架上固定好，然后起身离座。就在莳莳还没反应过来的时候，他已经将手里的大提琴狠狠地砸向地面。大提琴不堪重击，和木质地板剧烈碰撞后发出碎裂的声响。Ann 捂住耳朵尖叫起来，夏暮雪脸色煞白。

"住手！"

警告声并没有让他的动作停止。

莳莳忽然觉得谢峥然砸琴的样子真帅，鬼使神差地开始鼓掌。

直到大提琴的琴弦断了好几根，琴身也裂了好大一个口子，谢峥然这才停了手。夏暮雪已经哭了："峥然，这琴陪了你好几年啊，几十万……"

几十万！

莳莳震惊了。那大概是能堆到她膝盖的一摞钞票，没想到不到五分钟就被谢峥然挥霍殆尽。

"不想学琴了，就砸了。"谢峥然在手机上操作了几下，然后放回口袋，原来他刚才在录像。

Ann 的脸色非常不好看，良好的修养还是没能阻止她发火："谢峥然，你太过分了，这是干什么？"

"最后一堂大提琴课。"谢峥然的笑容满含不羁和轻蔑。

"就算是不上了，也不能破坏乐器，你这是不尊重音乐。"Ann 说。

"我只是觉得，你教不来最纯净的音乐。"谢峥然掷地有声地扔下一句话。

Ann 的脸唰地红了。

直觉告诉莳莳，谢峥然和 Ann 之间应该是发生了矛盾。莳莳对谢峥然的印象从彩虹直接过渡到银月大弯刀，尖锐的，恶狠狠的，不容抵抗的。

—4—

莳莳很快就知道了谢峥然为什么要砸琴。

从夏暮雪的碎碎念中，莳莳整理出这样一条线索：谢峥然是离异家庭，当时父母离婚时，爸爸无情地将妈妈扫地出门，妈妈从此不知所终。从此谢峥然就恨上了爸爸，凡事都要和爸爸对着干。因为爸爸想要他考级，所以他就用砸琴来示威。

"有钱人真是神经病一样，反抗一下都要浪费掉几十万。"夏暮雪坐在小汽车里，回忆起刚刚结束的大提琴课，咂舌惊叹。

"那他妈妈再也没有和他联系过？"莳莳好奇地问。

"没有，人间蒸发了，真狠心。"夏暮雪往车窗外一指，"土包子，你看，那是谢峥然妈妈留下的一座电影院。有钱人哪……"

那是本市的黄金位置，电影院门口挂着各种院线最新电影的预告，花花绿绿的，都是活色生香的爱情故事。

莳莳跟在夏暮雪身后进了电影院。夏暮雪拿出千金大小姐的派头问工作人员："喂，谢峥然来过这里吗？"

工作人员茫然地点头。

倒是旁边爆米花摊位上，一个尖锐的嗓音响起："夏暮雪，别费劲了，他没来这儿。"

说话的是一个打扮时兴的女生，挑染了一缕紫色头发，双层雪纺的上衣，牛仔 A 字裙，脚踩一双奶油色的松糕鞋。她不友好地盯着夏暮雪和莳莳。

夏暮雪轻蔑地说道："喵喵，你在这里卖爆米花，不也是为了见谢峥然吗？咱俩彼此彼此。"

"贴得那么热乎，他理过你吗？"

"恐怕也没理过你。"夏暮雪掏出一张钞票，"来一桶爆米花。"

喵喵翻了个白眼："卖谁也不卖给你！"

　　刚说完，喵喵身后的小门就开了。一个中年妇女走出来，狠狠地在喵喵的头上敲了一记栗暴："怎么跟顾客说话呢你？！"

　　喵喵疼得龇牙咧嘴，拉住中年妇女念叨："妈，夏暮雪在学校老跟我作对，是我的死对头！"

　　夏暮雪机灵地换了一副表情："阿姨好。"

　　中年妇女立即谄媚地笑："小同学好，要爆米花是吧？"然后凶神恶煞地瞪了喵喵一眼，"你和谁都是对头！还不快弄爆米花去？"

　　喵喵噘着嘴盛了满满一桶爆米花递过来。

　　茚茚眼睛眨也不眨地看着那个中年妇女。没有谁比这个中年妇女更像一个爆米花的摊主了——烫成小卷的头发，呈现出圆圆的小山形状，关键还染成了黄色，加上那张国字脸，远远看去就像一桶爆米花。

　　茚茚扑哧一声笑了出来，换来喵喵狠狠的一记白眼。

　　"谢谢阿姨，我不会跟喵喵计较的。"夏暮雪得意扬扬，一边往嘴里扔着爆米花，一边向售票柜台走去。来都来了，她打算看一场最新上映的电影。当然，没有茚茚的份。

　　"你在这里等我。"夏暮雪留下一句话，就往放映厅走去。

　　茚茚靠在玻璃橱窗上，闻着爆米花的甜香，哈喇子差点儿流下来。中年妇女递给她一小桶爆米花："来，这是送你的。"

　　"谢谢阿姨。"

　　"哼。"喵喵翻白眼。

　　茚茚不在意，将爆米花吃出了满汉全席的感觉。最后喵喵终于忍不住了，问她："你是夏暮雪的亲戚？"

　　"远房堂妹。"

　　"果然猜中了，难怪都那么讨厌。"喵喵有一张刀子嘴。茚茚吃着爆米花，含混不清地问："你喜欢谢峥然，所以才讨厌夏暮雪吗？"

　　喵喵目瞪口呆，抓起一把爆米花塞进她嘴里："闭嘴！"

　　幸好中年妇女在招呼客人，没有听到这句。喵喵做了一个恐吓的手势："喂，你要是敢在我妈面前乱说，我可是会揍你的哦！"

莳莳懵懂地点头。

喵喵嫌弃地将一本杂志塞进她怀里："没事干就看看这个，少说话。"

那居然是一本《知音》，莳莳饶有兴趣地问："这个讲什么的？"

"家庭八卦。"喵喵闲闲地回答，"我可不爱看。"

家庭？

莳莳忽然觉得，自己的身世之谜也许可以从这本书里找到答案。

—5—

那天因为电影太沉闷，所以夏暮雪只看了半个小时就出来了。她拎走了莳莳，所以莳莳自然没能够从那本书里找到答案。

但是这不代表着，莳莳就此放弃。

莳莳一直在琢磨自己的身世，为什么自己明明是亲生的，家人却不让她告诉任何人自己是夏家的二女儿？这背后一定有一个惊天秘密。

十三岁正是做梦的年纪。莳莳小小的身体里有一个闷热又潮湿的天地，能让任何心事腐烂或者发酵。

机会很快就来了。

暑假的补习班结束，夏暮雪约好和同学一起唱歌，所以莳莳可以单独回家。莳莳走向街边的报刊亭。报刊亭里，一个干瘦的男老板正在整理着手头的杂志，看到莳莳走过来，立即热情地招呼："小姑娘，要什么书？"

"有《知音》吗？"

男老板愕然，嘿嘿地笑："小姑娘，这个可不适合你看哪。"

莳莳将一张十元人民币掏出来。

"小姑娘是买给妈妈看的吧？来，这里有减价处理的，我卖你十元四本。"男老板眼里闪着生意人的精明，将几本《知音》递给了她。莳莳接过来，看到其中一本的封面上，"情杀""情爱"几个词硕大无比。

"家长都反对孩子看这种杂志吗？"结合老板的态度，以及这些重口味的关键词，莳莳忍不住问。

男老板将十元钱揣进口袋，满不在意地回答："当然了，不过你别让爸妈看见不就成了。"

莳莳点点头，将杂志放进书包，告别了男老板。她口袋里只剩下一个汉堡的钱，足够她有理由在肯德基里待上两个小时了。

狼吞虎咽地吃完汉堡，莳莳开始翻看杂志，很快就被里面的故事所吸引住了。等她看完四本杂志，已经过去了两个小时。

莳莳觉得，她终于明白自己的身世了。

家人不让她人前喊爸爸妈妈，爸爸不喜欢自己，将自己放在乡下养了十三年……多么像其中一个故事。

在那个故事里，女主人翁婚内出轨，生下老情人的孩子，结果被丈夫知道了真相。丈夫痛恨那个孩子，狠心将孩子放在乡下养育。后来耐不住女主人翁的苦苦哀求，丈夫也想试着伟大一次，于是允许妻子将孩子接回来，条件是孩子不能喊他爸爸。很快新的问题出现了——丈夫每次看到妻子和那个孩子亲昵，就会联想到妻子和旧情人的往事。最后，丈夫终于忍受不了妻子的背叛，手刃孩子，血溅当场。

莳莳将自己代入了故事中，发现每一处都是那么吻合。

难道自己是妈妈和别人的私生子？那爸爸该忍受着怎样的煎熬？他不会被仇恨蒙上了眼睛，想要杀了她吧？

莳莳霍地站起来，冲出了肯德基。夜风还未散去暑热，扑在皮肤上热热的，可是她感觉整个人是那么凉。

她在大街上茫然走着，半天才想起要去汽车站坐回乡下的车。可是一摸口袋，所有的钱都已经用来购买杂志和吃汉堡了。

怎么办？她会不会被虐待，会不会被杀害？

"姑婆，姑婆救救我……"

莳莳蹲在路边，号啕大哭起来。来往行人如织，却无人为她驻足，更让她感到绝望和无助。

不远处的灯影下，一个熟悉的身影慢慢走过来。不久之前，他眉头不皱地砸碎了一把大提琴。你不得不佩服"气场"的玄妙——有人整日唯唯诺诺，有人连影子都可以锐利如剑。

莳莳想也没想，就冲了上去："谢峥然，救救我，有人要杀我！"

他盯了她一眼，似乎在想她是谁。

"是我，我是夏暮雪的……堂妹！一起上大提琴课的。"莳莳慌乱地解释。谢峥然终于"哦"了一声。

"想起来了？"她惊喜。

"不记得。"

莳莳泄气，泪水在眼眶里越蓄越多："你能不能救我？有人要杀我。"

"你先告诉我怎么回事。"

莳莳将自己的"悲惨遭遇"一五一十地说了出来。谢峥然听完，表情十分精彩。他伸出两根手指，嫌弃地提起她的衣领："走，我送你回家。"

"可是……"

"不会有人杀你，相信我。"谢峥然斩钉截铁地说。

这个人怎么能这样呢，毕竟是人命关天的事，居然这么轻描淡写。莳莳拧巴起来，眼泪都蹭到了谢峥然的袖口上，哭得喉咙嘶哑。终于，谢峥然受不了来往行人的指指点点，无奈地叹气："别哭了。"

莳莳抬起一双泪眼，她看到昏黄的路灯下，那个人原本冷若冰霜的表情已经瓦解，居然露出了几分温柔。

他说："如果有人要打你，我就帮你打回去。"

"要杀我呢？"

"我帮你杀回去。"

莳莳整个人都愣住。

这是一种很神奇的感觉，就好像大地在颤动，轰隆隆地垒起万丈高墙，有他护她在世界的中央。

他的目光虽然没有温度，但坚定无比。那一刻，她鬼使神差地点了点头。

"走吧。"谢峥然走在她的前面。莳莳低着头，走了好一会儿才想起来问："你知道我家住哪儿？"

"知道。"

她居然想不到下一句该问什么，仿佛他说什么都是理所当然的。苘苘眯起眼睛，看着少年的衬衫袖口下露出的细瘦胳膊，突然忍不住脸红起来。

他仿佛哪里都和别的男生不同，包括一个眼神、一个动作，甚至气味，都染不上半分夏天的焦躁。

-6-

那天，苘苘失眠了。

她喜欢玩装死游戏，但不喜欢真的死去。小小的少女，开始有了侦探的头脑，懂得将床一分为二，在外侧的被子里埋着枕头，自己则靠着墙壁入睡。这样的话，就算爸爸拿着刀对自己不利，也会误刺枕头，同时让自己惊醒。

半睡半醒的时候，她梦到了谢峥然。就在危急时刻，他矫健地破窗而入，伸腿踢掉爸爸手里的刀，然后向她大喊："快逃！"

……

岳晞容并没有发觉女儿的反常，只是一个劲地改造苘苘。她给苘苘做酱汁排骨，买许多带着可爱图案的新衣服，用高档发膜将她的头发护理得柔顺了许多，还煞费苦心地在浴缸里加上牛奶，想要她的皮肤变白一些。

效果是立竿见影的，短短一个星期，苘苘已经脱去了大半的乡土气，变得高挑清秀，隐约有了美少女的影子。

用夏暮雪的话说，苘苘的变化就是土鸡换了一身孔雀毛。

真孔雀也好，假孔雀也罢，只是岳晞容的虚荣罢了。

苘苘将房门留了一条缝，依稀听到岳晞容说："我岳晞容的女儿，一定要是最优秀的！我不能看着苘苘头脑这么聪明，吃穿用却比别人差一截。"

夏爸爸悠长地叹息一声："再优秀又怎么样，还不是个女儿。"

"女儿怎么了？女儿是父母的小棉袄，贴心！就你还是老思想！你堂堂局长有本事，去找个能给你生儿子的呀！"

"你怎么又乱说话？我不是这个意思……"

"那你是什么意思呢？不就是想要儿子吗？"

之后的谈话，莳莳就听不到了，也听不太懂。为什么儿子要比女儿重要呢？为什么爸爸总是不喜欢自己呢？

正想关上门，莳莳忽然听到夏爸爸说："……好了，咱们都各退一步，不要吵了，明天晚上老谢要带着儿子来咱们家……"

"老谢？他儿子听说挺有出息的。"

"不就是小雪整天念叨的那个男生嘛。"

"哦……谢峥然？"

"对，就是他。"

莳莳万万没有想到，谢峥然居然和自己家有交情。她兴奋得一跃上床，结果不小心撞到了书柜。"咚"的一声，一排书本稀里哗啦地倒在地上。

—7—

再次见到谢峥然，莳莳有些心虚。

她紧张地坐在餐桌一角，不时地看向谢氏父子。谢峥然半垂着眼皮，洁白的衬衫下露出一点儿触目惊心的锁骨，手上有条不紊地剥着油炸虾，很少开口说话。她这才放心下来。

"来，尝尝我的拿手菜，老夏经常念叨呢。"岳晞容热情地让菜。夏暮雪则眼疾手快地夹起一筷，塞进谢峥然的碗里。

"谢峥然，你吃啊。"夏暮雪甜甜一笑。

谢峥然低头吃虾。他吃虾很有技巧，手指和牙齿配合默契，灵巧几下就剥除了虾皮。

两个年龄相仿、同样美貌的青春期孩子，彼此间有一种难以言喻的向心力。三个大人似乎捕捉到了什么危险的因子，顿时心情复杂。夏爸爸和谢父都是深藏不露的人，表面上不动声色，只有岳晞容露出忧色。

"小雪，你也太不懂事了，只让谢峥然，不让你谢叔叔。"

夏暮雪嘟起小嘴巴，委屈地说："谢叔叔，对不起，我帮你盛汤。"

谢父谦让一回，就让夏暮雪取走了面前的碗。他颇有深意地扫了一眼莳莳："老夏，这孩子以前没见过啊？"

"乡下亲戚的孩子，以前接济过我们的父辈，作为报答，我们打算让她在城里读书。"夏爸爸编起谎话来滴水不漏。

谢父也没有多问，只是接过碗来喝汤。宴会的气氛一时间有些胶着。

好在夏暮雪转移了话题："谢叔叔，峥然为什么不学大提琴了？"

谢父的脸色不佳："这孩子任性惯了，我管不来他。"

谢峥然就像没听到一样，依旧手指灵巧地剥虾。岳晞容忍不住说："峥然，你比小雪学得好，不继续学大提琴太可惜了。"

"是啊，太可惜了。"

莳莳偷偷去看谢峥然，他依旧是冷峻的样子，嘴角却多了一丝不屑的笑意。

"不可惜，"谢峥然淡淡地说，"我觉得 Ann 老师没有纯粹的乐感。"

谢父终于有些发火了："你说她没有乐感，就没有乐感了？人家是从澳洲回来的大提琴手！"

"澳洲又怎么了？一个人行为不端，手里的音乐也会变味。"

莳莳仿佛能够看到一团蘑菇云从谢父的头顶上冒出来，那是充满恨铁不成钢的愤怒。岳晞容赶紧劝和："算了吧，老谢！孩子愿意做什么，就让他做什么吧。"

夏暮雪也吓坏了，不知所措地给谢峥然夹了许多龙虾。他这次笑意更甚，心安理得地照单全收，然后埋头吃虾。

"我去洗手。"莳莳察言观色，从椅子上跳下来走向洗手间。

将手洗干净之后，她并没有急着回餐厅，而是想起了一个小小计划。她悄无声息地溜进自己房间，翻出那四本《知音》杂志，抱着潜入了夏暮雪的房间。

夏暮雪的房间是精致的少女风，有些淡淡的熏香。莳莳凭借着窗户透过的一点儿灯光，快速将四本《知音》塞到床单下面。

做完这一切，她像没事人一样溜回到了洗手间，故意将水龙头开得哗啦啦响。

计划进行顺利。

她看着镜中的自己，得意地笑了起来。

旁边冷不丁地伸出一只手，将水龙头按下。莳莳吓得差点儿惊叫起来，恍然发现谢峥然不知何时走了进来。

"你刚才在做什么？"他似笑非笑地扭头看她。

"没做什么。"莳莳忍不住心虚。

谢峥然甩了甩手上的水珠，一边擦手一边漫不经心地说："对了，你还在纠结那天那个问题吗？"

莳莳茫然抬头，终于记起了那天晚上，她在他面前哭诉有人要杀她的事情。其实她后来想想，把自己家里的狗血八卦透露给他，也挺不好意思的。只是当时害怕得要命，她就没想到这一层。

她睁大眼睛，如同一只萌萌的小兔子："当然纠结了，人命关天的事。"

他"扑哧"一声，轻笑出声。

谢峥然笑起来很好看，眼睛弯起来，有微小光点在流动。他说："夏莳莳，你爸爸不让你在别人面前承认自己是夏家的亲生女儿，是有原因的。"

"什么？"

"解释起来太复杂了，总之就是，如果别人知道这个事实，那么你爸爸就做不成局长了，懂吗？"

莳莳很诚实地摇头。她不太理解计划生育政策，也不太明白局长对于爸爸的意义。

谢峥然无奈地叹气："算了，反正你以后会明白的。"

"我明白的就是'局长'的位子比我重要。"莳莳说，"我只是好奇，什么都比我重要，那我到底比什么重要呢？"

饭厅那边传来岳晞容的声音，大概是觉得莳莳消失太久，喊她回来吃饭。谢峥然笑着看她："你看，你妈妈还是觉得你很重要呢。"

"才不呢。"

"从现在开始，不要再说傻话，知道没？"他换了一副教训的语气。

苘苘的倔劲上来了："就不！我讨厌姐姐，讨厌爸爸妈妈。"

他眯起眼睛，忽然说："你讨厌姐姐，我看出来了。"

谢峥然的目光太犀利，以至于苘苘怀疑他洞穿了自己的内心，知道她刚才陷害夏暮雪的秘密。

他却没有苛责她，只是擦干净手，揉了揉她的头发。

"小骗子。"

—8—

"小骗子"三个字，让苘苘怎么都抬不起头来。谢氏父子临走时，她低着头不敢看谢峥然。

而那四本杂志，也终于发挥了它应该具备的作用。

岳晞容在帮夏暮雪铺床时，满脸怒容地从房间里走出来。她将杂志卷成筒状，狠狠地抽在夏暮雪的身上："你小小年纪，就看这种乌七八糟的书！整天打扮，不好好学习，我今天要好好教训你！"

岳晞容矜持惯了。她可以忍受女儿任性刁蛮，却无法忍受女儿变得世俗平庸。与其说不愿意看到明珠蒙尘，还不如说不愿意在同事面前丢面子。

她的大女儿，必须是谈吐优雅的大提琴手。这是她作为母亲给女儿的定位，也是家长的自尊心。

夏暮雪睁大眼睛，一边躲一边喊："这是什么书，怎么会在我房间里？我什么都不知道！"

"你还狡辩！不是你买的难道是你妹妹买的？"

"就是她！"

"胡说！"

当夏爸爸看清楚那是什么杂志，同样怒不可遏，和岳晞容一起将夏暮雪拉进书房。关上自己的房门，苪苪听到外面不时传来咒骂声和求饶声。

那个整天骂自己乡巴佬的小公主被狠狠地罚跪。计划成功了，苪苪却没有报复后的快感。

她脑海里回荡着谢峥然的那句话——

小骗子。

这句话，将她所有报复的快感都冲击得荡然无存。

第二章

拥有星星的小王子

◆

莳莳忽然间觉得这样的他有些陌生，
可还没等她想明白，
就听到他说："喂，把衣服脱下来。"

—1—

微博上有个段子是这么说的：人生中有三件让你总觉得没发挥好的事：考试、和喜欢的人聊天、和别人吵架。

莳莳大概是唯一一个期待高一开学的人。她掰着手指头算日子，想要在开学后见到谢峥然，向他解释自己不是小骗子，只是以牙还牙。

当时她和夏暮雪一起走进城南高中，发现公告栏已经聚集了很多人。莳莳使出吃奶的力气挤进去，热出了一头臭汗，才从细密如麻的分班公告里剔出她和夏暮雪的名字。

同时，还无可避免地看到了谢峥然的名字，那种感觉像是走在路上，突然被从天而降的蛋糕砸中，满头满脸的甜蜜。

莳莳乐滋滋地挤出人群："姐，咱们分的是三班。"

九月的日头不减毒辣，带着夏日的余火烘烤大地。夏暮雪站在一片树荫下，听到莳莳的话头也不抬，慢悠悠地说："早知道了。"

"你知道还让我去看分班公告？"

"这不是让你确认一下吗？"夏暮雪心不在焉地回了一句，目光在人群中转悠，似乎在寻找什么。

蒔蒔还想说什么，忽然眼角瞥见校门口处飞奔来一辆赛车，失控一般向这边驶来。

"嘎吱"一声，赛车稳稳停下。一个穿黑色Ｔ恤的男生从车上跳下，笑得春光灿烂："小雪。"

夏暮雪白了他一眼，拉起蒔蒔就往教学楼那边走。男生眼疾手快地挡在她面前，嬉皮笑脸地说："小雪，我也分在三班，以后大家还有三年同学可做。哎？这位是谁？"

蒔蒔看了眼男生染成金黄色的头发，流里流气的衣着打扮，忽然理解了什么叫作不良少年。

"这是我远房堂妹，夏蒔蒔。"夏暮雪毫不客气地说，"你的问题问完了，再见。"

"别走哇，我还没向小堂妹自我介绍呢，我叫许千山。"

蒔蒔只好敷衍地笑了一下。

"别逗了，你还是叫许阿毛比较合适。"夏暮雪轻蔑地弹弹指甲。

许千山哀号："小雪你别这么残忍。"

夏暮雪冷哼："别自作多情！"她打算绕过他离开，但许千山偏偏不让她如愿，胳膊一拦，充满了无赖意味。

蒔蒔直觉麻烦找上门来了。

三个人堵在这里成了一个小疙瘩，周围人来人往的，被人行注目礼的滋味可不好受。蒔蒔的脸烧了起来，莫名就想起了坐公交车时，在移动电视中看到的"防狼术"。

蒔蒔想也没想，对着许千山裆下飞起一脚。许千山全部注意力都集中在夏暮雪身上，未料到这"横空一脚"，顿时摔在地上，发出杀猪般的号叫声。

蒔蒔傻了眼，没想到自己一脚居然产生这么大的威力。

"你疯了？"夏暮雪尖叫。

蒔蒔蒙了，在书包里摸出一盒创可贴："这个给你，对不起。"

哈哈哈！

围观人群发出了不明缘由的爆笑声。许千山的脸涨得通红，蜷曲着身体，发出声嘶力竭的一声："滚！"

莳莳觉得众目睽睽，自然不能滚，所以就快快地走开了。三班的教室空无一人，大概都去围观刚才的壮举去了。

喵喵就在这时冲进了教室，语气夸张地使劲一拍莳莳的肩膀："夏莳莳，你这招太狠了！许千山不会放过你的。"

喵喵依旧是时尚的打扮，雪纺衫、恨天高的松糕鞋，眼皮上有闪闪的银粉。

"你也分到了三班？"

"是啊……这不是重点！"喵喵咽了一口口水，"到底发生了什么，你要对许阿毛这么狠？"

"当然是为了帮我姐。"莳莳回头四顾，正好看到夏暮雪走进教室。

"我不是你姐，只是你的远房堂姐！从今天开始不要说认识我，我和你老死不相往来！"夏暮雪气呼呼地坐下，"丢死人了！丢死人了！"

—2—

莳莳因为一脚而天下闻名。

全班同学都在绘声绘色地描述当时的场景，有人窃窃私语，有人偷笑连连，有人捧腹大笑。等许千山从卫生室回来，男生们集体问他是否安好。他红着脸回了座位，目光却是凶巴巴的。

许千山搜寻到莳莳，恶狠狠地冲着她喊："这梁子结大了，你等着！"

莳莳坐立不安，但这份不安来自于谢峥然——教室里的座位差不多已经满了，可是他还没有出现。

她频频向窗户外看去，终于看到了一个熟悉的身影。干净清爽的格子衫，剪裁十分修身，将他的身影衬托得十分挺拔清秀。他背着一只单肩书包，逆着淡金色的晨光，向这边徐徐走来。

莳莳只觉得周围的读书声一下子低了——不是错觉，是许多女生开始停止读书向外面张望。

"听说那个就是谢峥然哎，怎么会有这种人，学习好还会大提琴。"

"果然很酷哎，上学居然戴墨镜。"

莳莳这才发现，谢峥然和以往不同，他戴了一副巨大的墨镜，将他眉宇间的清冽遮去不少。

夏暮雪最先反应过来，热情地向谢峥然打招呼："谢峥然，我这里还有一个空位。"

"小雪，是我先问那个座位的。"许千山不满地咕哝。

夏暮雪白了他一眼："就是我帮谢峥然占的。"

喵喵坐在她身后，火药味十足地打了个哈欠："这么巧，我也帮谢峥然占位了。"

莳莳将这句话听进了耳朵里，忽然好奇谢峥然会选择做谁的同桌？

出乎所有人意料，谢峥然将墨镜抬了抬："我得了红眼病。"

夏暮雪的笑容凝在脸上，僵硬得如同面具。喵喵不知所措，目光挪往别处。谢峥然走向最后一排，将桌子重重地往后拖了几厘米，然后举手。

"报告老师，我得了红眼病，申请坐最后一排。"

他谁也没选。

班主任刚进教室，听到谢峥然的报告，很快就点了点头。于是晨读结束，高中生涯正式开始。

第一堂课是语文课，终于熬到下课，同学们三五成群地聊天，只有谢峥然一个人默默地坐在座位上。大概大家真的很怕传染上红眼病，本该是众星捧月的谢峥然，前所未有地遭到了冷遇。

莳莳走到谢峥然身边，刚想开口说话，就被他冷冷地顶了回来："红眼病会传染的。"

"那个，我是想说……"

"如果又是有人要害你那种可笑的话，就不用说了。"谢峥然不给她开口的机会，直接翻开英语课本开始预习。

莳莳只好快快地回到座位上。她忍不住回头望去，天光从窗玻璃透过来，将他的眉眼晕染得有一丝奇异的淡蓝，显得他那样孤独。

—3—

一直到放学，莳莳的心情都不安。

怎么可以这样呢，怎么可以因为他得了红眼病，就将他视为空气呢？

莳莳决定要拯救谢峥然，用尽她所能尽的绵薄之力。到了放学，校门口照例有夏家小轿车来接，夏暮雪在众女生艳羡的目光中坐进了车内。

仅仅一天工夫，夏暮雪就已经和女生们打成一片。优雅又亲和的女生，人缘总是不错。

"糟糕，我把作业本忘在教室里了。"莳莳坐上车，突然惊叫起来。夏暮雪不耐烦地催促："赶紧回去拿！动作快点儿，我都要饿坏了。"

莳莳答应着，飞一般地跑回教室。因为同学都走光了，所以教室里静悄悄的。

天光暗淡下来。

莳莳蹑手蹑脚地走进教室，心跳得厉害。教室里光线昏暗，只有那一张桌子发着光。

那桌子被搁置在不起眼的角落里，距最后一排还有几厘米，不远处就是扫帚和垃圾桶。这样落魄的光景，让莳莳感觉内心里一片疼痛。怎么可以让你孤独呢，谢峥然？

他是她暗淡生活的一抹亮光，就像飞蛾于烛火，她没有理由不向往。

莳莳走到桌子前，深吸一口气，将双手按在桌子上。木质的纹路印在她的掌心，让她几乎快乐地叫起来。

然后，她用双手捂住眼睛。

如此重复了几遍，她才放心地走出教室，轻轻地关上了门。

—4—

莳莳低估了病毒的速度。

刚刚到家，夏暮雪无意中扫了莳莳一眼，突然像一只走在炙热铁板上的猫一般叫了起来："天啊，你的眼睛红了！"

莳莳照了照车前镜，果然眼睛红了一圈。

成功了！她高兴得差点儿尖叫起来。

夏暮雪向后连跳三步："别碰我！司机，你赶紧把车子给我消毒，消毒！夏莳莳，你要是敢传染给我，我就让你没好日子过！"

莳莳总算体会到了谢峥然的感受了。所有人都小心翼翼地避开她，和她保持着两米远的距离。岳晞容将家里的毛巾消了一遍毒，给她单独准备了一套洗脸的用具。

"你不许碰家里任何东西！"夏暮雪厌恶地说，"到你自己房间里吃饭去吧！妈，家里还有 84 消毒液吗？"

"吃饭！你哪那么娇气？滴点眼药水预防一下就可以了。"岳晞容终于烦躁起来。

莳莳求之不得地溜进房间。

这一晚，岳晞容买来药水和药片。莳莳将药偷偷地藏在口袋里，一片都没有吃。她心里住了一头小鹿，想起明天，就心跳得厉害。

所以第二天，莳莳的红眼病更加严重了，几乎睁不开眼睛。岳晞容没办法，只好给她也配上了一副墨镜。夏暮雪更是躲避不及，不许莳莳接近小轿车，最后莳莳只好打出租车上学。

走进教室的时候，莳莳觉得全班同学的目光都集中在自己身上。许千山站起来嗷嗷乱叫："夏莳莳你不要过来！去和谢峥然做伴去吧！"

于是莳莳就顺理成章地搬起桌椅，坐在谢峥然身边。黑板离自己远了，同学们离自己远了，可是他近在咫尺。

清晨的空气里有一种清冽滋味，深深吸入沁人心脾。

谢峥然就在这时转头看她。

莳莳的心剧烈地跳起来。

"你怎么也得了红眼病？"他的声音带着一股变声期的磁性，沙沙的，很好听。

她笑得没心没肺："得了红眼病，就能做你同桌了。"

—5—

谢峥然对莳莳并不友好。

他是个很奇怪的人，有时候来到学校，满眼血丝，将课本翻开立在面前，倒头就睡。睡了一会儿，他觉得课桌不舒服，就将课本摆起来当枕头。高度不够，谢峥然霸道地将莳莳的英语作业本拿过来，垫在最上面。

莳莳觉得欣慰，那个作业本是软皮的，睡起来相当舒服。

恰好下一节课是英语，老师要检查作业的完成情况。夏暮雪是英语课代表，她走到莳莳面前，问："作业呢？"

莳莳从谢峥然立起来的英语课本里扒拉出一个作业本。翻了翻，还好，都做完了。

夏暮雪皱了皱眉："莳莳，你的呢？"

莳莳决定让谢峥然睡一个囫囵觉，于是一咬牙说："忘带了。"

"嗬，你是不想做吧！就算你是我的远房堂妹，我也不能徇私。"夏暮雪恶作剧般地在名单上唰唰写着什么。

于是，莳莳被英语老师罚站了两节课。

等到下课，谢峥然才醒了过来。英语作业本在他脸上印出了一个小熊图案，小熊在微笑。

真可爱。莳莳想。

"你怎么站着？"谢峥然睡眼惺忪地问。

莳莳回答："因为你睡觉时压着我的作业本，我没交作业，所以被罚站了。"

谢峥然又打了个哈欠，然后说"哦"，丝毫没有愧疚之意。

两个人的对话，经常这样短短结束。

更多时候，他并不搭理她，只顾低头摆弄着手里的几块塑料拼片。莳莳从精品店里看到过，那是拼图玩具。只要将所有的小拼片逐一拼好，就可以在画板上呈现出一幅完整的图画。谢峥然每天上课都在研究这种玩具，乐此不疲。

让莳莳惊讶的是，他居然还不耽误听课。

某天物理老师提问，莳莳还没来得及告诉他题号，谢峥然已经站起来将正确答案流利地说了出来。

物理老师原本是打算让他难堪的。目标落空，物理老师只好说："谢峥然，就算你全部都会，也得好好听课。"

没想到他反问："全部都会为什么还要好好听课？太浪费时间了。"

全班哄堂大笑，并且鼓掌。物理老师终于勃然大怒，快步走了过来。莳莳觉得不妙，赶紧将谢峥然手里的拼图塞进了自己的课桌。

但是已经晚了，物理老师不由分说地将那袋拼图从莳莳课桌里揪了出来。

"这是我的！"莳莳不松手。

物理老师咆哮："你帮他藏东西，别以为我没看见！谢峥然，玩这种无聊的游戏，能考上大学吗？没收了！"

谢峥然的表情有些冷，像是屋檐下带着锋刃的冰凌。他毫不犹豫地回答："照样能。"

物理老师的脸色变成猪肝色。

"老师，你不能没收，这个对谢峥然来说很重要。"夏暮雪突然咄咄逼人地站了出来。

物理老师明显下不来台，狠狠地砸着手里的课本："这个也重要，那个也重要，看来就我的物理课最不重要了！"

许千山的桌子正好在走道旁，很不幸地成为物理老师用来泄愤的道具。许千山懒洋洋地抬头："对啊，本来物理课就不重要啊。"

最后的结果是四个人一起被罚站。

谢峥然靠在教室后墙上，莳莳站在他身边。夏暮雪因为怕传染上红眼病，和她保持了一米远的距离。许千山则哀号连连："老师，我是冤枉的！我又没有违反课堂纪律。"

没人理他，随后许千山又换了一副涎笑的嘴脸："小雪，只要是能陪你，罚站也没关系的。"

"离我远点儿。"夏暮雪嫌恶地挪开了。

物理课继续进行，偶尔有人回头看他们一眼。莳莳第一次觉得罚站并不是一件难堪的事，因为她身边有谢峥然。

只是，那些拼图有那么重要吗？

—6—

莳莳很快就知道了拼图对于谢峥然的意义。

物理课下课，莳莳去楼层最靠左的厕所上厕所。因为左边有一个教室是废弃不用的，所以这里偏僻无人。

她蹲在隔间里，忽然听到有人进来。木门被弹簧狠狠拉向门框，发出巨大的声响，同时夹杂着夏暮雪和喵喵的声音。莳莳顿时绷紧了神经，支起耳朵听她们说话。

是喵喵在问谢峥然的事，她问了莳莳也想问的话："那些拼图有什么特殊的寓意吗？"

夏暮雪的声音充满了高贵冷艳："有哇，但是我为什么要告诉你呢？"她顿了顿，似乎在照镜子，"哎呀，秋天就是干燥，嘴巴好干。"

"给，这是刚买的唇膏，还没拆封。"

"好用吗？"是拆塑封的声音。

"润到爆。"

于是女生的交易，就这样完成了。

夏暮雪清了清嗓子，声音有些发甜："据说，谢峥然的妈妈当年在离开家的时候，留下了一幅拼图，大概有一千块的小拼图。这幅拼图是定制的，没有可供参考的图案。不过我估计，大概是法国某个风景区吧。他妈妈很有钱的，听说是个有名的音乐家，离婚的时候给谢峥然留下了一座电影院，直接潇洒去了国外，真帅。"

莳莳听得出神，忍不住感叹夏暮雪简直就是一部"谢峥然百科全书"，可以当他肚子里的蛔虫。

"那又怎么样？"喵喵觉得这个答案太小儿科了，"谁不知道谢峥然最想他妈啊？"

"可是他妈妈一直杳无音讯，谢峥然觉得这幅拼图里会有关键讯息，关于他妈妈的去向。"

喵喵发出长长的一声"哦——"，然后嗤笑："无聊。"

"哪里无聊，是你非要问我的。"夏暮雪似乎不耐烦了，直接开门走了。

莳莳窝在隔间里，大气都不敢出一声。等到外面悄无声息了，她才打开了隔间的门。刚开门她就吓了一跳，喵喵竟然站在面前，用极不友好的眼神盯着她。

不可否认，喵喵真的像一只狡猾的猫，于无声中给了她出其不意的一击。

喵喵一把将莳莳从隔间里拽出来："你偷听？"

"不是我偷听，是你们后闯进来的！"莳莳的头发被喵喵拽得生疼，赶紧用双手护住，"我有红眼病！"

"老娘也想得红眼病，这样就可以和谢峥然做同桌！"喵喵拽着莳莳的头发，一把将莳莳摔倒在地上，"说，你是不是喜欢他？"

莳莳摇头。

这脾气火暴的女生，完全不会是夏暮雪那种故作优雅的刻薄，更多的是简单粗暴的威胁。

头皮火辣辣地疼，莳莳痛得眼泪都要出来了。喵喵还不解气，抓住她的头发将她的头往地上撞。莳莳感到一股剧痛，挣扎了两下，很快就感觉一股热流从鼻子流了出来。

喵喵却还是没有松手的意图，甚至还想坐在她身上扇她耳光。喵喵眼里燃起熊熊的忌妒之火，几乎要喷出眼眶。

在第一个耳光落下之前，莳莳一歪头，无力地闭上了眼睛。

"喂。"喵喵有些慌了。

莳莳还是没吭声。喵喵松开她的头发，使劲摇晃着她："夏莳莳，你别死，我又不是故意的！你怎么这么不禁打啊？"

　　在接下来的一分钟内，喵喵掐了莳莳的人中。可是莳莳连眉头都不皱一下，就直挺挺地躺在地上，仿佛真的没了生命气息。

　　"死、死人了！不是我杀的！"

　　喵喵吓得干哭，连滚带爬地出了女厕所。

　　莳莳这才从地上爬起来，对着墙上的镜子揉脑袋。她拧开水龙头，将鼻血清洗干净。

　　喵喵下手够重，完全不是夏暮雪那种花拳绣腿。幸亏她早就练就了一身的装死功夫，除了法医，谁都能蒙混过去。

　　莳莳龇牙咧嘴地将头发整理好。就在这时，门"哐当"一声被撞开了。谢峥然桀骜得如同一只小兽，风一般地出现在她面前。在看到她这副样子后，他站在原地发愣。

　　莳莳下意识地后退了两步。

　　跟在谢峥然身后的，还有满脸乌黑泪痕的喵喵，以及夏暮雪和许千山。

　　什么情况？

　　莳莳努力挤出了一个笑容："要上课了？"抓逃课生也不用这么大的阵容吧。

　　喵喵尖叫："你没死？"

　　"没死。"莳莳明白过来是怎么回事，忽然觉得有些不好意思，"我那是装的，让你们担惊受怕了。"

　　"喊，我就说喵喵你没有杀人的本事。"夏暮雪白了喵喵一眼，直接走掉。许千山也十分狗腿地离开。就只有喵喵，如同一头发怒的小狮子，张牙舞爪地又要扑过来："你敢骗老娘！"

　　还没等喵喵冲过来，谢峥然一把将她推开，大吼："别闹了！"

　　这大概是他第一次发火，所以喵喵整个人都傻掉了，像看外星人一样看着他。接着，谢峥然一把拉过莳莳，向教室大步走去。他的手掌干燥而温暖，让莳莳想起了蚕蛹，大概也是如此吧，被洁白的、温暖的蚕丝紧紧包裹。

　　上课铃就在这时悚然响起，悠长而凌厉，像警告。

　　在警告什么呢？

多年以后，苺苺常常想，大概是在警告她千万不要把这短暂又温暖的时刻，当成幸福来回味。

—7—

教室里早就乱成了一锅粥。

许千山唯恐天下不乱，他口沫四溅地向众人描述，当时的喵喵表现得如同一个神经病重症患者。她踩着恨天高的松糕鞋，一瘸一拐地冲进教室，睫毛膏早已被她的泪水冲刷出两道黑痕，滑稽可笑地挂在两腮上。

她声嘶力竭地大喊："快去救救夏苺苺！她死了！不，还有一口气，现在送医院还来得及。"

全班同学一边喊着"有人死啦"，一边夺门而逃。夏暮雪几乎要晕倒。许千山说，当时幸好有他在旁边守护，才让夏暮雪定下心神，跟着谢峥然来到了指定地点。

"当时谢峥然就跟个疯子一样！"许千山手舞足蹈地说着这起事故，"你们都不知道他那个样子，撞倒了三张桌子，门被他带上得太厉害，震碎了一块玻璃。"

总之，当时的场景非常混乱。以至于事发后三天，还有探头探脑的同学来到三班，询问这里是不是出过命案。

学校不得不在周一大会上辟谣，澄清这不过是一场闹剧。于是，夏苺苺这个名字彻底红了，比谢峥然知名度还要高。

谁都知道她入学第一天就差点儿踢残某个男生，用创可贴来羞辱对方，一周后装死吓得一百号人哭爹喊娘，还让谢峥然闯了女厕所。

这件事的后果很严重，喵喵首当其冲地写了检讨，被记了过。苺苺负次要责任，只写了检讨。

检讨的措辞很滑稽，苺苺是这么写的："……我不应该装死，让喵喵吓破了胆。我以为她很胆大的，吓唬她一下也没关系。最后请某些同学不要来找我请教装死诀窍，会装死真的不是一件好事，请大家不要模仿……"

全班哄堂大笑，喵喵的脸黑得如同一块煤炭。最后班主任也忍俊不禁，只好让她停止做检讨。

苫苫觉得很可惜，因为检讨的最后一句话很重要。她是这样写的："感谢谢峥然同学来救我，在我眼里，他真的是一个救世主。"

—8—

谢峥然并不领情。他后来咬牙切齿地对苫苫说："以后离我远点儿。"

苫苫伤心无比，这比写检讨悲惨多了。可是无论她怎么道歉，谢峥然都不理不睬地趴在桌子上，要么做题，要么做春秋大梦。

还有一件让苫苫伤心的事，那就是红眼病一天天地好起来了。

对着镜子，苫苫看到原本像兔子的红眼睛渐渐恢复了本色。她真想仰头大喊一声没天理，为什么没好好涂药，眼睛都能痊愈呢？

苫苫已经爱上了这个属于她和谢峥然的小角落，这里让她无比安心。如果能让她和谢峥然做三年同桌，她愿意得三年的红眼病。

—9—

周五下午，谢峥然逃了课。

苫苫顿时心神不宁，望着课本发呆。上课半小时后，一个纸团蹦蹦跳跳地落到了她的桌子上。

"喂，给你的。"喵喵回头看她，一字一句地用口型说话。

苫苫展开字条，发现上面写着"放学别走"四个字，联合署名是喵喵和许千山。四个大字力透纸背，光看着就觉得杀气重重。

为什么不让她放学离开？

苫苫百思不得其解，于是在下课后去问夏暮雪。夏暮雪笑得幸灾乐祸："让你别走，你就别走。如果你不听话，后果更严重。"

"姐……"苒苒直觉不会有什么好事。想起喵喵那天的狠辣，她不寒而栗。

"别叫我姐！"夏暮雪紧张地四处张望，看没有人注意到自己才放松下来，"你听好，我不会帮你的。"

"那我就把字条交给老师。"

"喊，你将来会死得更惨。"夏暮雪耸耸肩膀，"老师能保你一时，不能保你一世。认命吧！"

夏暮雪冷眼看着无措的苒苒，似乎已经想象出苒苒被揍得鼻青脸肿的模样。她巴不得天上落下一道闪电，灭了眼前的不速之客。从小到大，她都是爸妈独一无二的宝贝，凭什么苒苒一来，就分走了她一半的宠爱？

苒苒失望极了。她想起了喵喵那天在厕所里的彪悍，不由得心寒。喵喵和许千山都不会放过她的，一定。

所以苒苒决定翘课。在周五的最后一堂自习课上，苒苒猫着腰，偷偷地沿着墙根溜出了教室。刚刚走到楼梯口，她就听到下课铃响起，三三两两的学生从教室里拥了出来。

苒苒赶紧往楼上跑，然后躲进了洗手间里。

楼上是教师办公室，一般不会有学生找到这里来。苒苒在隔间里默读了一会儿英文，侧耳听了很久，确认老师和学生都离开了，才慢慢地走出厕所。无人的教学楼很安静，静得可以听到自己的足音。

就在这时，她忽然听到异样的声响。

难道还有人没有离开？

苒苒偷偷地伸出脑袋，发现发出动静的人居然是谢峥然。翘课一下午的他，居然在这个时间段出现在教师办公室的窗前，瘦长的身影如同一株文竹。

拂过的夜风，在那一刻变得温柔起来。

苒苒没多想，张口就问："嘿，怎么不回家？"

谢峥然侧过脸，目光有些空洞。

苒苒忽然间觉得这样的他有些陌生，可还没等她想明白，就听到他说："喂，把衣服脱下来。"

脱……衣服？

今天是阴天，所以蒱蒱在工字背心外面套了一件空调衫。她愣了一秒钟，下意识地问："你、你要干什么？"

无人的教学楼，具有危险气息的少年，落单无助的少女，这具备了一切犯罪的条件。

他依旧很霸道："快脱。"

蒱蒱将空调衫脱下来，他一把将衣服抢过去，将自己的右手裹得严严实实。

"堵住耳朵。"他用命令的语气说。

蒱蒱愣愣地捂住耳朵。

就在那一刻，他毫不犹豫地向面前的玻璃窗狠狠一砸，玻璃应声而碎，发出巨大的声响。谢峥然甩了甩裹着空调衫的右手，清理了嵌在上面的玻璃碴。

"谢谢。"谢峥然将空调衫丢给她。蒱蒱快快地穿上，不自然地摸了摸鼻子，为自己之前的想法感到羞耻。

"你不会以为我要对你做什么吧？"他暗含讥讽的嘲弄声传来。

"才、才没有！"蒱蒱强忍住让自己不要脸红。

可他没有再看她，而是将手伸进窗洞。一阵稀里哗啦声之后，他终于将手收回来，手上已经多了一个塑料包。

原来是在物理课上，被没收的拼图塑料片。

"快走！"

楼上已经传来保安的脚步声，蒱蒱和谢峥然飞快地向楼下奔去。忽然，谢峥然停了脚步，从楼梯间的窗户爬了出去，攀沿着白色水管，像一只猴子般噌噌噌地爬了下去，动作之敏捷把蒱蒱惊得目瞪口呆。

他站在地面上，仰头看她，笑容又英俊又不羁。接着，他张开双手："快下来，不然要被捉住了。"

蒱蒱学着他的样子从窗户爬出去，沿着水管噌噌噌地滑落到地面。这次轮到谢峥然吃惊了："你居然敢？"

"每年的爬树比赛，我都是第一名呢！"

谢峥然对着她竖起了大拇指，神情中带了一丝钦佩："走吧，我请你吃必胜客。"

莳莳兴趣满满。她还不知道必胜客是什么东西，但只要是能吃的，肯定都不赖。

可是保安还是发现了他们。

"喂，你们两个！给我站住！"保安从窗户里伸出脑袋，冲着他们喊。谢峥然一把拉起她的手，飞快地向校门口跑去。尖厉的哨声在他身后响起，但是依旧绊不住他们的脚步。

"拦住他们！"

门口警卫室的保安不知道发生了什么事情，立刻将校门口的电子门徐徐关闭。谢峥然暗骂一声，拉着莳莳逃进了西边的教师宿舍区。

这所高中已经有一百年的历史了，所以教师宿舍区遍布郁郁葱葱的大树，将阳光遮了个严严实实。而枝叶掩映间，依稀可以看到裸露着红砖的古旧建筑，更添一层神秘色彩。

平时莳莳根本不敢独自来逛，因为这里太过陈旧，流传着很多版本的惊悚鬼故事。幸好此刻有谢峥然，她才有勇气跑进来。

两人逃进一个旮旯，停下来稍作休息。但是没过多久，保安骂骂咧咧的声音从远处传来，看来保安追过来了。

谢峥然抬头看了看将晚的天色，做了一个决定："你在这里等着，我把他们引开，等甩掉了再来找你。"

"不，我和你一起走。"莳莳心惊胆战地看了看周围。

"一起走很麻烦，他们知道是两个人。"谢峥然掀起衣角，"喂，你先闭上眼睛。"

她还没来得及反应是怎么回事，就看到谢峥然掀起了上衣，赶紧转过身。时间漫长得如同过了一个世纪，终于，他说："可以了。"

莳莳转过身，脸已经烫得可以做关东煮。她看到谢峥然将衣服翻了过来，原来这是两穿设计的，内里是淡黄色的。

"这么一改装，保安估计就认不出来我了。"谢峥然使劲将莳莳按得蹲下去，让她藏在一株灌木后面。然后他将手插在裤袋里走了出去，居然故作轻松地吹起了口哨。

苒苒蹲在树影后面，大气都不敢出一声。不一会儿，有嘈杂的脚步声经过，但是没有人发现她，她才松了一口气。

天已经全黑了。

草丛里有小虫子来咬她的腿，酥酥麻麻的一片，但是她一动也不敢动。又等了不知道多久，她实在忍不住了，才偷偷地直起腰。

就算天黑了，教师宿舍区也没有亮起多少灯光。这里太破旧，年轻教师不愿意来住，年纪大一点儿的教师又有家室，所以人气总是不旺。衬着渐黑的暮色，这里看上去阴森可怕。

苒苒的心忽然揪起来。

这一刻，她无比痛恨许千山那张贱嘴。要不是他经常在教室里讲各类的鬼故事，她现在怎么会莫名其妙地就胆怯起来？

"谢、谢峥然？"她对着昏暗的小路喊了一声。

就算知道他听不见，她也想靠着他的名字壮壮胆。

就在苒苒决定离开灌木丛的时候，不远处忽然出现了一个身影，好像是个红衣女子。

女子看上去很年轻，长发乌黑，脸色苍白。可是再美妙的身姿，出现在这么诡异的气氛中，都让人觉得无法忍受。

苒苒觉得真正的恐惧就是一盆冷水从头浇下，让你变成一根碎碎冰，半分也动弹不得。幽深的小路，红色的衣裙，传说中的阿飘，终于出现了吗？

"鬼啊！"苒苒忍不住尖叫起来，树枝上的麻雀被惊得扑向天空。

"啊——"那个红衣女子居然叫得比苒苒还欢，瞬间化身为天龙八部里的段誉哥哥，使出凌波微步逃进了一个单元门。直到红裙子都看不见了，还能听到那个女子在惊恐地叫喊，"有鬼！快来人哪！"

原来那红衣女子不是阿飘……

而且因为自己的一时莽撞，她吓到了一个穿红衣的年轻姑娘。

苒苒很内疚，快快地走进那个幽深的单元门，还能听到那个红衣女子咚咚咚的高跟鞋声。她冲着楼上轻声喊了一声："喂，那个……"

高跟鞋声就在这时消失了，似乎是那女子停下来，正在侧耳倾听。

莳莳继续说："对不起啊，吓到你了。"

一秒钟沉默之后，那个女子发出更加惨绝人寰的一声尖叫，然后就是保险门发出的哐当一声。

好像……越解释越糟糕呢。

莳莳低头叹了一口气，忽然被一阵绿光晃花了眼睛。她揉了揉眼睛，发现光亮来源于手里的塑料袋。

"真漂亮。"她惊讶，塑料袋里的拼图片，怎么会发光呢？

莳莳取出一块小塑料片，发现塑料片的背后经过了一些特殊处理，大概掺了一些荧光粉，所以平时不会察觉，而在昏暗的环境下则会发出绿色的微光。

她忍不住惊叹，真像是一群星星！

不，那就是星星，而谢峥然是它们的主人。

此刻，在莳莳心里，谢峥然是不折不扣的救世主。他拥有着一座电影院，里面有讲不完的故事，还有一堆小星星，他俨然就是小王子。

从单元门里出来的时候，莳莳正好碰上了谢峥然。他匆匆跑过来问："你怎么没等我？"

莳莳不好意思告诉他刚才发生的事情，就将塑料袋举起来："谢峥然，你看，多像星星！"

谢峥然看到那些发光的塑料片时，表情就好像是看到了外星人。他一把夺过塑料袋："这些会发光？"

"你不知道吗？"

"不、不知道。"一向自信的他居然结巴了起来。然后在莳莳的愕然中，他落下了一滴眼泪。

紧接着，落下了第二滴。

莳莳不知所措起来，她心目中的神居然会哭，这让她措手不及。她踮起脚，笨拙地想用袖子为他擦去眼泪，却被他一把推开。

世界依旧默然，只有夜风扫过叶面，发出细碎的声响。

谢峥然扭过脸，慢慢地向校园大路走过去："莳莳，你想知道这些拼图的故事吗？"

莳莳摇头，她觉得让他流泪的故事，一定不是好故事。

可是谢峥然还是用沙哑的嗓音说了起来，那个在他生命中占据无可替代的一席之地的女人——他的妈妈。

-10-

听完整个故事，莳莳整个灵魂都是震荡的。她觉得自己行在云端，一直在窥探另外一个星球的故事。

谢峥然的母亲，十几年前出身名门，是当地小有名气的才女，她的钢琴弹得一级棒。有一次，她在维也纳购买了一架钢琴。工人们将笨重的钢琴搬到车上，开到半路，忽然接到了她的电话。

停车，把钢琴搬下来，我多付钱。她这样命令工人们。

工人们不知道发生了什么状况，只好照办。那里是熙熙攘攘的休闲街道，不远处是喷泉，人们在石子路面上散步，她居然让工人们把钢琴卸在这里。

当钢琴表面层层的包装被拆开后，她施施然坐在琴凳上，开始弹奏一曲欢快的乐曲。歌声惊起了喷泉旁边的白鸽，但白鸽在空中盘旋了一圈，又重新落在她的身旁。

一曲终了，一位工人终于按捺不住好奇，问她："小姐，你不是要把钢琴搬到你的公寓里吗？"

"是啊，但是我现在想弹琴了。"她这样笑眯眯地回答。

有些人鼓起了掌，还有一个年轻人在她的钢琴上轻轻放下了一朵蓝色妖姬。她笑着看着那个年轻人。

后来，她和那个年轻人相爱了。所有人都反对他们的爱情，理由是她和那个年轻人根本不是一个世界的人。年轻人是个循规蹈矩的公务员，偶尔一次出国公差才让他遇到了她。而她在维也纳深造，有更加广阔的音乐天地。

她义无反顾，执意要嫁给这样一个男人。所有人都不解，她到底爱上了他什么？后来她才解释，因为当时，她即兴弹奏时心中想象的是一朵妖艳的玫瑰，而他恰好有一朵蓝色妖姬。

仅仅因为他恰好有一朵花。

那天她恰好想要弹琴，所以就弹了。那天他恰好有一朵蓝色妖姬，送了她，她便回报以爱情。没什么高深的理由，她的人生太顺利，所以只想按照感觉来行进。苦心积虑地经营人生，辛辛苦苦地浇灌爱情，那都是平庸的人才会做的。而她，不一样。

她就这样嫁给了那个公务员男人，生下了谢峥然。可是谢峥然的父亲太平庸，总是觉得优秀的妻子迟早会出轨。他开始猜忌，开始怀疑，甚至开始否定这段婚姻是不是值得。

她终于发现，当年恰好有一朵花的男人，恰好有一颗不自信的心。

感情就是这样破裂的吧，起初是一道看不见的纹，后来承载不了生活的压力，纹路变成罅隙，最后渗出了苦涩的汁液。

她是何等洒脱的女人，绝不肯在无趣的婚姻里待上一秒钟。很快就分割好财产，她远走高飞，很多年杳无音讯。

所有的线索就是那一大堆拼图，据说那是特意定制的拼图，没有可供参考的图案。拼好之后，图案有可能是俄罗斯的某个小镇，有可能是东部的某座城市，还有可能是经常下雨的法国。

谢峥然发疯地想要拼好它们，他觉得完整的图画一定是母亲的定居地。他想找到她，想要母亲回家。

唯一的温暖，就是她将一座电影院留给了谢峥然。

谢峥然很小很小的时候，最喜欢听她讲睡前故事。

妈妈，你可以给我讲一辈子的故事吗？谢峥然这样向她要求过。她脸上带着母性的慈爱，答应了他。

现在，她无法陪在谢峥然身边了，就留给了他一座电影院。那个电影院里，有着讲不完的故事。她大概觉得，这样就算是兑现了曾经的承诺。

讲一辈子的故事。

-11-

那天，苘苘很晚才回到家。

夏暮雪给她开了门，在看到她安然无恙之后，嗤了一声："你居然没事？你是不是属韭菜的，割了一茬还能再长出来，什么事都没有。"

苘苘摇头："爸妈呢？"

"我对妈妈说，你在学校里做黑板报，要晚点打出租车回来。爸爸晚上去加班了。"夏暮雪没好气地关上门。

岳晞容听到动静，从房间里走出来，问苘苘吃饭没有。苘苘这才觉得饥肠辘辘，从锅里拿出饭菜就大口吃起来。

"别噎着，下次让小雪帮你出黑板报，看回来得这么晚。"岳晞容心疼地说。

苘苘没有说话，只觉得伤心。

是有多不关心，才会看不出她的异样。

自打听了谢峥然母亲的故事，苘苘的心就在激荡着。她幻想着那个具有传奇色彩的女人能够空降在谢峥然的面前，带给他巨大的惊喜。她也伤心着，这是不大可能的事情。

等到岳晞容回了房，夏暮雪掏出手机，一边哼歌，一边点开视频。

"喂，土包子，你看到这个没有？"夏暮雪晃了晃手机，"谢峥然把他那天砸琴的视频上传到网上去了，现在人人网上都传疯了。他真是有个性，为了反抗父亲，不惜砸琴。"

果然，手机上播放的视频，正是那天在 Ann 的琴房里，谢峥然将大提琴砸坏的场景。

只是，苘苘现在有了完全不同的体会。

"不，他这样做不是反抗父亲。"苘苘斩钉截铁地说。

夏暮雪愣了一秒钟，冷笑连连："土包子，你懂什么？他这就是反抗他父亲。"

蒔蒔不再说话，埋头将最后一点儿小米粥喝光。她不想跟夏暮雪争辩什么，因为她觉得，自己比任何人都理解谢峥然。

他砸琴，不仅仅是为了反抗父亲，还是为了召唤母亲。

母亲是那样热爱音乐，一时兴起，可以在维也纳的大街上弹奏钢琴。如果看到谢峥然砸坏大提琴的视频，一定会忍不住和他联系的。

尽管视频被母亲看到的可能性很小，但他还是要试一试。

是夜，蒔蒔睡得香甜。

窗外有星光，让她觉得很幸福。以前觉得星光很遥远，现在，她觉得自己走进了星星的内心。

第三章

如果全世界只是一场梦

◆

她自己都没想到，
居然能学得这样像。
像对小情人撒娇。

—1—

蒔蒔从来都这么觉得，周一会变得很可怕。

一想到喵喵的报复，蒔蒔就觉得头皮酥麻。据夏暮雪说，谁敢放喵喵的鸽子，就会被当成鸽子受尽"折磨"。

喵喵打起架来，直接从猫升级为豹子。蒔蒔晃了晃自己细瘦的胳膊，觉得论武力值，自己只能应付一只猫。

"吃饭时别走神。"夏爸爸不悦地瞪了蒔蒔一眼，然后向厨房方向喊，"我吃饱了，先上班去了。"

岳晞容答非所问，在厨房里转悠："咦？我的擀面杖到哪里去了？"

蒔蒔心虚地低头喝粥，用眼角瞄了书包一眼。夏暮雪一边咀嚼着一块香肠，一边说："再找找，小偷也不可能偷一根擀面杖。"

可是那根擀面杖就是没有找到，岳晞容发牢骚："真是的，我中午想要做馄饨呢。"

蒔蒔更加心虚了，直接将头埋下去。幸亏没有人再提这件事，她才松了一口气。

周一的早晨阴沉着天，闷着一场暴雨，让每个人心里压抑万分。夏暮雪丝毫没有体会到莳莳的忐忑不安，下了车就哼着歌走进校门。

莳莳刚走两步，果然看到许千山吊儿郎当地站在校门口。一看到她，他的眼神就像看到猎物的狼似的。

狗腿子都这样凶残，更别提喵喵了。

"夏莳莳，你行啊！上周五你不打招呼就逃脱了，真行！"许千山狞笑着向莳莳靠近。

气氛顿时变得格外微妙，许多同学放慢了脚步向这边看过来。就连站在门口的值日生同学，也停下手里的笔，似乎等着看一场好戏。

只有强者才会同情弱者，而普通人只会对弱者的挣扎袖手旁观。一句话，求人不如求己。

莳莳卸下书包，从里面掏着什么东西。许千山有些戒备，但还是坏笑着问："你不会是把什么管制刀具给带到学校里了吧？"

莳莳不负众望地掏出了自己的武器。她像是一名大义凛然的武士，双手紧握着一根二十厘米长的擀面杖。

许千山终于忍不住哈哈大笑起来："你没搞错吧，你要用这个对付我？"可是笑声还没有落地，旁边忽然有人冲过来，抬手就给了他一拳。

这个反转来得太突然，莳莳甚至还没看清楚那个人是谁，许千山就狼狈地倒在地上。周围有人在小声呐喊："谢峥然，出拳漂亮！"

这样凌厉的拳风，除了谢峥然还能有谁。

谢峥然鄙夷地向躺在地上的许千山扔下一句："欺负女生，有什么了不起。"

"你哪只眼睛看到我动她一根手指头了？"许千山捂着被揍痛的脸颊，表情扭曲。他想要起身反击，但是被谢峥然一扭胳膊，整个人顿时痛得龇牙咧嘴。

莳莳赶紧劝架："谢峥然，算了吧。"

谢峥然看了她一眼："你说算了，那这事就算了。许千山，你要是再玩什么花样，这事就不能这么算完！"

说完，谢峥然扭头看向呆若木鸡的值日生："别忘了把我打架的事情记上。"

值日生下意识地摸了摸自己的脸，僵笑："怎么能记上呢？我什么都没看见。"

"记上！"

值日生赶紧低头唰唰地在本子上写字。

莳莳几乎是仰头看着谢峥然。眼神简单又锐利的少年，全身的锋芒只为她而起，这锋芒令她感动。

可是事情还不算结束，因为喵喵气势汹汹地从远处冲了过来，看来一场恶战在所难免。

莳莳紧张地握紧了手里的擀面杖，谢峥然低声说："别怕。"

许千山乐了，一骨碌从地上爬起来，张开双臂："喵大，你可来救我了！"语气肉麻得让人想吐。

话音未落，一个漂亮的横扫腿从天而降，将许千山整个人都踢翻在地上。许千山痛得直打滚，号叫："喵大，你踢错人了，这次我先原谅你！"

"原谅个屁！"喵喵没看其他人，揪住许千山的领口就痛骂，"我问你，你干吗要对谢峥然动手？"

许千山往地上狠狠吐了一口血唾沫："受伤的人是我好吗？"

而喵喵不负众望地回答了一句石破天惊的话："我不管受伤的人是谁，你打他就是打我！你对他动手，先问问我同意不同意！"

众人纷纷倒抽冷气，将目光集中在谢峥然身上。

这算是告白吗？

许千山到底和喵喵是一伙的，只愣了一秒，就明白了喵喵的用意。他扯着嗓子向谢峥然喊："谢峥然，你倒是说句话呀！表个态啊！"

莳莳茫然地看向谢峥然，发现他有些烦躁，好看的眉毛皱起来，在眉头垒起小小的山丘。

谢峥然冷冷地说："无聊。"

早自习结束，喵喵和许千山就被请到了老师办公室。

茚茚站在办公室外面，听到班主任的声音跟打了鸡血似的："何青竹，你好好一个女孩子不读书，整天和男生告白，算什么事？"

茚茚听得一头雾水，扭头问站在身后的谢峥然："何青竹是谁？"

"就是喵喵。"

茚茚无语，没想到脾气那么火暴的女生居然拥有这么温柔雅致的姓名。

只听喵喵慵懒地回答："谁说我告白了？我哪句话说了'喜欢'两个字啊？是你们大人的思想太龌龊了好不好。"

"就算你没早恋，打架也是不对的！"

许千山的声音响起来："老师，喵喵没打我，她是跟我闹着玩呢！我和她从小是邻居，每次见面不打一巴掌，不踩一脚的，就不算打招呼了。"

"荒唐！谬论！"

"反正，我跟喵喵的友谊深厚着呢。喵喵，来，打个招呼。"

击掌声响起。

办公室里沉默了三秒钟，斥责声拔高了几十个分贝："你，还有许千山给我请家长！"

很快，喵喵和许千山一前一后地走出办公室。看到茚茚，喵喵狠狠地瞪了她一眼，那一眼格外阴冷，很有韩剧女配角的架势。

"啧啧，你也要倒霉了。"喵喵不屑地说。

许千山捂住胸口，幸灾乐祸："谢峥然，一想到你也会被班主任骂，我这心里就平衡了。"

"我会解释清楚的。"茚茚决定把喵喵先威胁她的事情说出来。

喵喵嗤笑一声，显然不信。

谢峥然没理许千山，只是敲了敲门。

班主任正整理着桌子上的作业，抬头看到谢峥然和茚茚，说："你们来

得正好，我有件事要和你们说。既然你们的红眼病都好了，可以回到各自的
座位上去了。"

"好的，还有其他事吗？"谢峥然问道。

班主任嫌弃地看了许千山和喵喵一眼，说："还有就是以后离这两个害
群之马远一点儿。"

"哇，他们也打架了好不好！"许千山难以置信地跳起来，"老师，你
看我英俊的左脸，这道疤是谢峥然打的！我毁容了，一个惊天地泣鬼神的
大帅哥毁容了！还有夏莳莳，她居然想拿擀面杖打我！擀面杖哎，我老妈那
么彪悍都没用擀面杖打过我！"

"许千山诬陷同学，罚站一节课。"

"老师，这不公平……"

莳莳的脑袋一直晕晕的。

她慢慢地跟在谢峥然身后，看着他干净的衬衫领子，目光落在他的后颈，
那里的头发剪得很短，有一点淡淡的青色。还有，他的睫毛很长很密，看上
去清秀又可爱。

而这一切，很快就会变得很远很远。

莳莳郁闷得想哭，她宁愿因为打架被记过，也不愿意听到班主任命令她
和他分开。

就在这时，谢峥然的声音从前方传来，像是闷着暴雨的乌云，有些混浊，
却震撼心底。

"有人打你，我帮你打回去。我说到做到了。"

她下意识地回答："嗯。"

"到了教室里，我帮你把课本都搬回去吧，怪重的。"

"嗯。"

"对了，你知道班主任为什么不知道我们也打架了吗？听说值日生在本
子上记的是'擀面杖女侠和钢拳战士联手迎敌'，你说好笑不好笑？"

"嗯。"

"反正都不是同桌了，干脆以后离我远点儿吧。"

"嗯。嗯？"莳莳惊讶地抬头。谢峥然定定地看着她，一字一句地说："夏莳莳，其实你真的是个挺爱惹麻烦的人。"

是……吗？

少女的心还来不及失落，谢峥然已经收回所有视线，转身向教室里走去。

她木然地跟着他走进教室。

原来……你这样讨厌我吗？

—3—

下午最后一堂课是音乐课。

"同学们，音乐老师临时请假，所以这堂课讲物理习题。"物理老师宣布的这个决定，引起了台下小小的叹息声。

听说上了高中，音乐美术这类课程就是摆设，现在看来果然如此。莳莳倒没有太大的感觉，只是拿出演算得密密麻麻的习题集。可是那上面的曲线图表慢慢地扭曲，居然变成某个熟悉的轮廓。

莳莳忍不住偷偷回头，看向身后的左边。谢峥然正在草稿纸上写着什么，刘海垂下来遮住了他的眼睛。

三个座位的距离，就已经像隔了千山万水。

莳莳忍不住感叹，而谢峥然像有了心电感应一般，忽然抬头向她看来。少女吓得几乎跳起来，赶紧回头继续埋头做题。

许千山最爱八卦，已经在小范围里掀起了小小的骚动："你们听说没有，我们的音乐老师可漂亮了。这漂亮的女人啊，就是容易碰上一些奇奇怪怪的事情……"

不少同学支起了耳朵："什么奇怪的事儿？"

"大白天见到了阿飘！"许千山说得有板有眼，"咱音乐老师为什么请假？就是因为前几天回教职工宿舍的时候，碰上一个小阿飘，据说那个小阿飘还跟她说话了。"

蒋蒋的注意力被吸引过去了。

"是阿飘的话为什么会说话？"夏暮雪白了许千山一眼。她正在涂透明指甲油，十根手指头已经剩下了最后一根。

许千山一拍大腿："所以说，这个小阿飘道法高强啊！咱们音乐老师当天晚上就发烧了。对了，我在校办门口听了个大概，说是音乐老师哭哭啼啼说再也不要穿红裙子了，招脏东西。有的老师说她封建迷信什么的……"

蒋蒋张大嘴巴，手里的笔啪嗒一声掉落在书页上。幸好周围的同学都在低声讨论这起神秘事件，没人注意到她的失态。

如果没有猜错，音乐老师就是那天在教职工宿舍区，她见到的那个红衣女子。一想到自己居然把老师吓得生病，蒋蒋就满心内疚。

蒋蒋心乱如麻，终于决定要跟音乐老师解释清楚。她扭头问谢峥然："有白纸吗？"

不知怎么的，哪怕和他说上一句话，都能让她感到心安。

谢峥然漠然看了她一眼，唰地撕下了一张作业稿纸。蒋蒋的心脏跳得厉害，赶紧接过来在桌面上铺好。

她认认真真地写了一封道歉信，将那天的情形解释了一遍。写完之后，她将道歉信塞到口袋里，才长舒了一口气。

下课铃响，蒋蒋拔腿就往外跑，一直跑到教职工宿舍区，才气喘吁吁地停下。黄昏的天空有鸽子成群飞过，那些来自同学们的笑闹声隔得很远很远，给了她些许勇气。

她凭借着记忆，找到她当时走进的那栋小楼房。让人意外的是，小楼房的单元门前居然停靠着一辆黑色的小轿车。

蒋蒋没多想，飞快地跑进单元门内。楼道里很黑，她仅凭一点儿光线爬到相应的楼层，站在一扇老式铁门前。

音乐老师会原谅自己吗？

同学们如果知道自己就是那个"小阿飘"，会嘲笑她吗？

谢峥然知道这件事，会用什么眼光看自己呢？

蒋蒋的心头掠过无数个念头。可还没等她想出个所以然，铁门内传来拖鞋踩在地板上的声音，由远及近之后，门锁忽然发出响声。

有人开门了！

蒔蒔像只小老鼠般蹿到楼上，蹲在水泥地板上，大气也不敢吭一声。只听铁门被人粗暴拉开，一个女声传来："你就不能多待一会儿吗？"

另一个人没有回答。

女子继续撒娇："我为了你才来到这所破学校，你就不能多待一会儿吗？"

那个男人终于开口了："别闹，我再来看你。"

蒔蒔往栏杆外伸出小脑袋，居然看到那个嗲声嗲气的长发女子正搂着一个中年男人的脖子。没错，从那女子的身材判断，正是那天碰到的红衣女子，也就是被吓病的音乐老师。

蒔蒔忽然觉得那个神秘男人和音乐老师的身影都好熟悉，晃了晃脑袋，又觉得很陌生。

那男人没做停留，就匆匆将铁门关上。女子赌气地跺了跺脚，重重地关上了铁门。男人迅速地下楼，如一只来无影去无踪的幽灵。

片刻后，楼下便响起了汽车的发动声。车轮轧过水泥路面的声音，渐渐消失了。蒔蒔想起了那辆黑色小轿车，看来就是这名中年男子的。

往脸上一摸，蒔蒔觉得脸颊发烫，目睹别人卿卿我我的画面，是不道德的。她从内心里谴责自己。

蒔蒔三步并作两步地走下楼梯，将道歉信小心翼翼地塞进门缝里，然后便跑下了楼。

放学已经有一段时间，校园里静悄悄的，蒔蒔跑到校门口，一颗心脏咚咚直跳，快要蹦出胸腔。

"蒔蒔！"夏暮雪乍喝一声，把她吓了一跳。

蒔蒔回头，居然看到刚才那辆黑色小轿车停在不远处，夏暮雪正在向她招手。她揉了揉眼睛，以为自己看花了眼睛。

"你愣着干吗？快上车，等你半天了！"夏暮雪不满地嘟囔，"你也真是的，放了学跑得跟兔子一样，我怎么喊你你都不理我。你干什么去了？害我跟爸爸等了半天。"

爸爸？

莳莳坐进车里，果然看到爸爸坐在驾驶座上，一副墨镜遮住了他的表情。听到夏暮雪唠叨，他不满地说："小雪，别那么多话，你妹妹不就是晚出来一会儿吗？"

"哼。"夏暮雪扭过头不说话了。

莳莳惊恐地看着爸爸，忽然觉得他特别像那个和音乐老师拥抱的中年男人。只恨当时光线太暗，否则她一定能看出来的。

难道……

她不敢想下去了。

—4—

那一晚，莳莳做了噩梦。

她梦见自己伏在楼梯扶手上，伸出脑袋往下看，看到千娇百媚的音乐老师正在和一个男人拥抱。而那个男人突然抬起头，目光炯炯地盯着她。

可怕的是，她清清楚楚地看清了那个男人的脸。

就是爸爸。

"啊——"她尖叫醒来，浑身瑟瑟发抖。窗外透着鱼肚白，太阳即将升起，可是莳莳却在默默祈祷世界末日的到来。

全世界都毁灭吧，如果能够掩盖一些不堪的秘密。

她一边胡思乱想，一边穿衣洗漱。岳晞容已经开始准备早餐，扭头看到叼着牙刷的莳莳，露出了一个温柔的笑："怎么起这么早？"

"睡不着。"

"小雪要是有你一半懂事就好了，这个点还不起，又要我去喊她。"岳晞容嗔怪地说，将韭菜肉饼放在平底锅里。

香气一点一点地飘散出来，莳莳贪婪地嗅着，希望昨晚的所见所闻都能化作这香气，倏忽飘散，不留痕迹。

可是该来的波澜，还是会张牙舞爪地袭来。

上午第一节课，班主任让语文课代表收了所有同学的周记本，可是根本就没有到交周记的时间。

许千山举手："老师，我还没写完呢，可以不交吗？"

"别人都可以不交，就你不可以！"班主任几乎是咆哮着吼出这句话。等到课代表终于收齐了所有的作业，班主任才像梅超风一样离开了教室。

许千山怪叫："你们信不信，老班昨天晚上肯定被师娘罚跪搓衣板了！"

蒔蒔不以为然，想着等到下课，被喊到办公室的肯定是许千山，谁知道他会触动班主任哪一根暴怒神经呢。

可是事实让所有人都大跌眼镜。第一堂下课后，被喊去的却是谢峥然，还是去的校长办公室，更可怕的是整整一堂课都不见人影。

消息迅速传开，三班教室乱成了一锅粥。许千山添油加醋地八卦："谢峥然肯定捅了大娄子，不然打人这样的事都能摆平，还能有什么事会被喊去校长办公室？"

夏暮雪揉了一个纸团，狠狠地砸在许千山的头上。他嗷嗷地叫起来："小雪，小的没有半点儿虚言啊。"

喵喵比较厉害，直接丢过去一个笔袋。"砰"的一声，笔袋砸在许千山的太阳穴上，各色水笔从袋子里蹦出来，像是炸开的彩虹。其中一支红色水笔咕噜噜地滚到蒔蒔脚下。

"闭嘴。"喵喵咬牙切齿。

许千山不敢说话了。蒔蒔心乱如麻地坐在座位上，极力想要压下心头的不祥预感。她向教室门口张望，居然看到谢峥然匆匆走进教室。

如同一勺冷水浇入沸腾的锅，所有同学顿时都缄默了，齐刷刷地将目光投向谢峥然。但谢峥然没有太多表情，只是走回座位上坐下。

"没事吧？"蒔蒔写了一张字条给他。谢峥然并没有拆开，只是揉成一团扔进了垃圾桶。

纸团在空中划出一个漂亮的抛物线,莳莳觉得自己的心也坠入了垃圾桶。她揉了揉眼睛,感觉眼睛里进了沙子。

放学后,莳莳看到公告栏那边围满了人。她使劲拨开人群,看到公告栏的玻璃橱窗里赫然出现了对谢峥然的警告处分。

居然这么严重?

莳莳踮起脚尖,艰难地读着公告内容。公告措辞很严厉,警告的理由居然是谢峥然恐吓音乐老师,造成恶劣影响之类的。不知道为什么,她莫名就记起了自己给音乐老师送的那封道歉信。

昨天刚送完信,今天谢峥然就被警告处分了,不会这么巧吧?

莳莳恍惚想到了什么,拔腿就往教室里跑。幸好值日生还没锁门,看到她风风火火地闯进来,不满地说:"你又忘拿作业本了?"

莳莳没有回答,只是在垃圾桶里来回翻着。值日生不耐烦地敲了敲门:"哎,走的时候别忘记锁门啊。"

莳莳含糊地答应了一声,继续在垃圾桶里翻找,可是并没有发现她想要搜寻的东西。

"在找什么?"谢峥然的声音突然从身后响起。

莳莳吓得差点儿跳起来,回过头就看到谢峥然斜靠在门框上,目光冷冷地看着她。

"没找什么……"

"你是在找我有没有丢过什么作业稿纸吧?"谢峥然说,"夏莳莳,遇见你还真的挺倒霉的。你知道吗,班主任上午将我喊过去,说吓唬音乐老师的人是我。证据就是我的周记本上面每一页的花纹都和一封道歉信一模一样。"

莳莳呆住了。

"我当然没有去吓唬谁,也没有写道歉信。但是不排除有一个笨蛋用那张作业纸写了道歉信,所以大家理所当然地认为,那信肯定是我写的喽。"

莳莳内疚得快要哭了:"对不起,我下午就和老师说明真相。"如果这是玄幻世界,她都要以为自己是天生不祥的花千骨,沾谁谁倒霉。

谢峥然在一张椅子上坐了下来:"我不需要你的道歉。喂,你就没有别的要说？"

"别的？"

谢峥然眯起眼睛，表情狡猾得如狐狸："你不觉得奇怪吗？本来这是一件小事，可是音乐老师反应那么大……你是不是送信的时候，看到了什么？"

蒔蒔莫名就记起了那个中年男人。

"当时有人去看音乐老师，我躲起来了……"蒔蒔结结巴巴地将当时的情形说了出来。可是那暧昧的氛围，情人之间的嗔笑，她怎么都形容不出来。

谢峥然终于急了："别磨磨叽叽，直接学一下她到底怎么说的？"

蒔蒔扯住他的衣角，学着那娇嫩得几乎能掐出水的嗓音说："我为了你才来到这所破学校，你就不能多待一会儿吗？"

她自己都没想到，居然能学得这样像。

像对小情人撒娇。

教室里的空气瞬间冷凝。

谢峥然呆呆地看着她，忽然涨红了脸。一向冷静自持的他，居然在这一刻心跳如雷。咚咚咚，轰隆隆，像是有什么东西拼尽全力破土而出。

他茫然看向面前的女生。

蒔蒔伸出双臂，僵硬地摆在谢峥然的肩膀上："她还这样搂了那个人……嗯……"

谢峥然一把将她的手甩掉，本来只是涨红了脸，这回是脸颊烫得如同烙铁。

这世界上，怎么会有这么迟钝的女生呢？他一边这样愤愤地想着，一边被她继续吸引。她正用一双黑葡萄般的眼睛牢牢地看过来，充满信赖和期许。

他迅速扭过头，咬牙切齿地说："我明白了，事情是这样的。"

经过一番描述，蒔蒔终于明白这个娄子是怎么捅下的。

总之就是她送信的时间点非常凑巧，撞见了音乐老师和男朋友私会。音乐老师后来发现了道歉信，认为自己的隐私被这个莽撞的学生看到了，所以才兴师动众地先下手为强，一定要让这个学生好看。

"对不起……"

"没事，反正我早就跟她闹翻了。"谢峥然无所谓地说，"你还不知道吧，那个音乐老师，就是 Ann。"

蒔蒔吃惊。Ann 居然来这所学校当音乐老师了？

她恍惚记起了那堂大提琴课，Ann 看向谢峥然愤怒和失望的眼神。

"别多想了，反正这件事已经过去了。这所学校不是她开的，她也不能拿我怎么样。"谢峥然伸了个懒腰，揉了揉肚子，"走哇，回家，你不饿？"

蒔蒔赶紧呆呆地跟上他的脚步。

他一边走一边说："夏蒔蒔，我总算明白了，不是躲开你，就能躲开麻烦的。"

蒔蒔赶紧点头。

谢峥然回头看到她的样子，忽然感到可爱至极，忍不住伸出手揉了揉她的头发。就这样看着她，他终于觉出心头涌出一丝暖意。

"所以，既然躲不开，"他慢慢地说，"那我们不用离得那么远。"

随后，两人各自回家。

—6—

蒔蒔不知道，暗地里有一双眼睛目睹了这一切。

蒔蒔只顾得上心头雀跃地，细细品味着谢峥然说的每一个字。

——那我们不用离得那么远。

蒔蒔完全忽略掉了那个无奈的前提，觉得这是他开始接纳自己的表现。对于蒔蒔而言，他眉间眼梢的每一个动静都可以细细品味。

这样想着，她就能傻呵呵地笑出来。

"笑什么笑！"一声厉喝劈下来。

蒔蒔吓了一跳，定睛看到喵喵横眉竖目地站在眼前。

三十六计，走为上计！

蒔蒔转身打算逃跑，却发现许千山就站在她身后，堵住了她的去路。看来，两个人是预谋好了的。

更糟糕的是，她这次没有擀面杖可以当作武器了。

喵喵将莳莳逼进一个小角落里，一把拧起她的耳朵："老娘早就看你不顺眼了，你上次居然还敢拉谢峥然当你的救兵？你到底知不知道我喵喵的称号是怎么来的？"

莳莳忍着痛摇头。

许千山骄傲地说："每一个得罪喵姐的人，都要在周一全校师生大会上学猫叫！不许向老师解释。"

耳朵火辣辣地疼，莳莳一边尖叫一边挣扎："神经病！放开我！"

"瞧瞧，胆子就是大，还敢说我是神经病？"喵喵伸手就是几个巴掌。莳莳被打得眼冒金星，反应过来后咬住了喵喵的胳膊。

喵喵惨叫一声，一脚踢在莳莳肚子上。

莳莳捂住肚子蹲下了，她疼得五脏六腑都皱成一团。泪眼蒙眬中，她想，要是谢峥然能像超人一样跳出来救她就好了。

而事实是，她也的确在心里呼喊了他的名字。

"你们别玩太过了，我毕竟还要跟她一起回家。"一个声音忽然响起。

莳莳抬头，看到夏暮雪施施然走进这个角落，手里拿着一支绿豆雪糕。她鼻子一酸，哽咽着喊："姐……"

"表姐。"夏暮雪纠正。

许千山多嘴："可是你之前还说你们是堂姐妹啊！"

夏暮雪狠狠瞪他一眼："闭嘴！"她将绿豆雪糕递给莳莳，"给。"

莳莳接过来，小心翼翼地舔了一口。

"你以为是给你吃的？呵呵，别自作多情了。"夏暮雪拉过她将雪糕敷在她的耳朵上，"这是给你消肿的，让爸妈看到了不好。"

"卑鄙！"莳莳终于明白过来，"是你让他们欺负我的？"

夏暮雪扑哧一声笑了出来，凑在莳莳耳边狠厉地说："别这样看我呀，我才应该是生气的那一个。我作为独生女长到这么大，一直以为一切都是我的。谁想到有个妹妹从天而降，要将我的世界一分为二然后送给她。你觉得，我不应该生气吗？"

"如果有选择，我才不屑做你的妹妹。"

"别这么说，现在我们还得继续演戏。哦，对了，你要是敢在爸妈面前露出破绽，我就有办法让你滚回小镇上去。"

莳莳的心猛地抽紧。

她离不离开夏家都无所谓，但她不能离开谢峥然。

"小雪，说实话你的绿豆雪糕拿出来太早了。"许千山甩了甩手腕，"现在轮到我了……"

莳莳忽然使劲撞向许千山的肚子，在他发出一声惨叫后，像一只小犀牛般冲出了角落。她使劲跑着，书包里的书本掉了一地也没顾得上。总之，只要能离开这讨厌的三个人，怎样都可以。

不知道跑了多久，她才停了下来。周围暮色擦黑，星子在头顶上亮啊亮，所有的光辉都集中在眼前的小院落，像童话里的世界。她就是在这里第一次见到了谢峥然。那时候，Ann 老师给他们上大提琴课，窗外蔷薇盎然开放。

如今，蔷薇已然凋谢，只剩浓绿的一丛丛枝叶，在夜风中来回摇曳。

如果她有一个魔法哨子该多好，需要她的救世主出现，她就吹响那个哨子。她喜欢看他一身锋芒的样子，即便那锋芒会刺伤自己。

可是，在她今天最痛苦的时候，他没有出现。

莳莳突然悲从中来，蹲在地上哭了起来。

−7−

莳莳到家里的时候，爸爸妈妈正在等她。

"你怎么回来这么晚？"岳晞容第一次对莳莳发脾气，"你的脸是怎么回事？"她紧紧盯着女儿，生怕漏过任何一个可疑的细节。

爸爸在旁边黑着脸坐着，而夏暮雪则不高兴地说："莳莳，放学的时候，我明明喊你等等我了，你怎么还跟喵喵她们混在一起？

"说，你是不是跟学校里的小太妹混在一起？"

莳莳死死盯着夏暮雪。这个姐姐太可怕了，不仅找喵喵来害她，还要在爸妈面前陷害自己。

"我没有。"

夏暮雪哼笑："我看到了，你跟喵喵一起走了，她要带人去打其他女生。"

岳晞容惊叫："莳莳，所以你才弄成这副样子？"

"我不想解释。"

"你是我的女儿，你必须给我们说实话！"爸爸暴怒起来。莳莳吃惊地看着爸爸。在这一刻，他的表现终于像一个父亲了。

"实话就是，夏暮雪找人打了我。"莳莳淡淡地说。她观察到夏暮雪的表情有过一丝慌乱，但很快镇定下来。岳晞容根本就不相信，猛地放下手中的茶杯："你在胡说什么？"

莳莳冷冷地看着他们。

人们只相信自己的判断。没有人，相信她。

"那现在怎么办呢？你们要把我送回去？"莳莳的心里忽然生出许多恶意，"我是不会回去的。你们如果真的要送走我，我就告诉所有人，我不是你们远亲的女儿，我就是你们亲生的。"

气氛一下子降至冰点。

岳晞容的脸煞白煞白，爸爸瞪圆了眼睛，但那些火气终于没有再次爆发。

莳莳直觉，她最后一句话戳到了爸爸妈妈的软肋。难道真的如同谢峥然所说，她的身份曝光，爸爸的仕途就会终结？

"去吃饭吧。"岳晞容疲惫地起身走向厨房。莳莳看到，她眼中盛满了失望。

夏暮雪白了莳莳一眼，无声地用口型对她说："离谢峥然远一点儿。"

莳莳没有搭理，而是将房门重重地关上。

—8—

第二天早起，莳莳才开始发愁。昨天被扇耳光，当时脸颊只是红红的，经过一夜之后，居然肿了起来。

她不情不愿地走进教室，将头埋得很低很低。这副丑样子，被谢峥然看到该怎么办？

可是好巧不巧，他正好来收作业本，走到她面前敲了敲桌子："交作业。"

莳莳闷闷地将作业本放到他手上。可是谢峥然还是眼尖地看到了她的脸颊："你的脸怎么了？"

夏暮雪也许是听到了动静，从前排侧过脸，扫向莳莳的眼风带着警告。莳莳缩了缩脑袋："嗯……昨天碰见了几个抢劫的小混混。"

"是谁？"他皱紧了眉头。

"不认识，可能是别的学校的。"莳莳低下头去，"没事的，就抢走了早餐钱，爸妈还会给我的。"

所幸上课铃响了，他没有再在这个令她难堪的问题上多作停留。可是快下课时，一个圆滚滚的小纸团滚到她的桌面上。拆开一看，是谢峥然清秀的笔迹："放学后去天台。"

莳莳顿时觉得，在这个世界上，能称之为天堂的地方，就是天台。

她极力地想按捺住心中的雀跃，可是嘴角还是没出息地弯了起来。讲台上的英语老师终于开始不满了："夏莳莳同学，你笑什么？"

莳莳唰的一下站起来："报告，因为老师你讲得太精彩了！"

"那你告诉我，我刚才讲的这道题目的答案是什么？"

"选 C。"

全班同学哄堂大笑，英语老师也气得笑了，将半截粉笔头狠狠地砸在莳莳头上："说你开小差，你还拍马屁！我刚才讲的明明是翻译题，95 页最下面。"

莳莳摸了摸脑袋，还是忍不住笑。真是疯了，她的心里乐开了花，哪怕五分钟后开始世界大战，她也会没心没肺地笑个不停。

翻译题很简单，只有一句：You are in my heart more than all. 于是莳莳想也没想就说了出来："你在我心里胜过所有。"

英语老师的脸色终于好看了一点儿："翻译得很准确，坐下吧，记得认真听讲。"

蒔蒔乖乖坐下。她的心跳得厉害，不敢去看谢峥然，同时也有一点儿失望。

少女的内心有一点小小的奢求，希望周围的所有人都化身为聋子，而刚才那句话——你在我心里胜过所有，只有他听得见。

只要他，听见。

放学后的天台，微风轻轻。

谢峥然已经在等她了，看到她走过来就说："我打算教你一点儿擒拿格斗术。"

蒔蒔愕然。原来是教擒拿格斗啊，她还以为他是决定化身为她的保护侠，或者问她那些小混混的长相。她刚才还在发愁，如果他真的要为她打抱不平，她该怎么回答呢？

"为什么要教我？"

"因为你学会了的话，就不用来麻烦我了。"他一贯的清冷淡然。

蒔蒔忍不住有些失落，好心情一扫而空。

"别浪费时间了，我先教你基本的。"谢峥然示意她将书包放到一旁，然后抓住她的肩膀，"如果有人这样抓着你，你可以攻击他（她）的肘关节，这样……"

他很认真地教她，蒔蒔也很认真地学。可是她的心，还是扑通扑通跳个不停。

"假如有人从后面抱住你，记得用你的肘关节使劲往后撞，最好撞到他的肋骨。来，你撞我一下。"

谢峥然张开两臂从后面环在她的左右，并没有真的触碰到她。蒔蒔却脑袋里空白一片，不知道该如何反应。

"你快啊。"他催促。

蒔蒔慢慢用肘关节往后撞，碰到他的校服后就停止了攻击。谢峥然不满地说："你这力道可以赶走一只蚊子吗？不要考虑我，用你最大的力气。"

蒔蒔应了一声，头脑一热，肘部狠狠往后撞去。谢峥然闷哼一声，后退了两步。她彻底被吓呆了，回身扶住他："你怎么了？没事吧。"

"没事，"他迅速恢复常态，"你做得很好。来，继续复习我刚才教你的，如果有人抓住你肩膀，你该怎么办？"

莳莳全部精力都集中在刚才那一击，根本就没有注意他的动作。只是重心不稳的一瞬间，她的额头就狠狠撞了他的。

两人眼睛对眼睛，眨巴两下。莳莳看到谢峥然的眼睛里写满了她的影子，满满的都是惊讶。

莳莳慌乱地后退，她不知道该如何面对这突如其来的亲密，于是抓起放在地上的书包就落荒而逃。

额头上触碰的那一块，温度骤然升高。

−9−

莳莳想，她大概发烧了。头痛、鼻塞、浑身无力感接踵而来。

不过谢峥然没有任何异常反应。

批改的作业本发下来了，莳莳原本指望能借此机会和他说上一言半语。谢峥然却只是将作业本放在她的桌角，没有看她一眼，连眼角的一点小端倪都没有显露。

莳莳明显很失望，可是接下来的一堂音乐课让她顾不上这些小情绪了。因为 Ann 走进了教室。

Ann 瘦了许多，锁骨高得吓人，眼神中带着警惕和戒备。莳莳总觉得她在有意无意地看谢峥然。也许，她心里正在揣测谢峥然，为什么总这么跟她过不去。

谁说人生不是一场狗血大戏呢。

你看，不过短短一两个月，几个人又相逢了。

"这堂课的主要内容是欣赏大提琴演奏。"Ann 打开多媒体箱，插入U 盘，开始播放一段大提琴演奏。流畅的音乐在教室里徐徐流淌，从温柔到高昂，默默点燃了凝固的空气。那是音符专属的魅力，通过振动耳膜，从而达到心灵上的共振，开出一朵朵绚丽的花朵。

蒔蒔忽然觉得这段音乐有些耳熟，究竟在哪里听过呢？可是还没等她记起来，就听到喇叭里传出刺耳的声音。那声音古怪又诡异，似乎是大提琴被砸碎的声音，凌厉得几乎要穿透心脏。

是谢峥然砸琴的那一天，他演奏的音乐！

同学们都堵住耳朵，喵喵更是破口大骂："什么鬼音乐！"许千山更是使劲砸桌面，以表示抗议。只有蒔蒔和夏暮雪，脸色瞬间雪白。

Ann不慌不忙地关掉音乐。

几乎可以确定，Ann是在向谢峥然宣战。

蒔蒔觉得不可思议。Ann这样做，就仅仅是因为她认为谢峥然吓唬她，又窥探了她的隐私？

蒔蒔迅速看向谢峥然。他半低着头坐在座位上，像是在打盹，又像是玩手机，然后他弯腰似乎在捡地上的一个什么东西。

可是，他一直没有再直起身子来。

蒔蒔忽然觉得不对劲，低头一看，谢峥然的课桌后面空空如也，他居然不知道什么时候溜出了教室。而与此同时，Ann也在讲台上向大家道歉："对不起，我放错了音乐，请大家欣赏另一段音乐，我会调换正确的演奏曲给大家听。"

音乐声又响起，Ann走出了教室。

这一次，同学们再也不像之前听得那么投入，有不少同学开始拿出练习册来做题目，女生们开始交头接耳。蒔蒔趁左右同学不注意，也装作捡东西，猫着腰从教室的后门溜了出去。

走廊里静悄悄的，偶尔传来整齐清亮的读书声。经过别班的窗户，还能听到犹如白蚕食桑的沙沙声。

蒔蒔终于在楼梯间的一个拐角处找到了可疑的身影。谢峥然质问的声音传来："Ann老师，你究竟想做什么？"

"你趁早告诉我，那个人是谁就可以了。"

"吓唬你的人是我，去塞道歉信的人也是我。"

Ann的冷笑传来："你当我是傻子吗？当时吓到我的那个人，明明是个女生。那封道歉信上的笔迹，明显也属于女生的！你别以为你把所有事情都揽在自己身上，我就会信！"

一段难堪的沉默。

莳莳蹲在地上，大气都不敢出一声。就在她以为两个人已经离开的时候，谢峥然的声音终于响起。

"收手吧，Ann 老师，你做的那些龌龊事。"

"你没有资格来对我进行道德评判！"

"可你跟他是没有未来的，他有家庭，有女儿。"

"我们是真心相爱的。"

原来所有的不道德都可以用爱这个字来做挡箭牌。只要是有爱，就可以暂时抚慰内疚的心灵，继续在看不到未来的路上走到黑。

谢峥然显然不想再多说："不管你做的事被谁看到，我都会保证，那个看到的人不会多说。"

"我凭什么相信？"

谢峥然不再多说，直接转身上楼。莳莳这才惊醒过来，飞快地转身。可是当她看到身后不远处还站着夏暮雪，顿时呆住。夏暮雪用手指做了一个嘘声的动作，拉着莳莳飞快地上楼。

她们穿过走廊，径直跑到教室的后门。可是谢峥然显然并没有回教室的打算，走廊的尽头迟迟不见他的身影。

夏暮雪问："Ann 老师究竟做了什么龌龊事？"

莳莳莫名就记起那天阴暗的黄昏，Ann 在那个男人面前千娇百媚的样子。她想说，但不敢，于是只好摇了摇头。

"那个惹到 Ann 老师的人，不会就是你吧？"

莳莳点头。

夏暮雪恨得想吃掉莳莳："原来是你害的谢峥然！"

莳莳哑口无言。

透过玻璃窗，不少同学开始好奇地向这对姐妹花望过来。夏暮雪不自然地整理了一下头发，警告地瞪了莳莳一眼，然后进了教室。

第四章

忧伤化为积雨云

◆

女人被爱情冲昏了头，自以为爱情会天长地久。
其实，男人柔情的保质期，跟女人们的花期一样长。
岳晞容的花期，已经到了尽头。

—1—

真凶浮出水面，必然群起而攻之。

莳莳的脑海中莫名地就浮现出这样一句话。

没错，她害得谢峥然莫名其妙地被罚，自己肯定要付出代价。夏暮雪和喵喵这两个平时互为死对头的女生，一定又会结成同盟来针对她了。

莳莳决定认真练习谢峥然教她的擒拿格斗术。她在房间里想象出一个又一个的假想敌，然后像武侠剧里的人一般出拳。至于谢峥然，说不定会和她并肩作战，击败一个又一个的坏蛋。

岳晞容听到动静，刚刚打开门，一个枕头就砸在她的头上。"莳莳你搞什么鬼？"她恼火大喊。

"我在减压。"

"减什么压，快去做作业！"

莳莳吐了吐舌头，乖乖坐回书桌边，将台灯扭得更亮，开始做习题。岳晞容将门关上，莳莳的神思就开始飞跃出书面。她开始胡思乱想，架构出谢峥然夸自己进步神速的场景，然后咧开嘴巴笑了。

-2-

到了高中，似乎男生和女生之间的鸿沟越来越深了。一堂生理课之后，这种气氛就更加浓厚。

下午第二节课后，班主任走进来，推了推鼻梁上的酒瓶底："学校有通知，第三节课的自习取消，改上生理课。上半节课男生都去操场上踢球，然后回来上下半节课。女生们上完上半节课，就可以回家了。"

教室里弥漫着一种近乎诡异的沉默。

唯有蒔蒔不解，举手。

"夏蒔蒔，你有什么事？"班主任点名。

"为什么男生和女生不能在一起上课？"蒔蒔问。

教室里顿时响起了心照不宣的低笑。喵喵目露讥讽地看向蒔蒔，而夏暮雪干脆将头埋进臂弯，那姿势仿佛在和蒔蒔划清界限。

班主任的酒瓶底又滑了下来，他有些尴尬地重新推上去，咳嗽两声："那个……这是学校规定……学校规定！"

"可是同学们一直都是一起上课的呀。"

"学校规定，男女生不能一起上生理课！"班主任几乎要咆哮了，"夏蒔蒔，再捣乱你就不用上课了！"

蒔蒔一头雾水地坐下。

许千山探身过来："夏蒔蒔，你是真傻呢，还是装傻？"

"什么装傻？"

"你不知道为什么男生和女生不能一起上生理课？"

"不知道。"

许千山坏笑着说："那就让我告诉你为什么吧！"

还没等许千山说出下一句话，他的衣领忽然被人一把揪起。谢峥然面上冷若冰霜，将许千山整个人向后拖去，身后的一张课桌顿时摇摇欲坠，几乎倒地。他不顾许千山的挣扎，冷冷地说了一句："该去打球了。"

两人离开教室的时候，莳莳还听到许千山在咕哝："哎，我说谢峥然，平时怎么不见你找我打球？"

等教室里的男生都走光了，生理老师才走进教室，打开了电脑和幻灯片。开始上课了，女生们鸦雀无声，莳莳认真地听着老师的课程。当老师讲解到男生生理构造的时候，她感到前所未有的惊讶。

她长到十三岁，第一次看到讲解男女身体区别的幻灯片。画面那样直白，让她想弄不明白都困难。

莳莳忍不住脸红，一股罪恶感涌上心头。

"喂，莳莳，你能不能别看？会长针眼的。"旁边飞来一个纸团，正好砸在莳莳的头上，于是她这才发现喵喵正趴在桌子上向她做着手势。

莳莳这才发现周围的女生都很不自然，不是看着窗外，就是望着地面，还有的干脆趴在胳膊窝里不抬头。夏暮雪用口型对她说："莳莳，你就像一个女流氓。"

原来如此。

莳莳懵懵懂懂地明白了，为什么男生和女生不可以一起上生理课。

终于，生理老师的讲解进入尾声，莳莳听到许多人微微地松了口气。可就在这时，前排忽然有女生尖叫起来："有男生回来了！"

莳莳向前排窗户望去，只看到许千山的身影一晃而过。女生们仿佛都打了鸡血，义愤填膺地向生理老师抗议："老师，男生们提前回来了！"

"老师，快把幻灯片关掉！"

"太讨厌了，这些流氓！"

这是最敏感的时刻，犹如打开了新世界的大门，女生们还未适应突如其来的强光。女生们心头都荡漾着难言的滋味，那是自相矛盾的一种心态——长久以来朦朦胧胧意识到的问题，在这一刻都豁然开朗，可是暂时还没有人有足够强大的心理去直接面对。

收拾好书包，从教室里离开的时候，莳莳恰好碰见谢峥然迎面而来。白色球衫还是一尘不染，微微有了汗味，似是刚刚经过一场剧烈的练球。

她自己都不知道为什么突然尴尬得无所适从。

"踢球回来了？"她干笑着问。

谢峥然没有回答，将目光挪向别处，却在经过她身边的时候"嗯"了一声。变声期的男孩子，嗓音已经是略带磁性。

然后，两颗小星球擦肩而过。

就是在这短短一刹那，他的球衫一角蹭到了她的手背，莳莳顿时感觉心脏像是被人捏住，然后闯进一头莽撞的小鹿。

咚咚。

咚咚咚。

她的心剧烈地跳起来。

莳莳想，她一定是突然得了心脏病，说不定下一刻就要死掉。

可是什么也没发生，谢峥然走了过去，消失在教室门内。许多男生大声谈笑地从楼梯口那边走过来，莳莳下意识地皱起眉头让到一边。

破天荒的第一次，少女对男生们有了区分的意识。

她的谢峥然就是白月光，那么干净那么纯粹，而其他男生却是在泥土里打滚，沾染了一身庸俗的红尘。

他们之间有着本质的不同。

"姐。"临到上车，莳莳突然问。

夏暮雪的手停在车门上："什么事？"

莳莳迟疑地问："生理老师也会向男生们……讲解女生吗？"

夏暮雪的脸顿时涨得通红，比天边的晚霞还要艳丽。她咬牙切齿："夏莳莳，别废话，你赶紧给我滚上车！"

这堂生理课带来的尴尬，很快就随着时间的流逝而烟消云散。本来嘛，就是大家都朦朦胧胧知道的事情，只是点破了而已。

夏暮雪一直都想撬开莳莳的嘴，询问她到底看到 Ann 做了什么。但是无论怎么恐吓，莳莳都是一言不发。莳莳想起那个像极了爸爸的背影，感到无边的恐惧。

期中考也很快来临，为了能够拿到不错的成绩，夏暮雪暂时搁置下这件事，开始准备起功课来。莳莳松了口气，只要不问她 Ann 的事，怎样都可以。

在一次语文小测验之后，莳莳出人意料地拿到了第一名，让班主任对莳莳刮目相看。而这所高中和其他高中并没有什么不同，无非是以成绩论英雄。所以班主任做了一个决定：任命谢峥然为班长，莳莳为语文课代表。

那时候班上订了《语文报》，恰好某期有个征文比赛。班主任鼓励大家踊跃参赛，收取作文然后统一邮寄到《语文报》编辑部。于是将作文收集上来并统一投递去编辑部，就成了谢峥然和莳莳的任务。

放学后，两人一前一后地出了校门。

初冬的傍晚来得格外早，天边暮色初上，带着一股萧瑟的寒意。从邮局出来之后，谢峥然紧了紧身上的羽绒服，瞥了她空荡荡的脖子一眼："你不冷吗？"

"不冷。"莳莳笑起来，"我从小身体就很棒呢，发烧感冒从没有过。"

"……"

谢峥然发现她真的和其他女生不一样，别人在这个时候，恐怕早就娇滴滴地喊着冷了，然后顺理成章地接受他的围巾和手套。

"不冷也不行，女孩子不能挨冻的。来，围巾给你。"他将脖子上的围巾脱下，不由分说地塞给她。

他的围巾很素，灰蓝相间的羊毛毛线织的，很大很暖和。莳莳将围巾裹上，果然觉得暖和多了。她抬眼看了看谢峥然，忽然觉得心里像熨烫过一般舒服。

高高瘦瘦的男孩子，领着她走在渐渐降临的暮色里。真希望这条路没有尽头，那样她就可以陪他一直走下去。

几张年轻的脸一晃而过，接着有人递来一包折叠餐巾纸："你好，请看一下。"

那是几个打工的学生。

谢峥然疑惑地接过餐巾纸，发现上面印制着某某医院关爱女性之类的广告字眼，用手指捏了一下，里面除了餐巾纸还有硬硬的东西。他抽出来一看，果然看到一个色彩斑斓的塑料小方袋。

他毫不犹豫地将餐巾纸扔进路边的垃圾桶。

"喂！你怎么扔了？"莳莳心疼地嚷嚷起来，回头看到那几个男生还在那里发放餐巾纸，一蹦一跳地跑回去，"你们怎么给他，不给我？"

男生们挠挠头，不好意思地回答："我们只发男生，不发女生。"

"为什么，太不公平了吧？"

"因为里面的赠品女生用不到啦。"

"给我。"莳莳固执地伸出手。

"莳莳！"谢峥然疾步走过来，"别闹了，我送你回家。"

"不要。"莳莳不高兴地嘟起嘴巴，从男生的手中抢过两包餐巾纸，"我拿走喽。"

"喂！你给我放下！"谢峥然的声音陡然升高。

莳莳愕然，不明白谢峥然为什么这么反常。她打开包装，拆开餐巾纸里的小方袋，看到了里面那只透明的"圆形橡胶气球"。

她松了一口气："不就一只气球吗？"在小镇子上，阿牛他们有时候会弄来这些透明的气球，装上清水打水枪，或者吹成圆圆滚滚的气球。这有什么可避讳的呢？

打工的男生们剧烈地咳嗽起来。

谢峥然感觉全身的血液都涌上了头顶，几乎要喷薄出羞愤的岩浆。他一把抢过莳莳手中的餐巾纸，一股脑儿全部扔进了垃圾桶，用斩钉截铁的语气说："走！"

莳莳委屈极了，只好跟在他身后离开。他看上去很生气，可是她连他生气的原因都没有弄清楚。

"谢峥然，我们谈谈好吗？"她追上去，仰着头看他，"你为什么这么生气？因为我拿了餐巾纸吗？"

幸好夜色开始渐浓，遮住了男生的脸红。

谢峥然将右手蜷起，放在嘴边轻咳一声，然后咬牙切齿地说："闭嘴。"

尴尬得空气都要变成石头。

莳莳抬头望天，天边一抹斜阳在默默燃烧，将云朵染得像是欲展翅的火凤凰。过了一会儿，那火凤凰才渐渐暗淡，成为一抹苍凉的灰。

邮局到了。

谢峥然去服务台买信封，然后将大家的作文折好放进去。莳莳在旁边看他填写信封，每一个字都被他写得清俊有力，潇洒漂亮。

她莫名就心情好转，刚才的尴尬一扫而空。

许多时候，她一点儿都不懂谢峥然。但那又有什么关系呢，她只要能够靠近他，就已经觉得很满足。

—4—

莳莳回到家，发现夏暮雪坐在客厅里做作业，厨房里传来岳晞容煎牛排的嗞嗞声音。

看到她回来，夏暮雪扔下笔，用复杂的眼神看过来。莳莳被看得发毛，想要进自己房间，夏暮雪却笑眯眯地贴上来："莳莳，怎么才回来？说好的，我们一起去补习呢。"

补习？

今天是周一，不用上晚自习也没有补习课的呀！莳莳直觉不妙，可是夏暮雪已经往厨房里喊："妈，差不多可以了，我们还要赶着出门呢。"

莳莳想辩解，夏暮雪却一把将她拉到一边，低声说："等下和我出门。"

"为什么？"

夏暮雪冷着脸："到时候你就知道了。"

"我不去。"谁知道夏暮雪又耍什么鬼把戏？万一把她打一顿推进阴沟，那可真是叫天天不应，叫地地不灵。

"我已经告诉妈，你和我会去补习，所以你发生任何事情，我都逃不了干系。都这样了，你还不放心？"夏暮雪半是威胁半是诱惑地说，"等下带你去个好地方。"

岳晞容丝毫没有察觉孩子们的计划，将晚饭端来。莳莳半信半疑地去洗手，然后开始吃晚饭。夏暮雪一副心事重重的样子，只吃了半碗稀饭。

"多吃点儿。"岳晞容给夏暮雪夹了一块肉，夏暮雪却夹到了莳莳的碗中。岳晞容很是欣慰，"你终于知道疼妹妹了。"

莳莳差点儿把那块肉吐出来。

夏暮雪草草吃完晚饭，拉着莳莳出了门。莳莳好奇地问她要带自己去哪个地方，可是她就是不回答，只是推来一辆自行车，让莳莳坐上后座。

她们到了一家假发店。推开门，里面挂满了各种各样的假发，有黑色长直发，也有金色的欧美式鬈发。莳莳莫名觉得有些害怕，感觉那些假发像一个个脑袋，下一秒钟就会有一张诡异的脸抬起来。

肥胖的老板娘热情地过来招呼："小妹妹，你们想买假发？随便看，看上了我给你们打折。"

夏暮雪自顾自地看那些假发，最后挑了一顶深棕色的短鬈发递给莳莳："戴上。"

莳莳戴上，发现镜中的自己居然有了几分洋娃娃的气质。就在这短暂的时间里，夏暮雪也给自己挑了一顶长鬈发的假发。她手指灵活地编织了两个麻花辫，然后问胖老板："一共多少钱？"

一番砍价还价、吹嘘诋毁之后，夏暮雪和莳莳才出了门。

"我们去电影院。"夏暮雪说。

"啊？"

去电影院需要打扮成这样？

夏暮雪深呼吸一口气："实话跟你说吧，我在爸爸的口袋里发现了一张电影票，显示的是今天晚上八点十分的爱情片。"

莳莳傻眼，她莫名就记起了昏暗的楼道里，Ann千娇百媚地抱住的那个男人。那个男人的背影很熟悉，她一直都不敢去猜那是谁。

"我相信你也不是傻子，知道我在说什么。"夏暮雪的脸上有一股超越年龄的成熟，"如果我没猜错，爸爸背叛了妈妈。"

"姐。"

"就算真相很残酷，我们也要勇敢面对。"夏暮雪推着自行车，帮莳莳正了正假发，"我们一定要看清楚，爸爸到底和谁一起看电影。"

—5—

因为是晚场，所以电影院正是客流高峰。

许多小年轻手挽着手在影讯屏幕前议论，还有不少人在讨论电影的预告片花，争论哪一部比较好看。

爆米花出售台前，喵喵的母亲正来回忙碌着，将一桶桶白白胖胖的爆米花递送到客人手里。喵喵则在旁边哼着歌，对着镜子化妆。

"死丫头，快去接一杯芬达。"

喵喵不高兴地放下小镜子，接了一杯芬达递送到客人手里，然后喊："妈，我出去有事。"

喵喵的母亲骂骂咧咧，大致是数落喵喵太贪玩。喵喵一点儿也没理睬，径直走到电影院门口，东张西望。

莳莳赶紧低下头。也许是那顶假发掩盖了面容，喵喵居然一点儿也没有认出她来。

夏暮雪从票站那边过来，愁容满面："那场电影票很紧俏，只有一张。"

"我们有一个进去就好了。"

"也行，反正你机灵点儿，一发现他们出现就记得给我短信，我在放映厅里留意着。"夏暮雪握紧手机，俨然准备好了战斗。

电影还有十五分钟上映，但熙熙攘攘的门口依然没有出现爸爸的身影。莳莳躲在一人高的海报后，注意着来往的行人。

可笑吗？

可笑啊。

她都不知道自己为什么会在这里守株待兔，去揭发一场见不得光的关系。从内心深处，她由衷地感到厌恶。

"谢峥然！"一个熟悉的声音响起。

莳莳从海报背后侧身望去，只见喵喵站在台阶下，正向远处招手，雪纺衫在夜风里荡漾，是那样飘逸。

那个向她走过来的男孩子，修长的身影，冷冷懒懒的神情，还真的是谢峥然。

莳莳的心立即停跳两拍。

仿佛是被一股无形的力量所驱动，莳莳不由自主地走下台阶。台阶很长很长，还有一段电梯。她三步并作两步地走下来，然后推开逆行的人群，向喵喵的方向走过去。

喵喵和谢峥然并没有进电影院，而是拐进了旁边一条很有名的美食街。在喧闹狭窄的街道上，弥漫着羊肉串的香气、各色小吃的香味，以及饭店里佐料十足的油烟。

喵喵十分兴奋，在谢峥然身边蹦蹦跳跳："没想到你真的会来哎。"

谢峥然回答了什么，莳莳一点儿也听不清楚。她只觉得谢峥然就像一块磁铁，无时无刻不在吸引着她这块小金属。

莳莳忽然为这样的自己感到羞愧。这算是跟踪狂吧？被发现了就该被狂揍一顿。

莳莳正打算转身离开美食街，忽然听到喵喵惊喜地尖叫一声："呀，真漂亮！能买给我吗？"

那是为数不多的一家精品店，店门口挂着两件情侣衫，粉色和蓝色的条纹，十分普通的式样，因为配色的缘故，所以看上去倒也清爽。

谢峥然扭头看向那两件衣服。隔着人群，莳莳看到谢峥然的眉头皱了起来。

"买这件吧。"他伸出修长的手指，"这件是抓绒的，比较厚。"

"可这件不是……情侣衫啊。"喵喵扁起嘴巴，露出小狐狸般的神情。精品店店主也出来招揽生意："这两件情侣衫是处理价，很划算的。"

谢峥然掏出钱包，唰地抽出一张百元大钞："我只要那件抓绒的。"

说完，扭头就走。

莳莳吓得转身，装作看寿司摊。也幸好有这顶假发，让她并不容易被认出来。

喵喵几步追上谢峥然，大喊："不就是一件衣服吗？买给我又怎么样了！要不然我出钱，我出钱买两件。"

"放手。"

"不放！"喵喵的怒火已经达到了顶点。

这算是啥情况？

莳莳的脸一下子红了。

人群中起了不小的骚动，许多人开始窃窃私语。莳莳终究忍不住，用眼角余光瞥向两人。只见谢峥然停住了脚步，依旧面无表情。

喵喵继续问："我们的关系……能更进一步吗？"

再次说出这句话时，她几乎是哆嗦着嘴唇。

而谢峥然的回答是："我能后退一步吗？"

喵喵顿时面如死灰。

说完这句话，谢峥然就大踏步地离开了。他经过莳莳身边时，莳莳赶紧低下头。衣风带过，扑在手背上，凉凉的。

喵喵不顾形象地蹲在地上大哭。莳莳终究是不忍，买了一份寿司，然后将老板送的一张餐巾纸递给喵喵。喵喵哽咽着接过，并没有仔细看莳莳。于是莳莳赶紧捧着寿司，小跑着离开了美食街。

寿司很美味，沙拉和番茄酱的比例很完美，肉松和黄桃也是绝配。

莳莳就坐在影院的等候大厅里，吃完了整整一盒寿司。刚吞咽下最后一口，她就看到夏暮雪从放映厅里走出来。

那场电影刚开始半个小时。

莳莳迎上去："怎么样？"

夏暮雪看了她一眼，目光里透着绝望。她什么也没有说，给莳莳看了自己的手机相册。只一眼，莳莳就觉得浑身的血液都冰冷了。

相册里有几张照片，可以看出那是他们刚入场时拍摄的。

爸爸和一名年轻女子在找座位。女子很漂亮很有气质，长黑直发垂在肩头，那张脸也并不陌生——正是 Ann。

苘苘无言地看着夏暮雪，夏暮雪默默地将手机收了起来。

许久夏暮雪才说："真脏啊。"

—6—

苘苘和夏暮雪回到家后两个小时，爸爸才回来。

岳晞容帮他拿包："你们单位真是忙起来不要家，整天加班。小雪，把榨汁机刷一刷，我去榨杯果汁。"

夏暮雪面无表情地站起来，却在清洗的时候，发出了刺耳的一声响。苘苘跑过去，发现榨汁杯被生生掰烂了。

"哎呀，你怎么能这么不小心呢？"岳晞容埋怨。

苘苘收拾残局："姐姐是太用力了，要不用其他杯子代替吧。"

"也只有这样了。"

夏暮雪只是站在旁边冷笑，忽然说："这世界真奇怪，什么都可以代替掉。"

苘苘吓得心脏狂跳，赶紧殷勤地找杯子清洗，借口自己有作业不会写，将岳晞容拉到一边。

还好，没有人听出夏暮雪话中的深意。

岳晞容给丈夫榨了一杯苹果汁，然后嘱咐两个女儿写完作业快睡觉。苘苘忍不住打量着忙着伺候丈夫洗漱的岳晞容。年过四十的家庭妇女，保养得十分得益，口里说的却是生活琐事和邻里八卦。从内到外地看，她依旧美貌，却已经没有 Ann 那种诱人的风采。

那种风采，叫作年轻。

听说岳晞容当年也是风靡校园的一枝花，婚后安心地在家相夫教子，藏起了自己所有的芬芳。

女人被爱情冲昏了头，自以为爱情会天长地久。其实，男人柔情的保质期，跟女人们的花期一样长。

岳晞容的花期，已经到了尽头。

临睡前，夏暮雪敲响了茚茚的门。

"我说我的，你干吗替我打圆场？"夏暮雪不满地问。

是那句"什么都可以代替掉"吧。茚茚想了想说："我怕大家尴尬。"

"真奇怪，做错事的人都没有尴尬，我们倒是感到不好意思了。"

茚茚挠了挠后脑勺，不知道该怎么回答。

夏暮雪白了她一眼："我宣布，不管以前发生过什么，从现在开始，你必须和我站在同一战线上。"

"战线？"

"没错！这是一场默默无闻的战斗，我们一定要把 Ann 赶走，守护我们的家。"夏暮雪的眼中散发着不一样的光芒。

在这样的时刻，茚茚却走了神。

她一遍遍地温习着谢峥然的一举一动，尤其是他在琴房砸琴，宣布不再是 Ann 的学生的那一刻——

难道，从那时候起，他就已经察觉到了 Ann 的不轨之恋了吗？

正因为察觉到 Ann 不为人知的秘密，但清官难断家务事，更何况他不过是一个十几岁的学生，所以才只能用那种方式来向 Ann 警告。

—7—

冬天很快来临。

期末考试在逼近，一股无形的压力悬浮在教室上空。茚茚开始暗中较劲，每天学习到深夜。夏暮雪却每天一副无精打采的样子，似乎在想什么心事。

茚茚猜，夏暮雪是在想怎么惩罚 Ann。

高一的音乐课，基本上只开半学期。加上最近要开始准备考试，所以

Ann 的音乐课被数学课霸占了有一阵子了。其实，眼不见为净，可是莳莳脑袋里总是盘旋着 Ann 对谢峥然的威胁。

以 Ann 的为人，会放过谢峥然吗？

想到谢峥然并没有将她交出来，莳莳觉得有些欣慰。

晚自习的时候，窗外下起了雨。趁着课间休息，夏暮雪走到外面打了一个电话。回来后，她坐到莳莳身旁，低声说："爸爸今天又加班。"

莳莳的心一下子抽紧。

"最后一堂课别上了，跟我去教职工宿舍楼。"夏暮雪的脸上布满阴狠。

"你要干什么？"

夏暮雪搂住她的肩膀，故作亲密地凑近她，说的却是："这事你比我有经验——我们去给 Ann 一些教训。"

根据夏暮雪调研的情报，Ann 和爸爸约会结束的时间一般是九点左右。这所学校里，许多老师都有晚自习上课计划。Ann 选择这个时间点回来，也许是避人耳目。

夏暮雪的计划是，在楼梯口涂上一层猪油，然后埋伏在附近的灌木丛里。等到 Ann 夜归，她们就跳出来吓唬她。Ann 一定会连滚带爬地逃进单元门，踩到猪油摔倒，是摔得脚踝骨裂还是其他什么，就完全看她的运气了。

"姐，你这个计划这么严密，为什么不自己做？"莳莳蹲在灌木丛里，扭头问蹲在身旁的夏暮雪。

夏暮雪回答："这里这么黑，我害怕。"

莳莳撇嘴，胆子这么小，居然也敢出来吓唬别人。

教职工宿舍区亮着几盏朦胧的路灯，在这个雨丝迷蒙的天气里，显得格外昏暗。

这气氛，真的有几分惊悚片的感觉。

莳莳和夏暮雪都屏住呼吸，生怕错过一星半点儿的动静。只听雨夜中有脚步声由远及近，带着一丝慌乱，又控制着步调，仿佛在掩饰什么。

从枝叶缝隙中向外望去，那是一个穿黑色羽绒服的女子，因为雨伞打得低，所以看不到脸。

夏暮雪疑惑地问莳莳："是她吗？"

莳莳犹豫地说："大概……是吧？"

看身形，对方应该是个妙龄的美貌女子。虽然 Ann 品行不端，但平心而论，她是这学校里数一数二的美女老师。

"行动！"

夏暮雪一声令下，莳莳从灌木丛里跃出，拦住了那人的去路，并发出一声鬼叫："站住！"

"啊！"那女子惊叫，但仍然压抑自己的嗓音。她手里的雨伞跌落在地，但她居然还有定力站在原地，歪着头打量莳莳。

莳莳抹了把被细雨打湿的脸，发现面前的人居然是喵喵。

夏暮雪来不及冲出来，从灌木丛后面站出来，看着喵喵愣住了。她下意识地问："你怎么在这儿？"

喵喵白着一张脸，什么也没说。

"我还要问你们，为什么也在这里呢？！"喵喵没多说，捡起雨伞快步向宿舍区外围走去。莳莳犹豫地问夏暮雪："姐，我们的计划还执行吗？"

"笨，被人看到了还执行个屁？想被人告发吗？"

计划就这样失败了。

夏暮雪恨得牙痒痒，在路上一直骂喵喵。如果没有喵喵的搅局，Ann 这会儿说不定已经吃到了苦头。

莳莳倒没有特别的感受，回到家擦掉衣服上的水渍就洗漱上床。窗户上蒙上了一层薄薄的水雾，她用手指在上面画出一个小人儿，怎么看都觉得像极了谢峥然。

窗户外雨声潺潺，室内温暖如春，她忽然开心地笑起来。十几岁，是女孩子最好的年纪。

第二天雨停了，天气又冷了几分。莳莳换了一件卡其色的羽绒服，顶着两只黑眼圈上了学。画在窗玻璃上的小人儿不见了，她略微有些失望。

快到元旦，学校里丝毫没有庆贺的气氛。班主任走进教室，让全班同学在纸上写，谁缺席了昨天的晚自习。

难道，昨天吓唬 Ann 老师的事情暴露了？

莳莳担心地望向夏暮雪，可是夏暮雪并没有看她，只是扬了扬手里的字条。莳莳看到，她在字条上写了喵喵的名字。

喵喵也示威地扬了扬手里的字条，上面赫然是莳莳和夏暮雪。莳莳无奈地将手中的字条搓成一团。很快，班主任开始收集字条，有的同学交了，有的同学没有交。

班主任看了看手里的字条，严肃地喊："夏莳莳、夏暮雪、何青竹，还有谢峥然，都给我到办公室里来！"

听到谢峥然的名字，莳莳有些意外。她下意识地看向谢峥然的位置，居然看到他正趴在桌子上睡觉。还是前排的男生捅了捅他，他才睡眼惺忪地抬起了头，前额的刘海被压得有些凌乱，看上去有些滑稽，也有些可爱。

很像一只刚睡醒的猫，正在梳理自己的爪子。

"都别磨蹭了，快去办公室！"班主任的脸色十分不好。

夏暮雪嘟囔："难道下一堂课不上了吗？"

"对，就是不上了。"

直到走进办公室，莳莳还没有意识到情况有多严重。办公室里已经聚集了四五个男生，都是陌生的脸孔。一看到莳莳他们，一个戴眼镜的中年女教师就阴阳怪气地说："黎老师，就你们班缺课的有女生。"

那四五个男生应该都是缺席昨天晚自习的，听到这句话，向莳莳他们望过来。班主任被奚落，更是无言以对，只好转移话题："事情还没有定论，没有定论。"

忽然一个冷峻的声音响起："老师，什么叫作'就你们班缺课的有女生'？有女生缺课，是很丢人的事吗？"

说话的人是谢峥然，他拨开人群走上前，懒懒地问："到底有什么事情，我们还等着回去上课。"

"你！"那中年女教师看向班主任，"你班同学是什么态度！"

班主任赶紧喝止："谢峥然，还不赶快向张老师认错。"

谢峥然理也没理，只是望向窗外。莳莳发现，他居然半垂着眼皮，在打瞌睡！在这种气氛下也能睡觉的，恐怕也只有他了。

中年女教师等不到道歉，只好开门见山："我就和你们直说了吧，昨天你们高一年级的英语试卷被偷了！老师就离开自己的宿舍不到一个小时，回来后就发现放在桌子上的试卷没有了，到底是你们中的谁，快交代！"

所有人都没预料到是这种情况，一时间都面面相觑。

本来以为是抓学风，没想到是查谁偷了试卷。莳莳第一时间怀疑上了喵喵，她那天穿的黑色羽绒服十分不合身，又不是常穿的衣服，难道是为了偷试卷故意做了伪装……

喵喵表情不自然地看向别处。

班主任忍不住了："你们快点儿交代，否则后果不堪设想。你，夏暮雪，先从你开始，你昨天没上课，去干什么了？"

夏暮雪十分干脆地回答："我亲戚夏莳莳肚子疼，我送她回家。"

"肚子疼怎么不请病假？"

夏暮雪撇撇嘴："每个月都有那么几天……假如我们女生每个月都请假，你们都给我们准假吗？"

大家都明白夏暮雪在说什么，顿时尴尬万分。班主任显然不好意思再问了，转而问喵喵："你呢？"

从一开始，喵喵就是重点怀疑对象。偷试卷的人，那肯定是差生！这几个人当中，还真就喵喵成绩最差。

喵喵冷冷地说："我看夏暮雪她俩逃课，于是也跟着逃课了，在学校外面的电影院里看了场电影。"

剩下的几个男生，自然都有自己的理由。唯独谢峥然，就是不肯说出自己逃课去做什么了。他烦躁地抓了抓头发："这是我的隐私。"

中年女老师看向班主任："我现在怀疑他就是偷试卷的学生。"

"这个……"班主任还是不愿相信，优等生会去偷试卷。莳莳急了，轻轻扯了扯他的衣袖："谢峥然，你快告诉老师，你昨天做什么去了？"

谢峥然望着天花板，吐出一句话："其实，如果你们能够留意，我每天晚自习的最后一节课都缺席的。"

班主任顿时无语，继而暴怒："谢峥然，你逃课还有理了？从今天开始，必须好好给我上晚自习，我亲自监督你！"

审问一番没有结果，最后班主任只好让所有人回去上课。刚走出办公室，趁着老师没有跟来，夏暮雪就狠狠瞪向喵喵："何青竹，偷试卷的人是你吧？"

喵喵冷笑："如果偷试卷的人是我，那么你们也有份参与。"

"你别血口喷人！"

"你忘了，"喵喵慢悠悠地说，"我们是互相举报的对方。"

"那又怎么样？"

"说你笨你还真笨！"喵喵鄙夷地打量着夏暮雪，"既然你也逃课了不在教室里，怎么知道我也逃课了？这说明我们仨肯定昨晚上碰见过。如果我是小偷，你们也逃脱不了干系。"

夏暮雪直接愣住。

莳莳傻眼了，她并没想到这一层。

而喵喵露出诡异的笑容，慢慢地凑过来，小声地说："其实吧，偷试卷的人，真的是我呢。"

喵喵又加了一句："有本事，你们去告发我呀。"

当然不能告发。

莳莳也开始鄙视起夏暮雪的智商了，她居然和喵喵互相举报彼此！如果不是一起干坏事，或者是半路上碰到过，怎么可能会知道对方逃课了呢？

莳莳忍不住低声问："那你为什么要偷试卷？"

据莳莳所知，喵喵根本不在乎成绩的高低。自从开学，她大考小考就没及格过。

可是她没猜到，喵喵居然指了指走在前方不远处的谢峥然："为了他。"

为了他？

为了能够靠近另一个人的世界，女生们总是会选择模仿男生的一举一动。而成为优等生，也是其中的一部分。

莳莳想起喵喵在美食街上的伤心哭泣，同情分瞬间飙升，但是喵喵下一句话就让莳莳心头拔凉拔凉的："我警告你们，考试的时候必须给我传字条！不然，我就告诉老师，我们三个人一起偷走了试卷。"

莳莳顿时有一种被迫逼上贼船的感觉。

—9—

为了自保，夏暮雪只好答应下来。她还是第一次这么被人要挟，所以放学后坐在车里还在吐槽："何青竹算什么，居然敢要挟我！太可恶了。"

说完，夏暮雪又捅了捅莳莳："我说，到时候你也有份，你帮我给她递送历史答案。"

莳莳下意识地点头，但她的心思完全不在这上面。她只是在脑海中一遍一遍地想，谢峥然每个晚自习都去做什么了？

她忍不住窥探他的小世界，哪怕只看到了一星半点儿，对她而言也是吉光片羽。和他有关的一切，都值得纪念。

英语试卷被偷之后，老师很快就调换了试卷。得知这个消息之后，许千山在教室里哀号："我还想找那个偷试卷的人买答案呢，这下子又要凭借自己的实力了。"

夏暮雪不忘毒舌："你有实力吗？"

"那当然，我本来可以靠脸吃饭的，但我偏偏选择靠实力。"许千山笑得十分腥腆。夏暮雪白了他一眼，低下头继续温书。

期末考试快要到了，下课后，同学们也不再做其他休闲，一个个都在积极备战。莳莳想，关于偷试卷被调查的那件插曲，大家似乎都忘记了吧。

可是，事情的发展总是出乎人们的意料。

这天下课，班主任又将谢峥然喊到了办公室。莳莳和夏暮雪飞快地对视一眼，然后不约而同地到办公室门口偷听。

其实也不用偷听，因为里面的争论声很大，大到不费吹灰之力就可以听到。

"不是我偷的，我不会承认。"是谢峥然的声音。

"我希望你能解释清楚，你晚自习到底去了哪里，试卷被偷已经惊动校长了。"班主任明显按捺着脾气。

旁边有老师们在劝，却也夹杂着一个尖锐的声音："有人举报你，曾经砸碎玻璃，拿走被老师没收的东西！你成绩确实很好，但是不能排除你有偷东西的毛病。"

莳莳的心一下子揪紧。

"诬蔑，这是诬蔑！"夏暮雪气得几乎要冲进去，忽然奇怪地扭头问莳莳，"砸碎玻璃？谢峥然什么时候砸碎过玻璃？"

莳莳的脸发白，一句话也说不出。

莳莳想起那个傍晚，秋老虎的余热还未完全散去，昏暗的走廊里，他向自己借了一件空调衫裹在手上，然后砸碎了玻璃，拿走了那些拼图。

也就是在那个晚上，她发现了那些拼图，居然会发光。

她认定了面前的男生，就是传说中的小王子，拥有会发光的星星。可是万万没想到，会有人把这件事揭发出来，对他进行恶毒的指责。

办公室的门被猛然打开。

谢峥然面无表情地站在那里，面前是几个情绪激动的老师。莳莳呆呆地看着他，心头涌上一股不妙的预感，忽然觉得如鲠在喉。

那个尖锐的声音再度响起："就是她！就是那个女生！她当时看到了谢峥然砸玻璃，是她举报的谢峥然。"

所有人都看向莳莳。

就好像有一辆小火车呼啸而过，哐当哐当，碾碎了一切，充满了嘈杂。

怎么会这样呢？

这个时刻，莳莳只来得及说出一句："不是我，我没有举报。"

然后，谢峥然就已经擦肩而过，看也没有看她一眼。

事后，莳莳才想起，那个尖锐声音的主人，是 Ann。

Ann 就像是被人抓住了七寸的蛇，拼尽全力，扭动身躯，也要回过头去咬一口。最好能让牙齿上的毒液能够渗入皮肉，捣碎对方的五脏六腑。

因为他们都目睹了 Ann 的丑事，所以现在 Ann 的报复来了。

莳莳不知道怎么回到教室里的，仿佛自己已经变成一具行尸走肉，没有知觉。期间好像有老师点名让莳莳回答问题，一连喊了几遍，她才木木地站起来。

可是她只回答了一句话："不是我，我没有举报。"

全班哄堂大笑，只有喵喵和夏暮雪没有。

老师非常不耐烦，但可能是因为莳莳的脸色太吓人，于是也没有多追究就让她重新坐下。终于熬到放学，夏暮雪走到莳莳的课桌前："喂，我相信不是你举报的。"

莳莳惊喜地一跃而起："你相信？"

"废话，这还用猜吗，看都看出来了。"夏暮雪白了她一眼。喵喵心虚地收拾书包想要离开，结果被夏暮雪一把抓住，"喂，你不能像个没事人一样，就这样走了吧？"

教室里还有不少同学。喵喵紧张地小声说："你想干吗？"

"快去自首，不然 Ann 老师会咬住谢峥然不放。"

喵喵咬了咬嘴唇，终于用力地甩开："要去你去，我不去！"说话时，她的眼中竟然涌现出一丝恨意。

"你不是一直都……"莳莳还没说出"喜欢"两个字，喵喵就已经恶狠狠地打断了她的话："他活该！"

然后，喵喵不顾两人的惊愕，飞快地跑出了教室。夏暮雪追了上去，只剩莳莳站在原地不知所措。

如果喵喵不去自首，谢峥然会被退学吗？上一次，他已经被记过了。

因为今天爸爸要用车，所以她只能乘坐公交车回家。苘苘心情沉重地走出学校，脚步如同灌了铅一般沉重。可是下一秒钟，她忽然看到公交车站牌旁有一个熟悉的身影。

你相信吗？

如果你一直注意一个人，那么他就会像一颗发光的小星球。无论在人海还是闹市，你可以轻易地将他分辨。

—11—

麦当劳里洋溢着鸡块的香味。

苘苘挑了一个靠窗的位置坐下，然后鬼鬼祟祟地掏出英语课本挡在面前。她怎么也想不到，一路跟着谢峥然来到这里，会看到他穿上工作服，站在收银台后面。

他熟练地收钱，准备餐点，然后附送上一个微笑。

"小哥，你长得好帅，成年了吗？"一个二十岁出头的女顾客半开玩笑地问。

谢峥然言简意赅地回答："成年了。"

苘苘撇嘴，他撒谎。

"那就是说，可以喝酒喽？"女顾客索性将玩笑开到底。谢峥然直接没有接话，而是将托盘递给女顾客："您的餐点好了，请慢用。"

女顾客无趣地离开。

因为是夜间，所以店里并没有多少客人。谢峥然从口袋里掏出钞票，在点餐机上点了几下，然后取了一份汉堡和可乐，居然端着走出了收银台。

苘苘赶紧缩了缩脑袋。

可是已经晚了，谢峥然径直走到她面前，将托盘轻轻放下："请你吃的。"

苘苘讪讪地伸出脑袋："你怎么知道我在这里？"

"你的课本都拿反了，想不注意你也难。"

苘苘这才发现自己用来遮挡的课本居然反了！她不好意思地笑了笑，可是谢峥然已经转身离开，拿起拖把开始拖地。

她赶紧走上前，想要帮他，结果被他轻轻推开："这是我的工作，如果你帮我，被店长看到我会被扣工资。"

莳莳只好重新回到座位上，开始吃面前的汉堡。香味充斥唇舌之间，她的心也一点一点地暖了起来。

终于，他收拾妥当，顺利交差。莳莳赶紧收拾东西上前，将那杯可乐讨好地递过去："该口渴了吧？"

"我不渴。"

"你喝吧，你喝东西的样子特别好看。"

谢峥然无语地拿过可乐。莳莳低声问："谢峥然，你怪我吗？"

"你做错了什么？"

"我……我也不知道，"莳莳委屈极了，"我没有举报你……"

"我知道你没有。"

莳莳惊喜地抬头看他："你原谅我了？"

"你又没做错什么，谈何原谅。"他伸出手指，点了点她的额头，"我走了，得去附近一家便利店打工。"

"谢峥然，你为什么要打工？难道很缺钱吗？"莳莳急急地问。

他抬头，轻叹："缺钱，很缺钱。"

24 小时便利店的附近有一家医院，所以夜间也有不少生意。在便利店里值夜班，可以得到五十元人民币。

莳莳的心被揪得很疼。她原本以为像谢峥然这样的背景，是不需要考虑钱财问题的。

谢峥然很自然地推开便利店的玻璃门，却忽然回头。

莳莳站在台阶下看他，眼睛在灯光的照耀下漾起水光。他忽然觉得自己的心跳乱了一两拍，有那么短暂的一瞬，忘记了即将要做的事情。

"莳莳，谢谢你。"他从来都没有这么温柔过。

莳莳懵懂地问："为什么？"

"谢谢你发现了拼图的秘密。后来我把拼图拼好之后，发现妈妈在拼图背后用荧光粉画了布拉格的街景。"

"啊！所以……"莳莳有些激动，"你妈妈在布拉格？"

谢峥然点了点头："我想是的。"

这是他第一次透露这个秘密。

他辛辛苦苦地打工挣钱，就是为了有朝一日，能够站在布拉格的街头，说不定真的可以见到那个传奇中的女人。

"为了这个目标，你一定要加油！"莳莳满心欢喜。谢峥然笑了笑，向她告别，然后走进了便利店。

莳莳飞快地向家跑去，内心像小鹿一样狂跳。

华灯初上，夜幕降临。这座城市的霓虹灯，有时候太过绚丽，以至于没有人去注意天上一闪一闪的星星。

可是那又怎么样呢？只有她看到那璀璨的华光，这感觉就好像她独占了一份美丽，且独一无二。

第五章
想要赶赴你的每一场邀约

———◆———

这个梦弥漫着纯白色的大雾，看不见身后与前方。
可是世界那么大，
唯有他是清晰可见的。
这样就已经足够。

—1—

夏暮雪和喵喵约定放学后，在学校废弃的健身房里打一架。

两个人都是那么强势，一个要喵喵去自首，一个死活不愿意，于是就用打架来解决。不过，两个女生都很有默契地没有打脸，大概心里明白闹开了对谁都不好。

莳莳提前去买了医用酒精、药棉和创可贴，等她回来，发现她们之间的争斗已经结束。喵喵将一条腿压在单杠上，正吹着膝盖上的瘀青。夏暮雪靠在沙袋上，捂着脖子龇牙咧嘴。莳莳赶紧把医用酒精递过去。

"你下手可真狠。"

"你也一样。"夏暮雪将伤口小心地包扎好，然后竖起衣领，"你的白骨阴风爪真厉害，不过我的拳打狐狸精也不赖。对了，谁赢了？"

喵喵说："反正输的不是我！"

"你赖皮！明明是你输了，要去自首的。"

"就赖皮怎么样？你心疼他，那你去自首哇！"喵喵用大拇指拨了一下鼻子，痞气十足地走出了健身房。

夏暮雪气得直跺脚："怎么办？又被她耍了！"

可是让所有人大跌眼镜的是，第二天喵喵居然去自首了。

当时，她大摇大摆地走进班主任的办公室，把几张纸往桌上一放。班主任居然还没反应过来："何青竹，你交作业？"

喵喵弹了弹试卷："看清楚，偷试卷的人是我。"

办公室里静默了几秒钟，然后响起了班主任的怒吼。据许千山描述，那怒吼的分贝不亚于《侏罗纪公园》里的恐龙叫声。没多久，喵喵的处理结果就出来了，记过，请家长。

喵喵坦然接受，然后谢峥然的嫌疑顺利解除。作为惩罚对象，她需要在教室外面站三节课。

外面的雪花飘啊飘，走廊里冷得像地窖。第一节课下课，喵喵冲进了教室，使劲搓着被冻得通红的两只手。她的眼睛偷偷瞄向谢峥然，可是他并没有看她一眼。

谢峥然静静地在看书，仿佛谁受罚都与他无关。喵喵的眼睛红了起来，苆苆终于看不下去，将围巾取下来给她。

喵喵丝毫不领情："同情我？"

"不是，怕你冷，很暖和的。"苆苆不由分说地给她系上。夏暮雪也凑过来，拍了拍喵喵的肩膀："算你仗义。"

"谢谢。"喵喵轻声说。

"我没听错吧？你居然和我说'谢谢'？"夏暮雪夸张地揉耳朵，似乎自己听到了什么了不得的话。

喵喵白了她一眼，站起身向外走去。

与此同时，上课铃声刺耳地响起。

—2—

苆苆做梦都没想到，自己居然有一天会和喵喵成为朋友。

高一年级要在校园运动会开幕式上做体操，所以统一服装就成了硬性要求。因为冬季的校服十分肥大，所以许多女生平时都穿便服上学，只有快要做体操的时候才换上校服。

还有十五分钟就要开始列队，女生们将男生赶走，偌大的教室立即成了更衣室。女生们一边换衣服，一边吐槽起校服来。

"这校服丑死了，地摊货都比它强。"

"设计师是谁，我保证不打死她。"

也有人开始议论起女生的私密话题来。

"哇，你已经开始穿胸衣了哦？"

"没办法，老妈说太大了，不穿会下垂。"

"这样很好哇，你皱什么眉头啊？"

"冬天还好，到了夏天，会被男生吹口哨，讨厌死了。"

"你懂什么……千万不能像夏莳莳那个飞机场一样，男生都不看她一眼的。"

……

莳莳低头看自己平坦的胸部。

那里小小的，难道不是一件很安全的事吗？夏天穿低领不怕弯腰，冬天穿棉袄不怕臃肿，多值得骄傲啊。

怎么自己反而成了被揶揄的对象呢？

喵喵也在换衣服，突然皱了皱眉头，对身旁一个女生说："肩带好像掉了，你帮我挂上吧。"

喵喵掀起衣服，露出了白皙的肚皮。莳莳莫名脸红，将视线扭转到一旁，可是窗玻璃上的一道亮光打断了她的思绪。

莳莳一怔，下意识地喊了出来："有人拍照！"

女生们停止了动作，疑惑地看着她。喵喵眼神凌厉地扫视一周，忽然将一名女生的手机打落在地。喵喵捡起手机，翻了翻相册，果然看到了以自己为主角的几张照片。

"变态！"喵喵删掉了相片，然后将手机扔进了水桶。女生的脸白了一白，想要冲上前捞起手机，被喵喵一拳打倒在地。

"住手！"莳莳下意识地喊。

喵喵警告性地点了点女生的额头："今天我好姐妹让我住手，我就饶了你这一次。下一次，你就没那么幸运了。"

好姐妹是什么鬼？

莳莳半天没反应过来。喵喵走过来搂住她的肩膀，大声宣布："夏莳莳，从今往后你就是我的好姐妹！"

夏暮雪在旁边撇嘴，不过喵喵同样将她拽到自己身边："夏暮雪，咱们以后也是好朋友对不对。"

莳莳真的想提醒她一句，她口中的好朋友，前几天还和她打成一团呢。

结果，刚做完体操，喵喵就暴露了她的私心。

体操结束，喵喵故作亲热地搂住莳莳的肩膀："你知道谢峥然每天晚上都去做什么吗？"

莳莳心里警铃大作。喵喵赶紧解释："我没其他意思，就是想跟他道个歉而已。"

"在学校为什么不能道歉？"

"我又逮不到他的人。"

说话间，莳莳才注意到，开幕式刚刚结束，谢峥然已经不知去向。他本来有体育特长，但这次运动会竟然一个项目也没有参加。喵喵继续央求，表情里带着撒娇和狡黠："莳莳，你肯定知道，对不对？告诉我，我要跟他当面道歉。"

莳莳继续摇头。

"要不然，你陪我去？"喵喵改变了一下策略，"运动会开完就要考试，然后就放寒假了，马上就没有机会了。"

莳莳终于没有理由不答应。她在运动会进行得如火如荼之际，和喵喵瞅了一个空子溜出了操场。此时，夏暮雪正在沙坑前酝酿情绪，她接下来要挑战跳远。本来说好的，莳莳和喵喵都要做她的啦啦队后盾。

莳莳和喵喵跑出操场。那些呐喊加油声，慢慢地变得很远，很远。

　　还没走到麦当劳门口，莳莳就看到门口围了一堆人。

　　她跑到跟前，看到了最不想看到的一幕。

　　是谢父正在和谢峥然对峙。两人看起来已经吵过一架，旁边的工作人员正在劝架。

　　"让开！我不需要你来管我！"谢峥然拨开谢父的手。谢父冷笑："我管了你十几年，现在你不需要我管你了？"

　　谢父看向工作人员："你们知不知道他还不满十六岁，你们这是雇佣童工，知不知道！"

　　工作人员一脸愕然，反问谢峥然："你不是说，你是附近大学的大学生吗？"

　　谢峥然没有回答，脱下工作服，推开门走了出去。他的力气很大，差点儿撞倒了门口的一个路人。莳莳看着他走远，想要追上去，却被喵喵一把拉住。

　　"叔叔。"

　　喵喵上前甜甜地喊了一声。谢父立即注意到面前这个年纪和自己儿子差不多大小的女生。他疑惑地问："你是？"

　　"我是谢峥然的同学。"

　　"哦，让你见笑了。"谢父并无留意，尴尬地想要离开。喵喵上前甜甜地问："叔叔，也许我可以帮你。"

　　"怎么帮？"

　　"我们都是谢峥然的好朋友。"喵喵大言不惭地说，"明天我去学校，一定要好好劝说谢峥然。"

　　"真谢谢你们了。"谢父看到一旁的莳莳，"你不就是老夏的那个……亲戚的女儿吗？"

　　"叔叔好。"莳莳硬着头皮打招呼。谢父的眼睛里闪过一丝狡黠的光芒："看来老夏不怎么管你，你看还不到放学时间，你就不在教室了。"

"不是，今天开运动会而已。"喵喵解释，然后故作可爱地问，"那叔叔，你是怎么发现谢峥然出来打工的？在学校里，他可是守口如瓶的。"

"我这个儿子，真是叛逆。"谢父叹气，"当然是老师给我打的电话。你们说，我平时都没有亏待过他，他怎么会出来打工呢？"

莳莳知道，谢峥然不过是为了攒机票钱，去布拉格找母亲。当然她一个字也没有透露。

喵喵好奇地问："是班主任给你打的电话？"

"不是，是一个女老师，也没说姓什么，是你们的语文老师？"谢父无意地点开手机屏幕，最新的来电通话，是一串陌生的号码。

喵喵瞅了几眼，然后向谢父告别。等走回学校，她才提出了心头的疑问："咱们的几个任课老师都是男的，那举报谢峥然的女老师，是谁？"

莳莳一下子就想起了 Ann。

—4—

事实证明，那个举报谢峥然的人，就是 Ann。

运动会还在进行，Ann 在广播台上念着各个班级写来的加油稿件。突然，她的手机响了起来，她皱起眉头，将手机按掉。

电话是喵喵打的，于是喵喵立即确定了是 Ann 在捣乱。于是夏暮雪刚跳完沙坑，就被喵喵拉到一旁说起了悄悄话。

"大新闻！ Ann 老师可能看上……"喵喵的表情仿佛是看到了情敌。

莳莳正在喝水，听到这句话将茶水喷了出来。许千山刚好经过，于是不幸中招。

他抹了抹脸上的水，破口大骂："夏莳莳你是不是和我八字不合！"

一场大战一触即发。

喵喵一把推开想要打人的许千山："一边去，我们正分享八卦呢！"

"什么八卦？"

喵喵将所谓的"八卦"重新说了一遍，许千山乐得差点儿倒地打滚："何青竹你是不是脑子生锈了！这两个人八竿子打不着好吧？"

"那你怎么解释，Ann 老师总是针对谢峥然？"

这背后的一系列秘密实在不好笑。夏暮雪生气地走开："无聊。"

不管怎么说，Ann 的告发还是有效果的。没过几天，莳莳就发现谢父居然亲自到学校里监视谢峥然上下学。

谢峥然对此表现十分烦躁，倒不是因为打工的计划泡汤，而是父亲总是跟在他身后，让他颜面扫地。

谢峥然的表情总是蒙上了一层乌云，再也没有晴朗过。好看的眉毛拧成一团，眉心蹙起小小的川字。

莳莳想起他关于布拉格的梦想，心突然变得很疼很疼。她大概能知道，梦想实现不了是什么滋味。那是一种空落落的感觉，仿佛一脚踏空，从高楼大厦坠入万丈深渊，带着一种无法摆脱的绝望。

她拾掇了一下存钱罐里的零钱，发现居然有大几百块。虽然这点钱起不到什么作用，但是总能缩短一下梦想的距离吧。

期末考试的第一天，因为全校戒严，谢父被学校管理处视为闲杂人等，所以不能像往常那样在教室外面监视他。莳莳决定，就选择这样一个时机把钱给他。

第一个考试科目是语文，教室里的同学们沙沙地写着卷子。莳莳做完试卷，发现还有十五分钟交卷。她来不及检查，立即交卷，去了谢峥然的考场找他。

可是他的座位上却空空如也。

"同学，你有什么事？"监考老师警觉地走过来。

"老师，请问谢峥然来考试了吗？"

"他早就交卷了。"

莳莳有些发蒙，下意识地问："那他去哪里了？你知道吗？"

"学校没有开门，他应该还在校园里。"监考老师显然把她当作胡思乱想爱慕男生的小女生，严肃地开始了教育，"你应该复习下一科的考试，把心思用在学习上。"

"谢谢老师。"莳莳赶紧溜走。

她漫无目的地在校园里乱逛，经过一排废弃老旧的教室前，忽然脑袋被一个东西打中。

是一只纸飞机。

她捡起拆开一看，纸飞机上用水彩画着美丽的线条。

"莳莳。"有人喊她。

莳莳扭头看去，看到谢峥然站在教室窗户后，身影落寞而孤独。她兴冲冲地跑过去："原来你在这里啊。"

"找我有事吗？"他继续折着手里的纸飞机。

莳莳将口袋里的钱一股脑儿地掏了出来："这些都给你，去布拉格的路费够了吗？"

他的手顿时僵在半空中，一只五彩斑斓的纸飞机，就这样停在半空。教室里一下子静默下来，只有两个人咚咚咚的心跳。他想，他说不出口，去布拉格需要一大笔费用，而她的这些钱无疑是杯水车薪。

"不用了，我想到办法了。"谢峥然将钱还给她。

"什么办法？"莳莳很奇怪。谢峥然的爸爸如果切断了他的经济来源，那么一大笔费用，谢峥然该去哪里筹呢？

他回答："没关系，我不打算参加高考了。"

"啊？"

"从现在开始的每一场考试，我都会留一半的题量不做，到时候高中会考自然没法通过。"谢峥然又扔出一只纸飞机，"我爸爸本来就打算送我去留学，成绩这样差，他只能快点儿让我出国。到时候我偷换掉一张机票就是了。"

莳莳不知道说什么好："可是，好可惜啊。"

他是那样优秀，那样瞩目，不过是为了见自己母亲一面，就要做出这样的决定。

"没什么可惜的，反正这里也没有什么值得让我努力的人。"他耸耸肩膀，一副无所谓的样子。

莳莳怔在原地，心里莫名其妙地不是滋味。没有值得努力的人，也包括她。尽管知道自己在他心里一直都是小数点，可是她还是尝到了酸涩的味道。

—5—

深冬越来越冷了。

莳莳的心情也越来越寥落。她开始在脑海中勾勒许多人的离开，比如谢峥然的离开、Ann的离开、喵喵的离开……这些分别有的伤感，有的让人开心，也让人唏嘘。

其实有些事情，猜得中开头，猜不中结尾。就好比莳莳一直幻想不到，先被赶走的人居然是她。

南方的深冬还是挺冷的，莳莳和夏暮雪放学回家，爸爸照例晚归。岳晞容先让她们吃过晚餐，便将两人赶进房间里写作业。

不知过了多久，房门发出响声。莳莳知道是爸爸回来，故意装作上洗手间的样子走出房间。自从知道Ann和爸爸的秘闻之后，莳莳就开始变得敏感。她害怕爸爸露出任何端倪——比如大衣上无端出现的女性长直发，所以经常赶在岳晞容前面和爸爸碰面。

爸爸的脸色并不好，看到莳莳更加寒冷。岳晞容上前招呼丈夫，问要不要吃夜宵。爸爸只是淡淡地说："莳莳，回房写作业，我和你妈妈有事情要谈。"

莳莳的心一下子揪紧。

青春期的女生无比敏感，再怎么不谙世事，也能想象到接下来会发生怎样狗血的家庭伦理剧情。莳莳低着头回到房间里，却在五分钟后轻轻地打开了门。

夏暮雪正蹲在主卧的门外，将耳朵贴在门上，静静地听着里面的动静。莳莳吓了一跳，正要开口，夏暮雪已经对她做了一个嘘声的示意。

"你不想变成单亲家庭的孩子吧？"夏暮雪将她拉到一边，将声音压到极低。

莳莳摇头。

"不想的话，就看我手势。"夏暮雪一副苦情戏女主角的架势，"如果爸爸提出了过分的要求，咱们就一起扑进去，跪着抱住爸爸的腿，告诉他咱们不想家庭破裂。"

姐妹两人小心翼翼地重新回到主卧外，可是里面已经传出了岳晞容的抽泣声。

"你的心真狠。"岳晞容这样说。

这下子连夏暮雪都不淡定了。难道爸爸真的跟妈妈摊牌了？

两人对视一眼，眼神中都有无言的紧张和痛苦。

可是接下来，岳晞容却说："莳莳是你的女儿啊，你难道真的要把她一辈子放到乡下？"

爸爸的声音很冷硬："反正她的户口在乡下，就永远不要认回来好了。晞容，二胎政策放宽了，如果没有莳莳，我们完全可以再生一个儿子。"

轰隆——

就是从这一刻起，莳莳终于知道了世界坍塌时的声响。

那是一种每个毛孔都在嘶声呐喊，震碎了所有的声音。莳莳踉跄后退，盯着眼前的那扇门，简直不相信那是自己所熟悉的声音。

原来，她才是那个碍眼的人。

莳莳回到自己的房间恍恍惚惚地坐在床沿床头挂着岳晞容给她买的风铃，仿佛有感应般，发出冰冷细碎的声响。这些声音全部都汇聚成一句话——

如果没有莳莳，我们完全可以再生一个儿子。

"你没事吧？"一杯热水递了过来。

莳莳接过热水，一滴眼泪啪嗒落入杯中。夏暮雪尴尬万分："喂，你别往心里去，妈妈还没答应呢。"

是不是妈妈答应了，她夏莳莳就要真的待在乡下一辈子？是不是一辈子都是别家的人，不可以和自己的亲生父母相认？

"你不用对我这么好，"莳莳的声音沙哑无力，"反正你也不喜欢我。"

夏暮雪沉默了一阵才说："我是不喜欢妹妹，可我也不喜欢弟弟。"

"为什么他们这么喜欢男孩子？"莳莳问。

夏暮雪双目无神地摇了摇头，她也很不想面对这个问题。

苘苘只能明白一个大概。在乡下，哪家添了男孩子就欢天喜地，相反，如果是女孩子，那家的媳妇就要铆足了劲生儿子。她没想到，有一天会被亲生父母嫌弃不是男孩子。

主卧那边的争吵声越来越大，夹杂着岳晞容的啜泣声。苘苘忽然很想逃离这个家，噌地站起来向门外冲去。

"喂！你去哪儿？"身后是夏暮雪的喊声。

当电梯门徐徐关上，苘苘才裹紧身上的羽绒服，蹲下来大声哭泣。

—6—

24小时便利店里散发着柔软的灯光，玻璃橱窗里立着一棵挂满小礼物的圣诞树。

一切都那么完美。

苘苘站在门口，怯怯地向里面张望。谢峥然正熟练地收银找钱，然后向顾客微笑告别。下一秒钟，他们的目光隔着玻璃门在空中相遇。

"苘苘，你怎么来了？"他走过来推开玻璃门，立即发现了她脚上居然穿着一双拖鞋。苘苘难堪地将脚往后缩了缩："我……突然想来看看。"

"和家里人吵架了？"他紧紧盯着她通红的眼角。

苘苘默默地点头，然后着急地抬头央求："你别赶我回家，我就在旁边看着，不会妨碍你的。"

谢峥然没说话，只是重新回到店里收拾了下东西，居然穿上羽绒大衣走出来，将便利店的门拉下，落锁。

"走吧。"

"这不是旷工吗？"

"旷工就旷工好了。"他淡淡地说，转身向一个方向走去。

—7—

鞋店的招牌上，挂着大红的圣诞帽和翠绿的树枝。

"今天是平安夜呢。"

谢峥然一边这样说着，一边领着她走进去。导购员以为这是一对小情侣，慌忙介绍情侣棉鞋。他并未否认，只是从货架上拿下一双鹿皮靴："这个不错，你觉得呢？"

"很漂亮。"

导购员不忘见缝插针："先生，这款鞋子还有个男款，如果一起买下来能打六折。"

"只买女鞋呢？"

"那就只能八折了，所以还是两双一起买比较划算。"

谢峥然掏钱包："那就只能买两双了。"

苷苷晕晕乎乎地应着，心已经乱得不像话。她想起谢峥然曾经和喵喵一起走在街道上，当时喵喵要买两件情侣衫，而谢峥然断然拒绝。

可是他却为他俩选择了一双情侣靴。

幸福来得太突然，苷苷已经完全将记忆中的上课铃声忘到脑后。她晕晕乎乎的，已经忘记了当时的警告——不要把这短暂又温暖的时刻，当成幸福来回味。

十分钟后，两人穿着崭新的鞋子从店里出来，旧鞋被放进包装袋里。经过垃圾桶，谢峥然随手将装着两人旧鞋的袋子丢了进去。

"喂，我的拖鞋！"苷苷惊叫。

"不要了，"谢峥然口吻清淡，"碍事。"

"碍什么事了？"

"我总觉得，每双鞋子都代表着走过的人生路。咱们的那两双鞋都太晦气了，不如丢了省事。"

如果那些悲伤的心事，也能像鞋子一样丢掉，该有多好。

苷苷忍不住低头看脚上的那双鹿皮靴。那是谢峥然送她的鞋子，她坚信会穿着这双鞋走向幸福。

—8—

两人在街上漫无目的地乱逛，这样悠闲的冬夜，谁都不想再回到那个貌合神离的家。

平安夜的气氛很浓，商铺里都放着圣诞树，上面缀满了闪亮的小礼物。莳莳在乡下从来没有见过这些，一时看花了眼。直到他将她往身边一拉，才惊觉一辆车从身边驶过。

"看着点路啊，莳莳。"他的语气满是责怪。

就这样触摸到他的手，冰凉冰凉的。莳莳有些心疼，小心地将他的手放进自己的胳肢窝里："这里暖和，你暖暖手。"

他愕然，抽回手摸了摸鼻子，说："夏莳莳，你能像个女生吗？"

"我不就是女生吗？"

"我是说，要表现得像个女生。比如——"他将她的手拿起来放进自己口袋，"要这样取暖。"

他的口袋又大又暖和，热度包裹着手指，直烘得她心头也暖和起来。时莳红了脸，不知所措地蜷了蜷手指。

就在这时，旁边忽然响起一声炸喝："夏莳莳！"

那声音几乎是咬牙切齿，威力十足。

莳莳吓了一跳，随即看到许千山蹦到面前，用颤抖的手指指着他们："你们竟然……"

话没说完，谢峥然已经一掌劈在许千山的肩膀上，巧啊，买个参考书都能碰见你。"

"这么晚了，书店都关门了！你们明明在压马路，我明天就要向老师举报……"

莳莳转移视线，看到路边有一家许家餐馆，顿时明白这是许千山家的产业。谢峥然显然也发现了这一点："莳莳，我们今天就照顾照顾许千山的生意吧！"

许千山阻拦："快打烊了。"

"是阿毛的同学吗？快进来，阿姨给你们做好吃的。"一位中年妇女从里面迎出来。蒔蒔十分乖巧地喊了一声"阿姨"，然后挑了座位坐下。许千山咕哝了一句："别以为你们这样就可以贿赂我，我明天就把你们的事情告诉大家。"

谢峥然立即对中年妇女说："阿姨，许千山说要向老师举报我们。"

中年妇女立即暴怒，差点儿要将许千山千刀万剐："你敢，你个臭小子！你敢跟你老师碎嘴试试看！老娘不劈了你！"

许千山缩着脑袋一句话都不说。

等许妈妈离开，谢峥然才问："你现在还告状吗？"

"算你狠。"许千山从牙缝里挤出一句话。

谢峥然笑起来，眼睛弯起一个弧度，让蒔蒔觉得很温暖。她肚子也饿了，当面端上来之后，狼吞虎咽地吃了个干净。

结账的时候，许千山将账单往谢峥然面前一扔："一共五十六块零五毛，看在同学的面子上，零头不要了。"

"五十？"

"五十六。"许千山面冷如霜。

谢峥然低头看了看钱包，赫然发现只剩了两枚硬币，正好够公交车车费。"许千山，要不先欠着……"

"你和蒔蒔都穿着新鞋子了，应该很大款啊。"许千山阴阳怪气地说。

蒔蒔忍不住了："就因为买了鞋子，所以才没钱了啊。许千山，明天我还给你，可以吗？"

"不行！"许千山指着墙上的一张油腻腻的纸，"本店庙小，供不起大神，烦请各位结清账款，谁赊账谁就不是纯爷们儿！"

"这么流氓，一听就是你写的！"

"你们是结账还是不结账？"许千山开始要挟。

"结账，但是我们还没吃饱。"蒔蒔向外间大喊，"阿姨，再上两份茶干！"

外间立即有人回应："哎，好！阿毛，你还不赶快过来端茶干！"

许千山骂骂咧咧地向外走去。就在他的身影刚闪到门口的时候，谢峥然一把抓起苻苻向外跑去。

身后传来了许千山的喊声，声音里愤怒异常，但更多的是无奈。苻苻跟在谢峥然的身后，右手被他紧紧握住，每一步都像是跑在梦里。

这个梦弥漫着纯白色的大雾，看不见身后与前方。可是世界那么大，唯有他是清晰可见的。

这样就已经足够。

他们在白色的冬雾里奔跑着，大笑着，天空中弥漫着快乐。

不知道跑了多久，谢峥然才停下来喘气。他将手支在膝盖上，弯腰笑着说："苻苻，你看，那是圣诞树。"

今天是平安夜，街心放着一棵硕大的圣诞树，上面挂着亮闪闪的小礼物盒。苻苻感觉整颗心都被那棵圣诞树给照亮了。

"许愿吧。"

苻苻低头许了一个愿望，她希望爸爸妈妈千万不要把她送回乡下。她无所谓骨肉分离，她只怕身边的少年成了一个梦，梦醒之后了无痕迹。

—9—

那晚苻苻回到家时，已经过了子夜一点。本以为会有一场暴风雨等着她，但很意外地，只有岳晞容在客厅里等她，目光平静。

"苻苻，你别多想，你爸爸是一时糊涂。"岳晞容心疼地将她淋湿的羽绒服脱下来，"你放心，你会和我们永远在一起。"

苻苻没有回答。

"你的鞋子哪里来的？"岳晞容注意到她脚上的新鞋子。苻苻回答了一句"捡的"，就不愿意再开口。岳晞容终于明白，女儿的心结不是一时半会儿能打开的。

"你放心好了，妈妈不会离开你的。"岳晞容安抚她，"如果你爸爸再不同意，我就和他离婚，我们一起离开这个家。"

莳莳震惊极了。

她没想到自己离开的这段时间里，父母居然把话题谈到了这样严重的地步："为什么要离婚？"

"当然是为了你，你放心，我只是吓唬吓唬你爸爸，他不会真的和我离婚的。"岳晞容似乎有很大的信心。可是莳莳却想起了Ann。

一旦离婚，Ann就会鸠占鹊巢，让岳晞容输得一败涂地。莳莳仔细观察着岳晞容的反应，确定她不知道Ann的事情，才颤抖着声音说："妈妈，别离婚，我回乡下就是了。"

"我知道你心疼妈妈……"岳晞容眼中含泪，心疼地抚摸着她的脑袋。

等到房门关住，莳莳的眼泪才掉落下来。她蜷曲着身体，使劲往被窝深处钻去。可是被窝里是彻头彻尾的冰冷，哪里都没有她想要的温暖。

—10—

第二天，莳莳无精打采地去上学，看到夏暮雪的时候吓了一跳。夏暮雪的眼眶红红的，似乎一夜未眠。

一家四口都没有说话，大概是彼此感到尴尬。那种表面的温情一旦被撕开，是很难再愈合的。就算勉强合在一起，也留下了一道难看的伤疤，像是丑陋的蜈蚣，爬在每个人的心上。

夏暮雪似乎在心里盘算着什么事情，上学路上一句话也没有说。莳莳干脆将话说开算了："姐。"

"什么事？"这是夏暮雪第一次没有命令她喊堂姐。

"妈妈说要离婚，但是你放心，我不会让妈妈这样做的。"莳莳犹豫了一下说，"大不了我就挂名在乡下的户口上，不做夏家的女儿了。"

夏暮雪像看陌生人一样看她。

旁边来来往往的同学很多，但没有人关心她们的事情，说说笑笑地向校门口走去。所以莳莳继续说："上完这个学期，我就回乡下去，这样爸爸就可以再给我们添一个弟弟了。"

夏暮雪瞪着她，半天才说："你傻啊。"

"嗯？"

"你以为你退出就万事大吉了？你退出了，爸妈的感情肯定会受到影响，到时候这个家还能撑下去吗？你大概忘记 Ann 了吧，那可是一条美女蛇，万一她抢先帮爸爸生了一个弟弟怎么办？"

莳莳吓了一跳，她的确没有想过这个问题，也没料到她的离开会引发一场灾难。夏暮雪居高临下地睨着她："所以你听好了，从现在开始，要按照我的指令去做。"

"你要干什么？"莳莳隐隐觉得不安。

"到时候你就知道了。"夏暮雪突然看向莳莳身后，热情地打招呼，"喵喵，来上学了啊？"

在莳莳的印象里，夏暮雪对喵喵还从来都没有这样热情过。喵喵自然没有好脸色，白了她一眼就要绕道。结果夏暮雪上前就像熟络的闺密一般挽住喵喵的胳膊："喵喵，听说你最近挺缺钱的，需要我帮忙吗？"

喵喵奇怪地看了她一眼："我是缺钱，你缺药啊？今天怎么这么奇怪？"

夏暮雪一点儿都不生气："放学别走，我找你有事。"

"干吗？"喵喵戒备地向旁边挪一挪。她大概想起了上次和夏暮雪打架，并没有占到什么便宜的事情。

"是好事，赚钱的好事。"夏暮雪强调。喵喵这才半信半疑地答应了，但仍然不愿意和她们同行，先进教室里了。

莳莳觉得夏暮雪的表现太不正常了，她似乎在下一盘很大的棋，而这盘棋很明显是见不得光的。

"你想让喵喵帮咱们做什么？"

夏暮雪一拍她的肩膀："你说，如果把 Ann 和别的男人在一起的照片给爸爸看，爸爸会作何反应呢？"

"你疯了？"莳莳吃惊。

　　夏暮雪一扭头："我没疯，Ann 老师不就是为了钱才和爸爸在一起，所以用这种方法反而更容易让他们分手。"

　　"可是……"

　　"没有可是！"夏暮雪斩钉截铁地打断她的质疑，"我们必须成功！莳莳，你想一下，妈妈是家庭妇女，没有生活来源，姥爷家也不会全面接济我们。Ann 老师还年轻，如果当了我们的后妈，又给爸爸生了个儿子，到时候还有我们的地位吗？"

　　莳莳垂头丧气地摇头。她认为的无解之局，居然在夏暮雪的眼里不堪一击。虽然这个方法有些龌龊，但她也实在提不出更好的办法。

—11—

　　夏暮雪的计划是要制造出 Ann 的桃色绯闻，让爸爸和她的感情产生裂痕。

　　在这个计划中，喵喵的任务就是找一个长得还过得去的小混混，在恰当的时机让那个小混混和 Ann 躺在一张床上拍张暧昧照片。最后由夏暮雪把那张照片匿名发给夏爸爸。

　　这个桃色计划让两个女生无比兴奋，甚至无视即将到来的寒假。莳莳坐在一旁听着两个人压抑着笑声的讨论，只觉聒噪。

　　"咱们今天可说定了，事成之后必须要给我报酬。"喵喵第三次叮嘱夏暮雪。夏暮雪不耐烦地摆摆手："你放心，只要你给我找一个小白脸，搞臭 Ann 那个坏女人，报酬不是问题。"

　　问题是，怎样才能让 Ann 乖乖地和那个小白脸躺在一起？

　　总不能 PS 吧？

　　莳莳觉得这个是计划中最可笑的部分。

　　喵喵却一点儿都不觉得这个问题突兀："当然是灌酒了！我酒量很好的，绝对能放倒 Ann。"

　　"真的吗？"夏暮雪怀疑地打量了一下喵喵瘦削的身材。喵喵其实也没有多少底气，毕竟还是学生，练酒的机会也不多，要劝酒劝到一个成年人不省人事，真的还挺困难的。

最后，她们决定多邀请几名同学共同参加生日聚会，这样 Ann 就会失去戒心，到时候让每个人都去敬酒，不怕 Ann 不醉。

苘苘想到了谢峥然，她想要邀请他参加这个聚会。如果爸爸执意要把自己送回乡下，那么这个聚会将是她和他最后的相处时光了。

苘苘对这个聚会背后所代表的深意不感兴趣，她只是舍不得他。

太贪心了。

有欢可贪，有人可恋，就这样一点点地坠入到温柔的陷阱里，一点儿都不想走出来，只喜欢内里甜蜜的气息。

这是放寒假的最后一天，每个同学都拿到了各自的成绩，并且在教室里兴奋地议论冬季旅游的景点。苘苘忍不住看向谢峥然的座位，他正静静地趴在座位上睡觉，棉服的领子上有一圈灰棕色的毛领，遮挡住了他半张脸孔。

这次谢峥然的成绩差得出奇，让班主任发了好大一通脾气。苘苘觉得难过，如果谢峥然有足够的钱去布拉格，他就不会这样。

夏暮雪四处邀请同学参加聚会，喵喵也走出了教室。苘苘鼓起勇气走过去，轻轻地推了推谢峥然。

他睁开惺忪的睡眼，毛茸茸的毛领贴在脸颊两边，像极了刚刚醒来的小浣熊。

"干什么？"他的起床气还挺大。

苘苘结结巴巴地问："明天下午有聚会，你去吗？"

谢峥然终于抬眼看了看她，在窗外天光的映照下，眸色有些寡淡。他没有回答，眉头皱起，似乎是在考虑。苘苘终于记起了他最近在打工，成绩又奇差，大概对这种聚会没有什么兴趣，赶紧继续说服："虽然 Ann 也去，但是我们大家也都去……这算是第一次聚会吧，最好还是参加……"

苘苘越说越没有底气，并不像是劝说，她感觉舌头都要打结了。

谢峥然突然问："你去吗？"

"去。"

"那我也去。"他说完又像小浣熊一样懒懒地缩回脑袋，继续睡觉。

莳莳站在原地发愣。

没有问时间人物地点，他只是回答了一句，好。

莳莳有过一瞬间的错觉，仿佛只要是她的邀约，他就会答应。

—12—

生日聚会安排在一个 KTV 包厢。

大概是为了讨好夏暮雪这个未来的继女，Ann 居然没有任何犹豫就答应了。这大大鼓舞了夏暮雪和喵喵，她们对计划的顺利实施充满了自信。

莳莳在家里写寒假作业，到了下午四点才赶到包厢里。推开包厢门，扑面而来的热浪顿时包裹住了她的身体。

许千山正在鬼哭狼嚎地唱一支俗到掉牙的歌曲，看到莳莳立即将脸转过来："……当初是你要分开，分开就分开……"

音响的声音太大，震得心脏有些发麻，加上这歌声实在不堪入耳，莳莳忍不住将耳朵堵上。

太难听了！

包厢里其他的同学都多多少少露出嫌弃的表情。尤其是夏暮雪，在角落里放声尖叫："许阿毛，唱这么难听，你想要狗带吗？"

只是一眨眼的工夫，一桶爆米花被扣在许千山的头上，歌声顿时戛然而止，只有伴奏音乐盘旋在包厢里。

谢峥然面无表情地站在许千山的身后，将一只空空的爆米花盒子甩在地上，毫不给面子地说："太难听了，闭嘴。"

许千山气得要跳起来："谢大帅哥，你觉得不好听，你来唱，唱啊——"

包厢里闹成一片，气氛很是热烈。莳莳避开满地的爆米花，坐到夏暮雪身边，听到她不满地说："你可来了，等下可要帮我们放风。"

"Ann 老师呢？"

"还没来，不过快了。"喵喵抬起手腕看了一下表。

莳莳忍不住一阵紧张，她现在感到深深的后悔，不该邀请谢峥然。现在要在谢峥然眼皮子底下和夏暮雪她们沆瀣一气，她有一种犯罪的感觉。

大概过了十分钟，Ann 走进了包厢，让所有人眼前一亮。

她是漂亮的，外面罩着一件最流行的廓形大衣，上面点缀着毛球和假宝石，内里穿着一件灰色小皮裙，脚上蹬一双过膝的长靴，称得上是绝色佳人。

许千山立即带领一群男生拥上前，对 Ann 说着生日快乐等祝福的话。夏暮雪和喵喵对视一眼，和几个女生将提前准备好的蛋糕拿了出来。

五层生日蛋糕上，插着 29 根红艳艳的小蜡烛，Ann 笑得特别开心。

"今天真的谢谢大家的祝福，这是我度过的最开心的一个生日。"Ann 说完，就默默地低头许愿，然后一口气将蜡烛吹灭。

掌声四起。

之后便是狂欢环节，许千山带人将酒塔上倒满饮料，分发给参加宴会的同学，然后在最上面放上一个空酒杯，倒上夏暮雪带来的红葡萄酒。

"谢谢，你们想得真周到。"Ann 晃了晃酒杯，很有礼貌地致谢。

聚会很快就达到了高潮。舞曲开始，喵喵是人来疯，扯过几个男生一支舞一支舞地跳。莳莳则谨记夏暮雪的话，用饮料向 Ann 频频敬酒。

很快，Ann 歪在小沙发的靠背上，已经喝得有些微醉。夏暮雪将酒杯放在侍者的托盘中："Ann 老师，要不我扶你出去吹吹风吧？"

"真不好意思，这酒喝得不习惯。"Ann 看上去异常疲惫和困倦。夏暮雪将她的胳膊绕在自己颈后："没关系，出去透透气一会儿就好了。"

说完，夏暮雪回头向喵喵和莳莳使了一个眼色。

莳莳的心一下子提到了嗓子眼里。

终于，要下手了吗？

莳莳控制不住地看了谢峥然一眼。他正坐在沙发上，两只手臂向两旁打开，眼神也有些涣散。莳莳这才记起，他今晚也喝了不少酒。

莳莳迟疑地跟在夏暮雪身后向外面走去。失去了包厢里的暖气，一股寒风迎面扑来，她忍不住打了个寒战。

　　说来奇怪，刚才还有几分意识的 Ann，此时悄无声息地将头靠在夏暮雪的肩膀上。

　　"真重，快来帮把手！"夏暮雪龇牙咧嘴地命令身后的两人。喵喵扶起 Ann 的另一只胳膊，架着她往走廊尽头的一个包厢走去。

　　莳莳追上前问："你们给她喝什么了？"

　　她实在不放心。在走出包厢之前，Ann 看上去还挺正常的。

　　夏暮雪白了她一眼："日本清酒，这酒的口感很好，没什么度数，但是被夜风一吹，立即就醉。"

　　"你放心，我们没给她下安眠药。"喵喵阴阳怪气地说。

　　两个女生架着 Ann，将她费力地拖进一个编号 609 的包厢。那是夏暮雪提前开好的包厢，方便用来拍照。整个过程中，莳莳都在走廊的另一头站着，提防着来往的服务生和客人，幸好没几个人注意到她们的异样。

　　安置好醉酒的 Ann，夏暮雪和喵喵小心地关好包厢的门，催促莳莳和她们一起离开。

　　"你快给那个小白脸打电话，让他去 609 拍照。"夏暮雪催促喵喵。

　　喵喵一边嚼着口香糖，一边拨了个号码。她很快打完电话，对夏暮雪说："放心，五分钟就会到。"

　　夏暮雪点点头，向举行聚会的包厢走去。莳莳忍不住回头，看到走廊尽头的 609 的那扇门，像一只黑洞洞的眼睛。

第六章
你是世上最后一块立锥之地

Pandora，潘多拉，是希腊神话中第一位女性的名字。
传说中维纳斯送给她美貌，墨丘利送给她伶牙俐齿，阿波罗送给她音乐的天赋。
然而这样的一个美人儿，却打开了宝盒，放出了灾难和痛苦，
唯独把希望留在盒底。

—1—

没有人发现生日聚会的主角 Ann 去了哪里。所有人都玩疯了，在五彩斑斓的灯光里扭动着身躯。喵喵和另一个男生在抢麦霸，丝毫没有留意到玻璃桌上的手机屏幕正在发出亮光，上面显示有一个电话呼入。

直到莳莳提醒，她才懒洋洋地接听："喂？什么，你大声点儿！"

话音刚落，一个男生对着屏幕又开始飙歌。喵喵一脚踢在男生的屁股上，终于让他停止了号叫，然后堵住另一边耳朵大声喊："你再说一遍！"

莳莳听到她接下来说："你蠢啊，是 609 不是 906！"

莳莳隐隐觉得不安，看向在一旁狂吃爆米花的夏暮雪。夏暮雪探过身子，挑衅地问："连包厢号都能弄错，你找的人行不行啊？"

"简直是蠢货，这么久了连个门都没摸着。"喵喵将口香糖吐到垃圾桶里，披上外套向门口走去。莳莳也跟了上去，她心里怦怦乱跳，总觉得有事要发生。

609 包厢里黑黢黢的，并没有人。

喵喵找来的小白脸是个高高瘦瘦的男生，右边耳朵上戴着三个金色耳环。

他痞里痞气地问喵喵："你靠不靠谱啊？你说的美女在哪里啊？我刚从 9 楼下来，根本没见到影子好不好？"

"人呢？ Ann 老师呢？"喵喵不相信，走进 609 转了一圈，"我和夏暮雪就把 Ann 老师放沙发上了呀。"

莳莳彻底慌了，扭头就向外面跑去。喵喵一把将她抓住："你干什么？"

"我去找服务生问个清楚。"

"别慌张，她一个醉女人能跑到哪里去？"喵喵嘴上强硬，底气却明显不足。她一把揪过小白脸的衣领，"你给老娘说实话，真没见过那个女人？"

"我骗你干吗！"小白脸有些怒了，将喵喵一把推开，"是你说这里有美女，只要和她拍些照片就能拿钱，结果我跑过来啥都没见着！我跟你说，你可别想赖账。"

他往门口一站，大有不给钱就堵门的架势。喵喵从钱包里掏出一张粉红色的钞票，狠狠地扔到他脸上："滚。"

小白脸捡起钱，塞进屁股后面的口袋里，吹着口哨离开了。喵喵烦躁地将头发抓起又放下，忽然命令莳莳："你去把夏暮雪叫来。"

莳莳跑回包厢，在夏暮雪耳边低声将事情说了一遍。夏暮雪手里的爆米花顿时撒了一半。

计划突然偏离了轨道，谁都预料不到事态会如何发展。

609 的包厢里，夏暮雪将门紧紧关闭，然后质问喵喵："人怎么会不见了呢？"

在这个提前预订的包厢里，没有音乐没有暖气，只有七彩球灯在静默地转动着，显得特别诡异。

喵喵无奈地回答："我不知道，我找的那个小白脸太蠢，弄错了包厢号。等他赶到这里，Ann 已经不见了。"

"手机打了吗？"

"打不通。"

"是不是被服务生扶走了？"

喵喵暗骂一声："我刚去问了，服务台那边不知道。"

此时已是六点半，正是 KTV 生意渐好之际，不时有华丽的音乐从外间隐隐传来。609 包厢里却是可怕的死寂，恍若隔世。

苘苘的心迅速下沉，一直沉到冰水里。她第一次这样痛恨自己，心不在焉地任由夏暮雪和喵喵执行这个馊主意，才会导致这个烂摊子。

苘苘下定决心："咱们去找她吧，说不定只是想上洗手间，在哪里迷路了！"

夏暮雪和喵喵都没有说话。

苘苘费力地将门拉开，在看到门外站着的人之后，愣住了。

谢峥然两手插在口袋里，冷冷地看着包厢里的三个女生："你们在这里做什么？"

喵喵最先反应过来："我们在找 Ann 老师，她说要去上洗手间，结果不见了！"夏暮雪尴尬地摸了摸鼻子："是的，明明看她进了洗手间的。"

苘苘低下头，她不想撒谎。

谢峥然曲起两根手指头，在房门上敲了敲："那你们在 609 做什么？"

夏暮雪和喵喵顿时语塞，不知道该如何回答。最后还是苘苘忍不住，将事情的来龙去脉和盘托出。谢峥然听完，咬牙切齿地评价了一句："荒唐。"

苘苘内疚地低下头。

是挺荒唐的，荒唐的是她还是一个从犯。

谢峥然快速冷静下来，给三个女生分工。他们先去服务台，要求服务生给 KTV 的每一层的吧台打电话，对走廊、洗手间、顶楼、安全通道、电梯间进行扫荡式搜索。可是时间一分一秒地过去，他们仍然没有找到 Ann。

夏暮雪这才慌神了。她本来以为 Ann 可能是中途醒来，一个人跑到哪个角落里醒酒去了。现在看来，她居然失踪了。

当服务台最后一次给出了令人绝望的答案之后，谢峥然要求："你们立即调取监控视频，现在，马上，快！"

一个黄头发、穿黑色马甲的年轻服务生，上下打量了一下谢峥然，语气鄙夷："这位客人，你今天惹的麻烦事已经够多了。消停点儿行吗？别影响我们生意！"

"有人失踪了，你先调取监控视频！"谢峥然语气坚定，"要不我们现在就报警。"

黄毛怪声怪气地说："调什么监控视频，别妨碍我们做生意！你想报警就报啊，反正警察来了我们也不会提供监控视频，失踪24小时才可以报案，你懂不懂？这才多久？"

蒱蒱气得一拍吧台："你这人怎么这样？"

黄毛从鼻翼中发出哼声，用毛巾擦拭着高脚杯，不再搭理四人。谢峥然从他面前拿起一只杯子，淡淡地问："你是说，按失踪，报警没用是吧？"

"对，"黄毛指了指墙上的钟表，"明天这个时候再报警……"

不等他说完，谢峥然手上的高脚杯就砸在了黄毛的头上。黄毛整个人顿在原地，像看怪物一样看着谢峥然。

一股鲜红的血从黄毛的头顶流下。

蒱蒱吓得目瞪口呆，夏暮雪和喵喵大眼瞪小眼。

那只高脚杯已经粉碎，杯脚还握在谢峥然手里。他将杯脚扔进垃圾桶，发出了清脆的一声响。

谢峥然的目光无比冰冷："那就用打架斗殴来报警，报啊。"

—2—

碎了一只高脚杯，压制了黄毛的嚣张气焰。也许，他是被谢峥然脸上的亡命之徒的神色吓到了。

在警察到来之前，监控视频很快被调取了出来。从模模糊糊的录像中看到，大概在夏暮雪和喵喵离开后十五分钟左右，一名陌生男人进入了609，将Ann背走。从视频显示来看，那名男子微醉，大概是寻找洗手间的时候在609发现了Ann。

至此，Ann遇到危险的证据终于确立，可以按照人口失踪来立案了。可是事情正在往最坏的方向发展，每个人心里都更加压抑。

警方又调取了另一个摄像头的监控录像，终于确定了陌生男子的身份。

那不过是一名来唱歌的客人，随行的还有另外三名中年客人。当警察冲进包厢的时候，莳莳看到了衣不蔽体的 Ann。

他们将 Ann 当成了失足妇女，对她做了禽兽不如的事情。

莳莳忘不掉同学们惊愕的表情，她恨不得地上出现一条大裂缝，自己能够像鸵鸟一样钻进去。目睹着 Ann 被送上救护车，她站在寒风里不知所措。

大脑是一片空白，只有偶尔看到的一瞬间，Ann 闭着眼睛躺在担架上，嘴唇是高高肿起的，眼睛底下一片瘀青，雪白的脖颈上有几道伤痕。

许千山瞪着眼睛问："莳莳，Ann 老师什么时候被人……我们怎么一点儿都不知道？"

"好像是夏暮雪和喵喵将 Ann 老师扶出包厢的，后来呢？"一个女生开始提出质疑。

"你们到底是怎么照顾老师的啊……"

质疑的声音从四面八方传来，夏暮雪和喵喵白着一张脸，什么也不肯说。

最后埋怨的声音越来越多，喵喵只好解释："我们当时一起进了洗手间，出来的时候没看到 Ann 老师，还以为 Ann 老师去哪里吹吹风了，谁想到会发生这种事！我们什么都不知道。"

"就是，我们怎么会害老师呢？你别胡说了！"夏暮雪反应过来，盯着最先提出质疑的女生，声音尖锐，"当时大家都玩疯了，谁知道少了 Ann 老师。她是成年人了，应该对自己的安全负责。"

女生不说话了。

谢峥然开始冷笑，但是什么也没说。夏暮雪收了张牙舞爪的态度，看向他的眼神有过一丝哀求。莳莳知道，一旦被同学们知道真相，她们三个将会被众人唾弃。

事情怎么会演变成这样呢？

"你是谢峥然吧？跟我们走一趟。"两名警察走到谢峥然面前说。莳莳下意识地问："他怎么了？"

其中一名年轻点儿的警察指了指他们身后："有人告他打架斗殴。"

莳莳回头，看到黄毛头上缠着绷带，正在龇牙咧嘴地喊疼。她胸中涌起一股怒意，上前痛骂起来："不就是用高脚杯砸了你一下吗？有多疼！要不然你也用杯子砸我一下好了！"

从一个多小时之前，莳莳肚子里就憋着一股无名之火。如果黄毛早些让他们看监控视频，也许 Ann 老师就能少受一些伤害。

"莳莳，别这样。"谢峥然出言阻拦，"我跟他们去一趟派出所，就是做个笔录再协商赔款，没事的。"

黄毛立即冷笑着说："未成年就是不一样，打了人以为批评教育就完事了？小子，你等着，我早晚让你坐牢，你别得意得太早！"

有了警察撑腰，黄毛的态度强硬了起来。

莳莳低着头站在警车门前："我也去。"

"你别去。"谢峥然冷冷地说，普普通通的三个字，饱含着命令。

"我就要去，你一个人说不清楚。"她作势要上车。一个警察皱着眉头将她拦下："警察执行公务，小孩子别捣乱。"

夏暮雪终于看不下去了，不耐烦地说："莳莳，你别闹了，事情已经够乱的了！"

莳莳不说话，只是扭头看向谢峥然。他站在昏黄的路灯下，身后是两名准备带他走的警察。车门就在眼前，里面没有容她同去的位置。

"别去了，派出所不是好地方。"昏暗光线中，他神色不明。

不是好地方。

就是因为不是什么好地方，才要陪你去。

若看你走向盛世繁华，我愿目睹你远去的背影；若你要去刀山火海，我愿与你并肩忍受煎熬。

莳莳大跨步走向黄毛，然后摘下肩膀上的背包用力地砸到黄毛的头上。她的动作迅速而有力，黄毛翻了翻白眼，一声不吭地瘫在地上。

有人发出尖叫，然后将莳莳拉到一旁。她却疯狂地挣扎着，最后将背包扔向黄毛。可怜黄毛刚颤颤巍巍地站起来，又被背包击中，趔趄着又倒在地上。

谢峥然将她的手腕使劲攥住，吼着问："你干什么，疯了吗？"

莳莳一边喘气，一边扭头看向警察："我也打人了，也把我带去派出所吧——"

最后，两个人都被押上了警车。

黄毛刚包扎好的伤口又渗出了鲜血。他坐在谢峥然和莳莳身后骂骂咧咧："你们两个人下手也忒狠了！辣手摧花！我要是毁容了，你们得负责送我去韩国整容，还要给我配一个韩语翻译，我要享受一条龙的全套服务。"

谢峥然和莳莳一起回头，瞪了他一眼。

黄毛缩了缩脑袋，嘟囔道："长得好看的人果然不管别人死活。我已经够难看的了，还要被你毁容。"

不知道为什么，莳莳突然想要大笑。

在这样压抑的夜晚，在这样逼仄的空间里，她想要哈哈大笑，把长久以来的委屈和痛苦，通通都赶到月球去。

黑暗中，掌心温暖，是谢峥然将她的手拉住。

莳莳惊讶地扭头看他，他什么都没说，只是将目光看向前方。路灯灯影在他脸上忽闪而过，将他的五官衬托得更加立体。

莳莳想要大笑的心思，突然就这样变得潮湿而感动。她默默地将他的手攥得更紧。

两个孩子，似乎用这种方式在互相鼓励。

—3—

笔录进行得很顺利，谢峥然将事情的经过说得很清楚，和黄毛也达成了赔偿协商。唯一不配合的是，谢峥然始终都不同意请家长。

莳莳也不愿意请家长。她不想给岳晞容打电话，怕她伤心，也不想给爸爸打电话，因为不相信他会保护自己。

两个人死扛，结果都被留在派出所里过夜。

"我们有规定，你们不请家长，我这边是不给放人的。"警察没好气地甩了甩手里的记录本，"你们俩给我好好反思，明天再不请家长，我可没耐心陪你们，直接去你们学校了！"

警察出去了，只剩下两人四目相对。

派出所的观察室里没有暖气，寒冷刺骨，苘苘缩了缩脑袋，看着谢峥然笑了出来。他终于绷不住，使劲敲了敲她的脑袋。

"要在这里过一夜，你还笑得出来。"

苘苘嘿嘿笑着说："不知道为什么，就是觉得开心。"

"笨蛋，这又不是什么好事，你还开心。"

谢峥然怔了怔，转开了话题："你别担心，班主任大概明天就能从外地回来了，我给他打电话，让他来保释我们。"

"如果他知道 Ann 老师出了事，不知道该是怎样的心情。"

沉重的话题如大山般压了下来，让两个人几乎无法呼吸。

终于，谢峥然开了口："她是罪有应得。"

"你什么时候知道……她和我爸爸的事？"苘苘好奇地问。

谢峥然仰头看向观察室，角落里是一张破败的蛛网，空空落落地布满了灰尘和蝇虫的尸体。

该从何时说起呢？

那个夏日，他和老谢吵架，于是离开家提前去上大提琴课。在门口，他目睹了那个男人和 Ann 的一场暧昧的纠缠。

那是他第二次见识到了这样的罪恶，而第一次是发生在老谢身上。那个懦弱的男人，掌控不了自己拔尖优秀的妻子，便去其他平庸的女子身上寻找男人的自尊。这次情变成了两人分裂的导火索，从此谢峥然的家庭不再完整。

他恨透了这样的人，这样的事。

谢峥然一点一点地说着，中间夹着大片的沉默。等他终于结束了讲述，才发现苘苘已经托腮睡着了。

她的睡颜很可爱，长长的睫毛垂下一片阴影，落在肉嘟嘟的两腮上，随着均匀的呼吸在抖动。谢峥然忍不住伸出手去，想要揉一揉她的头发，可是手却停在半空中。

"傻瓜。"他笑着说。

第二天，班主任匆匆来领人，见了两人就骂。

"你们两个人，就不知道给我省省心！打架斗殴，还发生在寒假的第一天，你们还想不想读下学期了？"班主任气得差点儿摔了架在鼻子上的酒瓶底。

谢峥然依旧是一副清淡的样子，坐在椅子上一言不发。莳莳露出可怜巴巴的眼神，似乎要哀求。

班主任看向莳莳："夏莳莳，你比较听话，你说话啊！到底是怎么回事？"

莳莳张开口，却打了一个震天响的喷嚏。

班主任崩溃，赶紧抹掉脸上的唾沫星子。

"对不起……"莳莳道歉，说到一半却还要打喷嚏。

班主任赶紧制止她继续说话，看向一旁的警察："警察同志，这两个孩子就让我领回去好好管教。你相信我，他们真的都是优等生，就是有时候太冲动了。这不是大错，就跟小树苗长歪了，你得掰直了——"

班主任咬牙切齿地做着掰手腕的动作。警察终于松了口："行了，既然学校老师都来了，那就领人回去吧。"

走出派出所的大门，外面是冬日的暖阳。

班主任在旁边婆婆妈妈地唠叨："你们两个人别以为这样就算了，有问题给我交代清楚。"

谢峥然没理他，将刚到手的苹果手机打开。

昨天被没收的手机，终于回到他们手上。莳莳一开机，就有一个电话呼入，电话里传来夏暮雪带着哭腔的声音："莳莳，Ann 老师要跳楼，你快来呀！"

谢峥然停下动作，一脸严肃地盯着她。

莳莳的太阳穴突突地乱跳。她问："你们在哪家医院？"

夏暮雪说了医院的地址，谢峥然模模糊糊地听到，抬手就拦了一辆刚路过的出租车，拉着莳莳上了车。车子开走以后，他们还听到班主任在后面气急败坏地喊："你们两个小兔崽子，有没有一点尊师重道的感情啊，让我坐车啊！"

谢峥然顾不上了，问莳莳："Ann 现在怎么样？"

"情况很不好。"莳莳害怕地说，"她会告我们吗？"

"她没有理由告你们，伤害她的是别人。"

就在这时，莳莳的手机又进来了一条短信。发件人是喵喵："呆头，任何人试探你，你都别说实话。"

莳莳将短信看了三遍，才关掉屏幕。

就这样忐忑不安地到了医院，莳莳和谢峥然到了指定的楼层，才发现那里早已围得人山人海。她忽然生出一种惧怕，怕在这里见到爸爸。

父女真的见了面，该说些什么呢？

"别怕，有我呢。"谢峥然将她的手拉起。莳莳勉强一笑，拨开人群走到病房前。只见医生和护士聚集在病床前，正手脚麻利地给 Ann 打针。喵喵和几个同学站在一旁安慰着暴躁的 Ann。

"你们都给我滚，滚！"Ann 已经没有了昔日良好的教养，变得面目可憎。她狂躁地将枕头扔向护士。

不过，也许是药效的原因，她很快就平静下来，重新躺回床上喘着气。

莳莳和谢峥然走进病房，将门帘都拉上。喵喵见他们进来，走过来低声说："医生刚给她注射了镇静剂，早上她扒着窗户要跳楼，看来精神受了很大的刺激。"

莳莳不敢看 Ann，总觉得她遍体鳞伤，每一处伤痕都代表着难堪和侮辱，都是拜自己所赐。

她的胸口仿佛被巨石压着，让她快要喘不过气来。

要不然，逃走吧？

莳莳下意识地去拉门把手，想要离开病房。但是一双有力的手将她的逃路封死。

她吃惊地抬头看谢峥然，他居高临下地看着她，低声说："夏莳莳，你想被人识破吗？"

"对啊，你个呆头，你这个时候露怯，我们全部都会暴露的。"喵喵一脸紧张，吩咐莳莳，"等 Ann 老师情绪平静了，你要上前安慰她，明白吗？"

莳莳抓紧了包带，紧紧盯着病床上的 Ann，极力想让自己适应她的惨状，不至于露出任何破绽。

计划失败了，接下来就是要做一场戏给世人看，以掩饰她们曾经的小小罪恶。只是莳莳心里总是有不祥的预感，觉得自己会受到报应。

Ann 彻底被毁了。她成了一个疯疯癫癫的女人，情绪很不稳定，一会儿哭一会儿笑。据说她没有家人，所以学校暂时给她请了护工。

从医院回来的路上，莳莳一直没有说话。直到谢峥然将她送到她家的小区门口，她才恍然回神。

谢峥然站在阳光里，两只手插在牛仔裤里："我该回去了，莳莳，再见。"

莳莳也说："再见。"直到这时，她才发现自己的声音不知何时变得很嘶哑。她求助地望向谢峥然，期待他能够说上一言半语来安慰自己。

只要他说，莳莳，这不是你的错，你千万不要自责。那么她就会卸下沉重的道德包袱。

可是他欲言又止，最终什么也没有说。莳莳失望极了，她感觉自己在谢峥然眼中变成一个坏人了。

—5—

莳莳没有想到，还有更加猛烈的暴风雨在等着她。

她刚掏出钥匙打开门，就被眼前的一切吓呆了。夏暮雪跪在客厅的地板上，已经哭成了泪人儿。爸爸坐在沙发上，脸色铁青，手里拿着一支球拍。岳晞容在旁边嘤嘤地哭泣，脸上有一块巴掌大的瘀青。

怎么回事？

难道，暴露了……

莳莳被这个猜想吓坏了，紧张地攥紧自己的衣角。爸爸看向她的目光十分凶狠，语气平静："莳莳，你过来。"

她硬着头皮走过去。

夏暮雪咬着嘴唇看她，似乎在警告她别乱说话，结果被爸爸狠狠打了一下。

"小雪，你别看她，让她自己说。"

莳莳脑袋里嗡嗡响，终于知道自己躲不过去了，只是没想到报应来得这样快。她紧靠着夏暮雪跪在地上，膝盖上一片冰凉。

爸爸喘着粗气问："你给我说实话，609 包厢是谁开的？"

这个问题尖锐而直接，不给她任何避重就轻的机会。莳莳怔怔地看着爸爸，说："不知道。"

"那是谁把醉酒的 Ann 老师丢在 609 包厢里不管不问的？"爸爸继续问，"她被人害得很惨，你们想过这个后果吗？"

莳莳茫然地看向岳晞容。

岳晞容终于开了口："老夏，Ann 老师是你什么人，你为了她这样对待你的女儿？"

爸爸没有说话。

岳晞容终于恼怒起来，上前拉莳莳和夏暮雪起来："你们给我起来，别跪这种不知廉耻的爸爸！他为了一个小三，对女儿下这样的狠手，没见过这样狠毒的父亲！"

莳莳的眼泪落了下来，岳晞容还是知道了真相。

爸爸暴怒地推开岳晞容，然后疯狂地用球拍打在莳莳和夏暮雪的背上："我要怎样做父亲，用不着你们来教我！你还好意思说，两个都是女儿，女儿！尤其是你——"

他指向莳莳，用极端厌恶的语气说："如果这个家没有你的存在，我还能要个儿子，现在完全没有可能了！"

"你疯了！"岳晞容上前阻拦他，被球拍打了好几下，头发很快变得凌乱起来。夏暮雪慌了，上前抱住爸爸的腿，可是很快就被踢开。

是什么样的感情，能让一个男人变得这样疯狂，恨不得抛妻弃子？

苺苺扑在岳晞容的身体上，为她挡下所有的攻击。自己刚从外面回来，棉服还没有来得及脱下，所以就算被球拍打了也不会痛。可是岳晞容就不同了，穿着家居服的她身单力薄。

可很快，一股力量扯着苺苺的衣领，将她甩到一旁。苺苺看到，爸爸继续打着岳晞容，丝毫没有停下来的意思。

夏暮雪突然哭喊出来："爸，是苺苺开的 609 包厢，是她，都是她！"

苺苺愣住了。

她没想到夏暮雪会临阵倒戈，将所有的责任都推给自己。

—6—

走出小区大门时，苺苺的嘴角泛着青色，隐隐作痛。那是爸爸扇了她几个巴掌的后果。

她抬头看着太阳，第一次感到阳光没有丝毫温度，冷得彻骨，冷得抓心挠肺。爸爸刚才的话还在她耳边盘旋："你给我滚，我没有你这样的女儿！"

可笑，她从来都没有打心眼里承认，他是自己的爸爸呀。两个人的父女情缘，本来就淡薄得令人发指。

苺苺拦了一辆出租车，当被司机问及去哪里时，她怔了好一会儿才回答："清荷园。"

那是谢峥然所住的小区。

天下之大，若论最后一块立锥之地，那就只有他的身边。

苺苺下了车，从包里掏出钱付了车费，然后坐在小区门口的大石头上等待谢峥然回来。早知道刚回家就会被爸爸赶出来，她就应该和谢峥然一直在一起。

"咦，你怎么在这里？"一个熟悉的声音从旁边传来。

发问的人是谢父，他正提着一条鱼和两把青菜。苺苺局促不安地站起来，低声说："叔叔你好，我、我找谢峥然。"

"你脸怎么了？"谢父关怀了一下，立即问了另外一个问题，"我也在找谢峥然呢，这个臭小子昨晚居然没有回家，太过分了！"

"叔叔你别怪他，是昨晚的聚会出事了。"莳莳干脆将 KTV 服务生不肯调取监控视频，谢峥然和他起了争执的事情说了出来。

谢父并没有生气，而是说："原来是这样，那他应该给我打个电话。公安局那边有我熟人，只要一个电话，你们也不用在观察室里冻一夜。"

莳莳无语。大概和她一样，谢峥然不想信任自己的父亲吧。

"来，外面冷，我们回家聊。"谢父热情地将莳莳迎进自己的家。他将手里的青菜放在桌子上，给莳莳倒了一杯热茶，关怀地问，"莳莳，告诉叔叔，你的脸怎么了？"

莳莳老老实实地回答："夏叔叔打的。"

"他为什么打你呢？"

莳莳顿时后悔说了实话。该怎么对谢父说呢？难道要从那个陷害 Ann 的龌龊计划说起吗？

见莳莳不语，谢父赶紧说："莳莳别怕，叔叔可以帮你，保证夏叔叔不再生你的气。"

他和谢峥然长得很像，让莳莳生出了许多安全感。也许他是可以信赖的吧，尽管他和谢峥然之间有龃龉，但他们是父子不是吗？

于是，莳莳开始讲述。

就从那个放学后的傍晚，她目睹爸爸从 Ann 的宿舍离开开始讲起。那是长久盘旋在她心里的一个噩梦。

莳莳不知道，从这一刻开始，命运开始天翻地覆。

—7—

午饭很丰盛，谢父给莳莳做了红烧鱼，又配了两个小菜。莳莳从昨天晚上就没有怎么好好吃饭，此时被香喷喷的饭菜所诱惑，埋头吃了两碗米饭。

午饭后，她被安排进谢峥然妈妈的房间里休息。房间里放着一架钢琴，上面蒙着蕾丝绸布。

她忍不住坐在钢琴前，将绸布掀开。午后的阳光从窗台透过来，在黑白琴键上折射出耀眼的光点。面前的钢琴仿佛有一种无言的魔力，像是会发出无声的召唤，有着无尽的美感和诱惑。

莳莳开始想象，多年前有一名绝色女子坐在琴凳上，手指飞快地在琴键上跳跃。她低下头，忽然看到钢琴盖的一角刻着一个单词"Pandora"。

Pandora，潘多拉，是希腊神话中第一位女性的名字。传说中维纳斯送给她美貌，墨丘利送给她伶牙俐齿，阿波罗送给她音乐的天赋。然而这样的一个美人儿，却打开了宝盒，放出了灾难和痛苦，唯独把希望留在盒底。

莳莳在心里默念着这个名字，忽然觉得用潘多拉形容谢峥然的母亲再贴切不过了。

她美丽多情，却不愿意被爱情所束缚。男人受尽爱情的折磨与痛苦，最后索性将一切责任都推给了她。

其实怎么能算是潘多拉的错呢？送给她魔盒的人明明是宙斯……

莳莳胡思乱想着，突然听到房门一声轻响，扭头看去，谢峥然出现在门口。

"你怎么在这里？"谢峥然走进来，看到她嘴角的伤痕皱紧眉头，"你受伤了？"

莳莳抽了抽鼻子，使劲将眼泪忍住。

她的报应来得那样快那样狠，让人来不及做出任何应对。

"你在我家，没有和我爸爸说什么吧？"谢峥然迟疑地望了望门口。莳莳摇头："叔叔很和蔼呀。"

"那是表面，我爸就是只老狐狸。"

莳莳无语。看来这对父子之间的隔阂还真的很深。

"行了，你现在告诉我，这伤口怎么来的？夏暮雪打的？"谢峥然看上去像是压抑着极强的愤怒，拳头攥得紧绷。

莳莳摇头。这世界上最难过的事情，就是亲人给你的打击。

等谢峥然了解到事情的真相后，他霍然起身，将她拉到门口："快点儿换上你的鞋，我送你回家。"

莳莳吓坏了："不，我不要回家！"

"我保证你爸不敢把你送回乡下，也不敢再打你！快跟我走。"他的语气不容抗拒。谢父从主卧里走出来，劝说道："小峥，你可别给我惹事，遇事要冷静。"

"是冷静还是冷血？"谢峥然似笑非笑地反驳。

"我是为了你们好。"

"是为了我们好，还是怕麻烦找上门？"谢峥然继续反驳。

为了防止战争一触即发，莳莳用最快的速度换好鞋子，然后向谢父鞠了一躬："对不起，叔叔再见。"

走出家门，谢峥然的脸色很不好看："你没必要对他这样客气，说不定他在心里算计着你。我说过，他是老狐狸。"

莳莳觉得谢峥然太极端了，谢父怎么能是老狐狸呢？

"行了，到了你家，无论我说什么，你都一句话别说。你要做的就是哭，用最坚强的态度面对你爸，懂了吗？"

莳莳似懂非懂地点头。

无论他说什么做什么，她都无条件地选择信任。他能够垒起万丈高墙，将她整个人都护在城池中央。

—8—

莳莳跟着谢峥然回了家。

敲开家门，开门的人是岳晞容。她看到谢峥然身后的莳莳，眼泪立即涌了出来："莳莳，你回来了。"

"让夏叔叔出来说话。"谢峥然没有让莳莳进门的意思。

岳晞容为难，没有说话，倒是夏爸爸听到了声音，从里屋走了出来。他看到莳莳，立即皱起眉头："你还敢回来？"

"为什么不回来，她是你的亲生女儿。"谢峥然语气平静。

夏爸爸的目光落在莳莳身上，其中意味十分复杂。

"夏叔叔，需要我为你科普一下法律知识吗？"谢峥然一字一句地说，"如果你不让莳莳回家，你就犯了遗弃罪。"

每一个字都像是大槌，敲打在大人们的神经上。

气氛顿时变得剑拔弩张，任何一个微小的火花都可以引爆空气中不安分的因子。莳莳恐惧起来，想要折回身逃走，但谢峥然紧紧抓着她的手，不让她离开。

夏爸爸冷笑："你在威胁我？"

"不，我是警告。"谢峥然掏出手机，按下了三个数字，"你如果不接受警告，那我只有报警了。"

"你！"夏爸爸气得涨红了脸，却不敢真的再对峙下去，只好将莳莳拉进门。

"莳莳，是爸爸不对，你先进房间。"爸爸扯着她的羽绒服，将她和谢峥然往房间里拉。

莳莳怯怯地抬起头，看到爸爸浮起了一张僵硬的笑脸。

"小峥，叔叔平时没有做得不对的地方吧？快别绷着脸了，来，喝饮料。"夏爸爸将一瓶牛奶往谢峥然手里塞。谢峥然没有接，夏爸爸尴尬地将牛奶瓶放下。

谢峥然将手机放回口袋，对莳莳说："我走了，有什么事随时给我打电话。"

夏爸爸赶紧拉住他，然后低声说："小峥，叔叔有事问你。"

莳莳看着爸爸将谢峥然拉进房间。房门半掩着，她只听到两人在低声谈论着什么。谢峥然的声音一会儿平静，一会儿又激动起来，可是夏爸爸的语气倒是从头到尾都有些卑躬屈膝。

"莳莳，爸爸有事要谈，你先来这边。"岳晞容将莳莳往客厅里带。

莳莳一步一回头。她想不明白，爸爸和谢峥然之间有什么好谈的。

等到了客厅，岳晞容让她在沙发上坐好，抚摸着她冻得通红的小脸，眼角泛起泪光。

"妈妈，我没事，"莳莳摸了摸脸，"一点儿都不疼。"

岳晞容勉强地笑了一下："你该饿了吧，妈去把饭菜给你热一热。"

"我已经在谢峥然家里吃过了。"

不知道为什么，岳晞容的表情有些别扭。她迟疑地问："莳莳，你在谢峥然家里吃的饭，那你见到你谢叔叔了吗？"

"就是谢叔叔给我做的饭。"

"那……"岳晞容的眼神有些闪烁，"你都跟你谢叔叔说什么了？"

莳莳怔住，喃喃地说："什么也没说。"

"有没有说，你被爸爸赶出来了？有没有说，Ann 老师……她和你爸爸的事？"

莳莳整个人如石雕般地僵住了。小小年纪的女孩子，在夹缝中生活，已经初步掌握了察言观色的能力。她从岳晞容的语气中推断，Ann 老师和爸爸的事是不可以往外透露的。

可是……她已经告诉谢叔叔了。

莳莳犹豫地摇了摇头。

"你真的一个字都没说？"岳晞容有些不相信。

"真的没说，我觉得……挺丢人的。"莳莳低头揉着自己的衣角。岳晞容总算放心了，摸着她的脑袋继续叮嘱："莳莳，我知道是爸爸不好，但是这件事你千万不能告诉任何人。"

说话的时候，夏爸爸从房间里出来，面色已经恢复了平静。谢峥然跟在后面，向莳莳说："莳莳，我走了。"

莳莳怯生生地从沙发上站起来，却被夏爸爸拦住："莳莳，我来送小峥就可以了。"

等夏爸爸和岳晞容客客气气地将谢峥然送出门，才松了一口气。莳莳隐隐觉得，夏爸爸对谢峥然一定有什么要求。

果然，夏爸爸长吁一口气："小峥已经保证，不会将 Ann 老师的事对外说。"

岳晞容依然担心："孩子的话能信吗？"

"谢峥然再三给我保证过，这孩子心智比较成熟，保证不说就是不会说。"

夏爸爸看向莳莳，"莳莳，你在谢家都说过什么？"

岳晞容赶紧接腔："我问过了，她什么都没说。"

"真的？"

"你还不相信你女儿？"

夏爸爸这才点头，坐在沙发上抽闷烟。岳晞容递过去一只烟灰缸，恰好盛住了落下的一截烟灰。

原来在莳莳离开的这段时间里，夏爸爸和岳晞容已经修复了关系。

大人们的世界真的很难懂。莳莳想，如果是她站在岳晞容的位置，那么一定不会原谅夏爸爸。

—9—

那天晚上，莳莳睡得无比安心。

睡觉之前，她打开窗户。冬天的夜风格外寒冷，将脑袋吹得刺痛，但莳莳还是将小半个身子探出窗外。

她对着夜空中稀稀落落的几颗星星祈祷，星星啊星星，请你保佑我梦到谢峥然，千万不要让我梦到爸爸。

祈祷完毕，她就开始数星星。女生之间曾经流传过一个浪漫的小小谣言，许愿之后数九颗星星，就可以实现某些愿望。

莳莳认真地数着星星，可是她瞅得眼睛都疼了，却只数到了八颗星星。她略一沉吟，随便对着某个方向数着："……九。"

虽然看不到第九颗星星在哪里，但是她相信，在她指的方向，一定有一颗星星正在以云为被，呼呼大睡。

数完星星，莳莳睡得很安心，她果然在梦中看到了谢峥然。他站在阳光之下，还是平日里清高孤冷的样子，只是在看向她的时候，微微露出了笑容。

可是，他在梦中对她说的话却是，莳莳，你没和我爸爸说什么吧？

莳莳惊醒了。

天还没亮透，整个房间里都弥漫着淡蓝色的晨曦。她呆呆地看着天花板，想起梦中的情形就开始心惊肉跳起来。

应该没问题吧？就算她和谢父说了什么，那样和蔼可亲的谢父，能做出什么事呢？

莳莳怀揣着心事起床穿衣，打开门的时候，看到岳晞容已经做好了早餐。夏暮雪坐在桌子一角，面色阴郁地盯着一堆包子。

夏暮雪看到莳莳，恨恨地瞪了她一眼："干吗，想打架？"

莳莳行尸走肉一般地走过来，拿起一只包子，表情木讷地咬了一口。夏暮雪继续咬牙切齿地说："警告你，我可是跆拳道白黄带，过一个月就可以考蓝带了。"

"姐，"莳莳呆呆地问，"假如没有数够九颗星星，会发生不好的事吗？"

"……"

"我只数到了八颗。"莳莳捂住脸痛苦地说。

夏暮雪白了她一眼："矫情。"

—10—

事实证明，九颗星星的传言是真的。

距离新年还有三天的时候，莳莳突然接到了一条短信，落款是谢峥然。她以为是新春祝福，可是点开看到的却是：

"莳莳，过几天我就要出国了，再见。"

她的世界顿时乌云密布，电闪雷鸣。

第七章

很爱很爱你，很恨很恨你

有些人，爱他多久，失恋就有多久。
可是心思缠缠绕绕，已经缠丝成茧，却也无法不喜欢。
多么悲伤的甜蜜。

—1—

雪下得格外大。

有时候莳莳会想，雪要是这样一直下着就好了，行人会减速，飞机会停靠，时光会凝滞，而他不会走。

—2—

这是一间很雅致的咖啡馆，木质的桌椅非常有文艺质感。莳莳靠窗坐着，看到玻璃上已经蒙上了一层雾气。她习惯性地伸出手指，画下了一个小星星。

谢峥然的身影出现在"小星星"里。莳莳抻长脖子，正好看到谢峥然推开门，抖落肩膀上的雪花。

"你来了？"莳莳迎上去，"想喝点儿什么？我请客。"

他笑了笑，问："把我约出来，有什么想对我说？"

就在谢峥然给她发了告别短信之后，莳莳大着胆子将他约到这家咖啡馆里。她想问一问他，要出国读书多久。

到底要几年呢？够不够她长大。如果她长大了，可不可以去找他。她设想过无数次，一定要和他相遇在一棵大枞树下。据说那是圣诞树，可以负担起许许多多的愿望。

她一定要和他，重逢在那样美好的树下。

可是在面对他的时候，她却木讷得一句话都说不出。

"没什么，就是……觉得无聊呗。"莳莳干脆不去看他，而是抬头看吧台上方的点餐板，"喝点儿什么？"

"焦糖拿铁吧。你呢？"

"跟你一样。"

"好的。"吧台后的小哥在收银屏幕上按了几下，彬彬有礼地问，"一共七十块，两位要什么样的拉花？"

谢峥然看向莳莳："你看呢？"

莳莳一脸茫然，其实对她而言，什么样的拉花都可以，只要是和他一起喝的咖啡。

最后还是小哥提议："不如你们来杯 3D 打印吧？"

"什么是 3D 打印？"

"就是把你的照片打印在咖啡上。当然了，你也可以要普通的拉花，我们这里的师傅拉的心形最漂亮了。"

莳莳犹豫，谢峥然却说："要两杯 3D 打印。"

"好的，请稍等。"小哥举起手机，对着莳莳和谢峥然分别拍了两张照片，"可以了，你们可以去座位上等待。"

五分钟后，服务生端上咖啡，咖啡上果然分别出现了莳莳和谢峥然的脸。

"真的好神奇！怎么会这样！"莳莳惊讶地看着咖啡上的"自己"，"让人都不舍得喝了呢！"

没想到谢峥然突然开口附和："我也不舍得喝了呢，不如我们换一换吧。"

他将自己面前的咖啡杯推了过来，然后取走了莳莳面前的咖啡，举起来放在唇边喝了一口。

莳莳的脸一下子红了。

她小心翼翼地举起咖啡杯，一边偷偷瞄着咖啡上的"谢峥然"，一边喝了一口。

莳莳做完这个动作，脸更红了。幸好咖啡馆里开足了暖气，可以掩饰住这样小小的异样。

"现在还无聊吗？"他问。

莳莳摇头："其实约你出来，只是想和你说一声再见。"

"你在短信里不是说过了吗？"

"那不一样的。"

"怎么不一样？"

"就是不一样。"莳莳很坚定地强调。

谢峥然并没有问下去，而是将目光投向窗外。

喝完咖啡出来，雪已经停了，太阳从雾蒙蒙的天幕后露出了一半的脸。莳莳裹紧羽绒服，跺跺脚说："不用送我了，再见，谢峥然。"

"再见。"他挥挥手。

莳莳站在原地没动，一直看着谢峥然转身离开。只是他走了两步，居然停下脚步，回过头。

莳莳依旧笑着说："再见。"

"嗯，再见。"

谢峥然转身离开，鞋子踩到雪地上，发出咯吱咯吱的声音。他渐行渐远，最后连身影都看不到了。

莳莳这才颓然地蹲在地上，喃喃地说："再见，再见……"

一想到"救世主"从此离开，以后她要一个人面对这险恶的世间，她就觉得胸口窒息，仿佛压了一块巨石。

多么悲伤的甜蜜。

再见，再见。

她不知道说了多少遍再见，也不知道蹲在地上多长时间，直到一双洁白的雪地靴停在眼前，才抬起头。

谢峥然居高临下地看着她，眼中神情未明："你到底要在这里待多长时间？你到底要说多少遍'再见'？"

莳莳呆呆地看着谢峥然。不知道什么时候，他竟然走回来了。

"外面这么冷，为什么不回家，为什么非要见我？！"他说着说着，竟然激动起来，眼睛有些发红。

莳莳依然不知道怎么回答。

"说啊，你说啊！"他按住她的双肩，使劲摇晃着。

终于，等他稍微平静了一些之后，莳莳说出了酝酿已久的话："你什么时候的飞机？我想去送你。"

并不是他想听到的那句话。

不知道为什么，谢峥然心里有种小小的失落。

他原本以为她会说出什么惊天动地的誓言，或者给他一个暧昧又温暖的约定。

谢峥然看向一旁，口吻漠然："送君千里终须一别，你又何必呢。"

"可是告别有多仓促，遗憾就有多深刻。谢峥然，我不想以后想起你，就觉得很遗憾。"莳莳低着头说。

谢峥然顿了顿，将视线收回来，重新落在面前的女生身上。

他说："好。"

−3−

飞机票的日期，是在大年初四的早晨。

莳莳一大早就穿戴整齐起了床。经过另一个次卧时，她看到夏暮雪还在睡懒觉。

谢峥然退学处理得很隐秘，只有莳莳一个人知道这件事。等到新学期开学，夏暮雪没有在教室里看到他，估计会崩溃吧。

莳莳犹豫了一阵，还是决定暂时不告诉夏暮雪这个秘密。她跑到厨房门口，拿起一盒温好的牛奶和两只包子，跟岳晞容打招呼："妈，我今天去同学家帮忙搬家。"

岳晞容有些惊讶："哪个同学，搬家还要你帮忙？"

"是在外面租住的同学啦。"莳莳含含糊糊地应付过去，就出了门。身后传来岳晞容的唠叨声："一个两个的都不着家，这个年过得。"

莳莳没有在意，她知道岳晞容并不是责怪她，而是在发爸爸的牢骚。就在昨天晚上，爸爸接到了单位加班的电话，一夜未归。

自从 KTV 那件事发生以后，夏家所有人绝口不提 Ann。据说她已经离开这个伤心地，大家也不知后续如何，也许这是最好的结局了吧。

可是莳莳知道，伤痕已经形成，并且永远不会愈合。

都说时光是最好的疗伤剂，但是信任这种东西，是任何手段都无法修补的。

坐在出租车里，莳莳一边胡思乱想，一边抓紧了怀里的书包。那里面是她熬了一个通宵叠出来的小星星，装在透明的玻璃罐子里，打算送给谢峥然做临别礼物。

很普通很没有创意的礼物，可是她只想送这个给他。

到了机场，莳莳好不容易才从偌大的候机大厅里找到了谢峥然。他孑然一人，孤零零地坐在休息椅上，脚边立着一只行李箱。

莳莳忍不住惊喜："谢叔叔居然没来送你。"

"嗯，"他淡淡地回答，"我告诉了他一个错误的飞机起飞时刻，所以他提前回去了。"

莳莳这才想起，谢峥然此行不是去美国，而是去布拉格，所以当然要瞒着谢叔叔。

"到了那边，我会想你的。"谢峥然突然又冒出一句。

"我也会想你的。"莳莳终于大着胆子从书包里掏出小星星，双手捧着递给他。

谢峥然接过来晃了晃，听到里面发出沙沙的响声。

他微微笑了笑："谢谢。"

莳莳想说不客气，可是却不轻不重地打了一个喷嚏。她揉了揉鼻子，有些不好意思。谢峥然倒是很利索地将自己的棉服脱下来给她披上。

那是一件绒格图案的深蓝色男式羽绒服，带着白色的毛领。

"穿着吧，我行李箱里还有。"谢峥然说。

棉服里层还有着他的体温，一点一点渡过来，是令人贪恋的温暖。莳莳刚想道谢，就听到书包里响起了手机铃声。

她手忙脚乱地掏出手机，看到屏幕上显示着夏暮雪的名字，有些愕然。她实在想不出来，夏暮雪有什么理由给她打电话。

莳莳对谢峥然歉意地一笑，然后走到旁边接听了电话："喂，姐姐？"

手机里响起了夏暮雪的哭腔："莳莳！"

"怎么了？"

"爸爸被抓了！你在哪里，快回来！"夏暮雪在手机里继续喊着。

莳莳愣在原地，手机滑落，"砰"地落地。

许多年以后，莳莳每次想起这一刻，都会觉得毛骨悚然。从此以后，她的手机来电提示一直都是振动，从未用过任何铃声。那是因为，每一次铃声都让她觉得不祥。

铃声仿佛是一道分水岭，将她的生活分成了截然不同的两极。

—4—

直到重新站在家门口，莳莳才回过神来。她看着面前的漆红色防盗门，茫然无措。

爸爸怎么会被抓？怎么会……

昨天爸爸还接到了加班通知……难道并不是让他去加班，而是让他配合调查？

莳莳只觉得身上一阵阵发冷，忍不住发起抖来，最后还是谢峥然抱住了她的肩膀："莳莳别怕，有我在。"

接到夏暮雪的电话之后，莳莳就疯了一般地往外跑。幸好谢峥然及时将她拉住，她才没有撞上飞驰而来的车辆。

谢峥然将机票改签，陪她一起回了家。在出租车上，他不停地安慰莳莳，可是她显然一句都没有听进去。

"别怕，先问问到底怎么回事，事情总有解决的办法。"谢峥然走上前，敲了敲门。

开门的人是夏暮雪。她看到门外的谢峥然，眼神有些古怪。

"姐，到底是怎么回事，爸爸怎么会被……抓？"莳莳刻意将最后一个字降低了声调。毕竟左邻右舍都在家，她怕被别人听到。

没想到夏暮雪抬手一指谢峥然："你走。"

"姐！"

"你进来，让他走！"夏暮雪浑身发抖，泪水流了下来，"莳莳，你大概还不知道吧，就是他害得爸爸被抓。"

莳莳只觉得脑袋"嗡"地响了一声，一片空白。

"怎么可能？"

夏暮雪一把将她拉进来，将门"砰"的一声关上，反问："怎么不可能？"

"谢峥然不会做任何伤害我们的事。"

"我也这样认为，可是……"夏暮雪捂住脸，"知道爸爸和 Ann 的关系的人，除了谢峥然还有谁？有人举报爸爸作风不正，现在爸爸不仅被调查这一点，还要被查经济账。"

莳莳估量不出后果有多严重，但是夏暮雪的表情能够告诉她一切。

"妈妈呢？"

"一听说出事，就立即出门打听去了。"夏暮雪有气无力地说。

莳莳看着空落落的房间，心里无比悲凉。她坐在地板上仔细分析夏暮雪说过的每一个字，然后想到了一个令人心惊肉跳的可能。

也许，举报爸爸的不是谢峥然，而是其他人呢？

莳莳莫名就记起了谢父的那张脸。

她曾经将他当作一个可亲的长辈，诉说过自己的痛苦。当时，她并不知道那个人不可信赖。

谢峥然也曾经告诫过她，不要跟谢父讲太多，而且称他为老狐狸。

莫非是谢父举报的?

莳莳无法证实这些。她打开门,可是谢峥然已经不在门口。

—5—

傍晚,岳晞容拖着疲惫的身子回来了。

接二连三的打击让她仿佛老了十岁。一进门,她就将自己关在房间里。莳莳从门外听到里面有东翻西找的声音。

夏暮雪小心翼翼地敲门:"妈,你开门啊……"

岳晞容没有理睬她。很久以后,岳晞容才将房门打开,手里拿着几个大红色的存折本。夏暮雪拉住她的胳膊:"妈,妈……"

岳晞容没有理睬夏暮雪,双目无神地向外走去。

"快拦住妈!"夏暮雪喊。

莳莳打了个激灵,伸开双臂挡在门口。岳晞容如同大梦初醒一般,瞪着莳莳,语无伦次地说:"莳莳你让开!你爸爸还等着这些钱!如果不把漏洞补上的话,你爸爸会多坐很多年的牢……"

岳晞容说着说着,瘫软在地上:"钱都被那个贱人带走了……带走了,漏洞补不上了……"

莳莳判断分析着岳晞容话语中的信息,心里一阵阵发冷。

难道爸爸真的出了经济问题?

夏暮雪最先哭了出来:"妈,都是我不好,我去找 Ann 老师,我跪在她面前求她,让她把钱都还回来……"

"你去哪里找她?"岳晞容激动起来,站起身使劲拨莳莳,"你让开,让开!有多少补多少,哪怕我们没有饭吃,也得把漏洞补上!就算补不上,我们请个好点儿的律师也可以!"

岳晞容用力很大,一下子就把莳莳甩到地上。夏暮雪扑上去抱住了岳晞容,却也被一把推开。

莳莳摔得浑身生疼,却还是追出门去。冷风扑过来,将她散落的长发吹得满脸都是。她好不容易拨开头发，却看到电梯口的岳晞容软软地倒了下去。

岳晞容病倒了。

莳莳和夏暮雪送她去了医院，医生给开了点滴，足足有六大袋。看着一滴滴晶亮的液体在针管里流淌，莳莳觉得自己的力气也在一点点地消逝。

夏暮雪拎着饭盒走进来，递给莳莳："吃一点儿吧。"

"谢谢。"

"我们是一家人，不用客气。"夏暮雪的脸色有些不好看。

莳莳一阵沉默。以她对夏暮雪的了解，每到危难时刻，夏暮雪都会格外有亲情味。

她打开饭盒，发现里面是半盒水饺，狼吞虎咽地吃起来。医院暖气很足，所以等到吃完，她鼻尖上已经出了一层薄汗。

莳莳想脱下外套，才发现自己仍然穿着谢峥然的棉服。她抬头，看到夏暮雪正用一种异样的眼神看着自己。

"不是你想的那样。"

"那是哪样？"

"朋友。"

"现在不是了。"夏暮雪尖锐地指出，"谢峥然是害爸爸坐牢的仇人。"

可是害爸爸坐牢的，明明是那些见不得光的贪欲。

莳莳摇头说："不可能是他。"

"不是他还能是谁？"夏暮雪紧紧盯着她，"你还告诉了别人？"

有那么一瞬间，莳莳觉得夏暮雪知道真相后会将自己从十层楼上扔下去。可是转念一想，她现在还在乎什么呢？

这个家，马上就要四分五裂了。

莳莳淡淡地说："我还告诉谢叔叔了。"

"什么？他！"夏暮雪差点儿跳起来，"你知不知道他和爸爸最近在竞争一个职位？你傻吗？"

莳莳摇头。

看夏暮雪的样子，几乎要冲上来揍她，可还是按捺住了。

"算了，反正事情已经这样了，谁知道明天是个什么样子。"夏暮雪看向窗外的黑幕。

"谢谢。"

"拜托你别这样。"夏暮雪向她伸出手去，"我帮你把衣服挂起来吧。"

莳莳将棉服递给她，刚想说谢谢，看到她警告的眼神，于是将即将出口的话又咽了下去。

可能是两人谈论的声音大了一些，岳晞容发出了一声呻吟，然后又归于沉寂。莳莳看到，岳晞容枕头下露出几个存折的边角。

夏暮雪走过去，将存折往里面塞了塞。

那些存折，现在已经变成岳晞容的命。她已经抛弃了所有的理智，固执地认为这些存折可以救丈夫。

—6—

莳莳半睡半醒中，听到有人在激烈地谈论。

她睁开眼睛，发现天已经亮了，岳晞容还在昏睡。

"莳莳，出来。"有人喊她。

喊她的人是夏暮雪，身后站着的是许千山。莳莳眼睛一热，走了出去。

许千山看到莳莳，忙安慰："夏莳莳你别难过了，事情的来龙去脉我都知道了，谢家那老东西太不厚道了……"

莳莳摇头："还不知道是不是他。"

"不是他做的，还能是谁？"许千山义愤填膺地说，"小雪，现在救叔叔要紧，你有办法吗？"

夏暮雪皱紧眉头："现在有三个办法：找到 Ann 老师，把钱补上……"

头两个办法，一个比一个难办。据说 Ann 现在消失得无影无踪，所有人都不知道她的下落。那个经济漏洞更不用说了，是一个令人咂舌的天文数字。

"还有一个办法呢？"

"让谢家老东西帮忙。"

许千山惊得眼珠子差点儿瞪出来："小雪，你没事吧？就是他害了你爸爸。"

"我知道，可是解铃还须系铃人。举报的人是他，如果他能出言帮忙的话，反而是个好事。反正他的目的也已经达到了，不是吗？"夏暮雪冷静地分析。

莳莳心头忽然升起了一丝希望。

也许夏暮雪说得对，万一谢父求情或者帮忙，事情说不定有所转机。

"那我们就去求他？"莳莳问。

夏暮雪做了一个嘘声："你千万不能让妈妈知道，她万一反对我们去求谢家老东西呢？反正下午妈妈就出院，我们晚上行动。"

莳莳重重地点了点头。

许千山犹豫了一下，问："那我们要找……谢峥然一起吗？"

"人家现在已经出国了！等你找回来，生米都已经煮成熟饭，玉米都成爆米花了。"夏暮雪白了许千山一眼。

"那小子出国了？什么时候的事，我怎么不知道？"

"喊，人家出国会告诉你吗？"

两人你一言我一语地讨论。莳莳在旁边发愣，夏暮雪什么时候知道谢峥然要出国？

也许夏暮雪是从其他渠道知道的吧。

莳莳并没有多想。

很久很久以后，莳莳一直对这件事感到后悔。

如果当时能够对夏暮雪多怀疑一点儿，也许后来的悲剧就不会发生。

—7—

要找到谢父并不难，夏暮雪知道他官升一级，肯定会去本地一家豪华酒店宴请。

那家酒店，夏暮雪也经常和爸爸一起去。那时也和现在一样，灯火通明觥筹交错，酒肉糕点都散发着诱人的香气。可是夏暮雪知道，从今以后她可能再也没机会踏进一步了。

落地玻璃窗的内外，是如此富含讽刺意味的两极。

许千山站在一棵树下，缩着脖子哈气："老谢什么时候出来，咱们来的时候不是给他打电话了吗？"

莳莳使劲跺脚，她的脚已经冰冷得没了知觉。

"你们等着，我再打电话给他！"夏暮雪往外掏手机。就在这时，莳莳看到一个高瘦的身影从大厅走出来。

"谢峥然！"许千山惊叫，"小雪，你不是说他出国了吗？"

莳莳揉了揉眼睛，终于看清了那个人。没错，就是谢峥然。他往这边走过来，眼神淡漠。

"你放心，我爸很快就下来。"谢峥然口吻清淡，目光并没有定到任何一个方向。莳莳都有些怀疑，他究竟是跟谁说话。

最后还是夏暮雪接了腔："你怎么知道我们找谢叔叔？"

"你们打电话的时候，我就在旁边。"

莳莳问："你没有上飞机？"

谢峥然这时才转过头看莳莳，眼睛里被路灯映照得有些许微光。他摇了摇头："没，不在乎这两天。"

虽然他的表情依旧是淡淡的，但是莳莳总觉得他有些难过。那双眼睛隐藏在厚厚的刘海后面，让她看不清真正的神色。

莳莳不知道该说什么。

气氛就这样沉了下来。

"别以为你这样帮我们，我们就会感恩戴德。"夏暮雪咬牙切齿地说。

许千山也嚷嚷道："谢峥然，你欠小雪一家的一辈子都还不完。"

谢峥然的声音不起波澜："我在乎的人不是你们，所以你们原不原谅我，无所谓。"

夏暮雪的脸顿时煞白煞白的。

许千山激动起来，上前一把揪住谢峥然的衣领："小子，你太过分了！你知道小雪现在是什么样的感受吗？"

谢峥然依然把手插在裤袋里，垂着双眸看许千山，似乎不打算抵抗。莳莳急了，上前去掰许千山的手腕："你快松开！"

"莳莳，就是他害得你家破人亡。"

"你胡说什么，跟他有什么关系！"莳莳用尽全身力气，可还是奈何不了许千山分毫。无奈之下，她张口便咬。

许千山"啊"的一声松了手，冲莳莳发火："你属狗的啊？这么疼！"

"你们在吵什么？"一个威严的中年男人的声音响起，打断了孩子们的争吵。

莳莳心里"咯噔"一声。

她循声望去，只见谢父正匆匆向这边赶来。他一把将谢峥然拉到身后，怒气冲冲地说："你们太过分了，这关小峥什么事！"

许千山唯唯诺诺地后退了几步，多少有些无奈。他这时才记起，此行的目的是来帮夏家姐妹求人，不是来算账的。

"叔叔，对不起！我们真的走投无路了，希望您能帮帮我爸爸！"夏暮雪大概也刚刚反应过来，用哀求的语气说。

谢父冷笑，反问："帮？"

莳莳咬了咬嘴唇："叔叔，只有您能帮我们一家了，妈妈都生病了。"

谢峥然一直沉默，此时突然开口："爸，我也希望你能帮她们。"

莳莳向他投去感激的目光。

谢父思索了一下："好吧。"

夏暮雪和莳莳对视一眼，彼此都很惊喜。她们没想到谢父居然会答应她们的请求。

令她们没想到的是谢父从钱包里掏出几张钞票，塞到莳莳手里："好孩子，叔叔能力不够，只能这样帮你们了，去给你们的妈妈买点儿营养品吧。"

莳莳顿时傻眼了。她没接那些钱，于是粉红色的钞票慢悠悠地落地，像是秋天里凋零的落叶。

"爸！"谢峥然轻喊。

谢父回身，严肃地说："小峥，你还年轻，不懂这些！有些错误无伤大雅，可以弥补，但是有些错误是犯罪，任何人都弥补不了，就只能自己付出代价去赎！你想让我帮你夏叔叔，让我怎么帮？"

他说完，头也不回地走向停车坪。

所有人都呆住了。

莳莳在来的路上，想过谢父的所有反应，或者虚以委蛇，或者左右为难，或者假言推辞。可没有一次想过，他会是这样斩钉截铁地拒绝。

轿车发动机的响声从远处传来，谢父已经开车离开了停车坪，向马路上行驶而去。夏暮雪追上去，大声喊："叔叔，等一等！"

她因为追得太快，踩上一块结冰的地面，一下子就失去了平衡，跌倒在地。许千山上前将她扶起来："小雪，你没事吧？"

"必须要把他拦下来，他是爸爸最后的希望了！"

许千山愣了愣，像是下定了决心，忽然疯了一般地向马路另一边跑去。正好有一辆摩托车经过，他拦下那辆车，一把将车主推下去，然后跨上摩托车追上了谢父的座驾。

整个突变发生不过一眨眼的时间。

"喂，有人抢劫，有人抢劫呀！"坐在地上的摩托车车主破口大骂，"哪里来的小屁孩儿，等着挨削！"

他低头掏出手机，打算报警，没想到旁边忽然伸出一只手将屏幕锁上："我现在就把他追回来，你先别报警。"

摩托车车主茫然抬头，看到谢峥然那张冷峻的面孔。

谢峥然抬手拦下一辆出租车，回头看到还站在原地发愣的莳莳和夏暮雪，吼了一声："愣着干什么，上车啊！"

莳莳这才慌忙跑过去。

等到车门关上，谢峥然快速说："跟上前面那辆摩托车，快！"

出租车后座上，夏暮雪紧挨着莳莳坐着，身体在微微发抖。莳莳下意识地抓紧衣角，在心里默默祈祷。

街灯飞快地往后移去，转眼间，他们已经来到了高速路上。

这是本地新开发的城区，尚未聚拢起足够的人气，道路两边都是荒地，看着阴森瘆人。莳莳发现摩托车的影子渐渐看不到了，感到脊背上一股凉意。

"师傅，麻烦开快一点儿。"莳莳催促。

出租车司机说："前面那是个不要命的，我还要命要工作呢，你们就别催了好不好。"

"可是马上就追丢了！"夏暮雪急了。

"你们要是嫌弃，就下去再打车好了。"出租车师傅说着就要减速。

谢峥然从钱包里掏出一沓钞票，往他眼前一拍："追。"

出租车司机一愣，车速就飙了起来。没过多久，许千山和摩托车的身影又出现在道路前方。这一次，莳莳还看到谢父的车也在前面不远处。

"快追到了！"夏暮雪精神振奋。

谢峥然没有说话，只是皱着眉头，盯着前方，不知道在想什么。莳莳掏出手机给许千山打电话，但是依然是没有人接听。

估计许千山仍然在疯狂地往前追，根本不会搭理任何电话。

莳莳紧张起来，眼睁睁地看着许千山和谢父的车辆之间的距离越来越近，越来越近……

要是出租车再快一点儿就好了……

莳莳脑子刚蹦出这个念头，就看到许千山加大油门，摩托车像利箭一般地飞出去，一拐弯就挡在谢父的车辆前方。

一声尖锐的刹车声划破天际，接着是巨大的撞击声。与此同时，夏暮雪发出撕心裂肺的尖叫。

谢父的车终于停下了，可是许千山飞出几米远，滚落在地上不动了。

莳莳整个人傻在座位上，直到出租车停下才回过神来。她哆嗦着去开车门，另一只手臂被夏暮雪一把抓住。

夏暮雪哭着喊："莳莳，他死了，他死了！"

"闭嘴！"莳莳推开她，大声说，"许千山命大，死不了的！"

蔷蔷走下车，看到谢峥然已经从副驾驶上冲出，向出事地点飞快地奔去，夜风将他的羽绒服后摆高高扬起。

谢父的车辆突然转了个方向，加大油门绝尘而去。不到一分钟，就消失在众人的视线中。

蔷蔷顾不上其他，气喘吁吁地跑到许千山的身旁。他安安静静地侧躺在地上，头部下面慢慢渗出一摊血。

蔷蔷跪下，用颤抖的手指伸向他的鼻翼。可是手指刚伸出去，就被谢峥然一把抓住："我来！你先报警。"

蔷蔷忙不迭地答应，拿出手机报了警，又打了120。夏暮雪这时才跟跟跄跄地走过来，泪水大滴大滴地落下来。

"他死了吗？"夏暮雪哽咽着问。

谢峥然探了探他的鼻息，冷静地回答："还有救。"

蔷蔷总算暂时放下了一颗心。她泪眼蒙眬地看向暮色深处，那里有一辆闪着红色灯光的车辆在靠近。

—8—

许千山很快就被送到医院进行抢救。不多时，许妈妈也接到了消息，风风火火地赶到了抢救室外。

一见蔷蔷他们，许妈妈就哭开了："到底是怎么回事，我的阿毛现在怎样了？"

蔷蔷愧疚难当，不知道怎么解释。最后还是谢峥然出言安慰："许伯母别伤心，阿毛他出了车祸，不过送医及时，医生说把握很大。"

许妈妈这才稍微放松，在休息椅上坐下来，低着头啜泣。气氛顿时陷入了一种可怕的沉默中，谁都绷着神经，不知道打破这僵局的是好消息，还是坏消息。

终于，抢救室的灯灭了，几个医生走出来。

"医生，怎么样？"许妈妈上前问。

"手术很成功，不过病人还没有醒，需要住院观察。关于后遗症的情况，还要进一步观察之后才知道。"

许妈妈这才放心下来，双手合十："太好了，我的阿毛……"

"谢谢你，医生。"谢峥然向医生道谢。莳莳高兴得几乎要哭出来，扭过头去抓住夏暮雪的手："姐，许千山没有死，没有死……"

夏暮雪露出了一个古怪的笑容。

"是啊，没死，真是太好了。"她话语中情绪未明，"莳莳，我们该回家了，妈妈刚才都打电话问我们了。"

莳莳为难地看向谢峥然，他点点头说："你们先回家吧，这里有我。"

夏暮雪立即答应，拉着莳莳出了医院大门。因为这家医院距离市区有些距离，所以门口停靠着许多出租车。

夏暮雪挑了一辆出租车，打开车门："莳莳，你先回家。"

"啊？你要去哪里？"莳莳惊讶。

"我有事。"夏暮雪说完，不由分说地关上了车门，将莳莳的疑问都堵在喉咙里。

出租车缓缓地离开医院门口，莳莳从后视窗看着背道而驰的夏暮雪，忽然觉得哪里有些不对劲。从许千山被送进抢救室之后，夏暮雪就渐渐冷静下来，呆呆地想着心事。

现在想起来，夏暮雪的那份冷静很诡异，像是在策划着什么。

莳莳打了个冷战，使劲摇摇头，努力将这个念头赶出脑海。

—9—

莳莳回到家，已经是十二点钟。

岳晞容面色阴沉地在客厅等她，一见她就情绪激动："你们去哪里了？知不知道现在几点了！哎，你姐姐呢？"

"有个朋友出了车祸，姐姐在医院照看。"

岳晞容忿忿地说："家里出了这么大的事，你们还乱管闲事！"

"那不是多管闲事，再说……"蒟蒟想解释清楚，可又说不出夏暮雪去了哪里。岳晞容却已经转怒为忧，将她一把抱住，抹着眼泪说："蒟蒟，以后妈妈身边就只剩你们了，你们千万不要离开妈妈。"

"不会的，我们会一直在妈妈身边。"

岳晞容的情绪波动很大，一秒钟可以从愤怒转为忧伤，一秒钟也可以从平静到突然暴怒。蒟蒟不敢让岳晞容看出任何端倪，哄着让她赶紧去睡觉。

等到蒟蒟爬上床，已经是凌晨一点。此时她却丝毫没有睡意，睁大眼睛看着窗外夜空。

没有一点星光，一点都没有。她想许愿，愿望中有许千山、有谢峥然、有夏暮雪……哪怕没有她，只要能让时间倒流，怎样都可以。

怀着忐忑的心情，蒟蒟沉入了梦乡。

第二天，夏暮雪终于回来了。蒟蒟问及她去了哪里，她一句话都不说，只是让蒟蒟别多管闲事。

蒟蒟不放心，打电话给医院，被告知许千山刚刚苏醒。她放心下来，搪塞了岳晞容几句，就偷偷溜出了门。

到了医院，还没进病房，她就听许千山正在病床上吹牛："我给你说，当时我风驰电掣一马当先，要多拉风有多拉风，不能更帅了……"

许妈妈正坐在床边削苹果，见蒟蒟进来忙热情地打招呼："是小夏吧？快来坐。听说这次是你们把阿毛送到医院的，真谢谢啊。"

蒟蒟脸红。许千山出事是因为她家，看来他并没有向许妈妈说实话。

"小雪呢？"许千山看到蒟蒟身后空无一人，有些失望。

蒟蒟说："姐姐要照顾妈妈，所以没有来。"

蒟蒟小心翼翼地看了病房内外，没看到谢峥然的身影，忍不住有些疑问。许千山忽然哼了一声："夏蒟蒟，就知道你不是专门来看我的，你是来找谢峥然的吧？"

"你别胡说。"

"得了，你就承认了吧！"许千山撇嘴，"人长得好看就是不一样，到哪里都被人关注。"

"你再嘴贫，我可走了。"

"别！别！"许千山嬉皮笑脸地将她拉住，"我跟你说实话，谢峥然到现在还没联系上他爸，正四处找呢。"

蒔蒔看了一眼许妈妈。她将苹果切成小块，神色如常，显然并不知道让许千山住院的罪魁祸首。

"你打算怎么办？"蒔蒔压低声音。

许千山一脸兴奋，让蒔蒔靠近自己一点儿："现在我们有底气去跟那个老狐狸谈判了。只要他肯帮你们，我就帮他说好话！"

蒔蒔愣了愣，心里依旧没有雀跃的心情。她一直有预感，就算谢父肯帮自己，也未必能让爸爸减刑。

门外忽然响起了一阵骚乱，似乎有护士被临时抽调去抢救伤者。

一名圆脸的护士匆匆进来收拾另一张病床，然后用通知的语气告诉许妈妈："我们医院又来了伤者，目前这是最后一张病床了，可能做完手术就会安排病人住进来。你没有意见吧？"

"可以的。"

"谢谢你的配合。"

圆脸护士说完，低头在值日本上写着什么。蒔蒔正好去倒水，无意中一瞥，从值日本上看到了一个熟悉的名字。

她心头一沉，脑袋就开始昏沉沉的。

等到听到许千山重复的喊声，蒔蒔才犹如大梦初醒。她发现那个圆脸护士不知何时已经离开了病房。

"你没事吧？刚才一直呆呆地站着……"许千山关怀地问。

没等他说完，蒔蒔就跑出了病房。她在内心祈祷着，不会的，说不定那个人只是重名……

可是到了抢救室，她还是看到了谢峥然。他坐在休息椅上，双手死死地抓着头发，似乎已经痛苦到了极致。

那名伤者，就是谢父。

蒔蒔不敢上前，左右张望，突然在护士站发现了那个圆脸的护士。她三步并作两步地上前，问："那个要被安排到 508 的病人，就是那个叫谢林成的，伤势怎么样？"

圆脸护士正想回答，旁边一名护士抢白着说："不是吧，你给他提前安排到 508 病房了？那个人伤得那么重，几乎没有可能活着下手术台啊。"

莳莳如同被一根大槌重重击打，震惊地看着那名护士。

"别乱说，病人还有抢救的可能……"圆脸护士大概是看莳莳脸色不对劲，赶紧打圆场。

那名多嘴的护士仍然在说："怎么可能？车祸，撞上重型卡车！这人八成不行了。"

莳莳魂不守舍地走回抢救室，正好看到门开了，医生走出来，一边摘口罩，一边摇头。

谢峥然艰难地站起身，想问什么，却已经从医生的脸上找到了答案。

医生说："节哀。"

他木然站立，仿佛没有听到这句话。

医生离开，情绪并没有太多波澜。他们已经见惯了生死，可以做到万分平静地宣告死亡，可是病人的家属永远做不到淡然处之。

谢峥然仍然保持着站立的姿势，沉默得有些可怖。莳莳踟蹰着上前，搓着手说："谢峥然，节哀顺变……"

她想问他，谢父怎么会遭遇这样惨烈的车祸，可说出口的还是一句无关痛痒的安慰。

谢峥然躲开她伸来的手："滚。"

莳莳的心脏停跳了一拍，她怔怔地看着谢峥然。

他看过来，眼神凌厉："我说滚，你听不到吗？"

莳莳眼角一阵温热，是泪水流了下来。她声音嘶哑："谢峥然，为什么要我走？"

"就是你发的短信，你装什么糊涂……夏莳莳，我从未想过你是这样的人！"谢峥然看着她的眼神像在看陌生人，"我恨你。"

莳莳疯了一般地喊："什么意思，我不懂！我什么都没做！"

"你做过什么，自己心里清楚。"

莳莳被几个护士劝说着向外走去。她回头，看到谢峥然依然站在原地，眼神里充满仇恨。

—10—

莳莳下了公交车，就拼命向家跑去。她急切地想弄清楚真相，虽然还没有头绪，但直觉告诉她，谢父的死和夏暮雪有关。

开了门，她意外地看到岳晞容正在客厅里优哉游哉地喝茶，脸上带着一丝笑容。夏暮雪坐在旁边，正在收拾报纸。

"妈，怎么了？"莳莳上前问。

岳晞容扯过报纸："莳莳，你看看，害你爸爸坐牢的仇人得报应了！"

莳莳拿起报纸看了看，大意是讲谢父昨晚肇事逃逸，警方正在抓捕中。

她想起和许千山的对话，心中疑窦重重。不对，许千山明明说，不打算太过追究这件事，为了让谢父帮一帮夏家。

既然罪名不严重，谢父为什么一逃到底？假如他及时出现承担责任，完全没有必要闹得这样满城风雨。

"哼，谢叔叔说得好听：'有些错误无伤大雅，可以弥补，但是有些错误是犯罪，任何人都弥补不了，就只能自己付出代价去赎。'那么问题来了，现在他犯下的错误可不是无伤大雅的，是犯罪！看看他乐意赎罪不？"夏暮雪得意扬扬地说。

莳莳冷眼看着她。

"姐，你知不知道，谢叔叔出了车祸，已经没了。"

"什么？"夏暮雪脸色大变。

莳莳一把拉起夏暮雪，将她拉到房间里："你到底做了什么？"

"什么意思？我不懂。谢叔叔肇事逃逸是事实，我只是曝光给报社而已。"夏暮雪装傻，"我能做什么，难不成还控制谢叔叔故意撞车吗？"

莳莳说不出所以然，但是她就是觉得和夏暮雪有关系。

"为什么要曝光？"

"得了吧，你真的以为他能救爸爸？"夏暮雪慢慢蹲在地上，声音里夹杂着痛苦。

莳莳趁她有些出神，飞快地将手伸进她的口袋，然后摸出了一个硬硬的东西。她拿出来一看，原来是一部黑色的手机。

夏暮雪想抢回去，但已经晚了——莳莳无比震惊地举着那部手机。

"这是谢峥然的手机，你怎么拿到的？"

夏暮雪不答。

莳莳突然想起了谢峥然给自己披上的那件羽绒服。在医院里，夏暮雪帮她挂羽绒服，可能就是从那时候起，发现了谢峥然遗落在口袋里的手机。

难怪，夏暮雪知道谢峥然出国的事。

"到这个时候，你还能说你什么都没有做吗？"莳莳质问。

"做了又怎样？"夏暮雪一副破罐子破摔的模样，"对，是我干的！我用谢峥然的名义，给谢叔叔发了短信！谁知道他这么倒霉？"

发短信？

莳莳此时觉得，她一直都低估了夏暮雪的卑鄙程度。

莳莳气得浑身发抖，点开短信箱，看到一封发给"爸爸"的短信："爸，许千山死了，你快逃，越远越好！"

莳莳终于明白了，难怪谢峥然会对她说，就是你发的短信，装什么糊涂。

谢峥然找到谢父的手机，在看到这条短信之后，想当然地就认为是莳莳发的短信。她的目的，就是让谢父不敢自首。

她又想起了谢父说过的话，有些错误是犯罪，需要自己去赎。谁知道谢父撞车是意外，还是一次为了赎罪而进行的自杀。

莳莳的脸色十分可怕，手指因为用力，指节泛着白，几乎能把屏幕捏碎。夏暮雪终于害怕起来："莳莳，你没事吧？我、我不是故意的，我真的气昏头了，只想着帮爸爸出气……"

过了很久，夏暮雪都没有得到回答。

莳莳将头埋得很低，脸庞隐在一片阴影中。

"喂，我错了，我真的错了，你别吓唬我，妈妈还在客厅呢。"夏暮雪被这诡异的气氛震慑到了，声音开始发抖。

终于，莳莳的声音响起。

她像是在笑，又像是在哭。

—11—

飞机巨大的轰鸣声渐渐远去，留下的只有天幕边上的一个小黑点。最后，连那个小黑点也彻底消失。

莳莳呆呆地站在登机入口处，从玻璃窗向外看着飞机渐渐消失。

这几天里，她找过无数次谢峥然，可是他都拒而不见，不肯给她一个解释的机会。就连在登机口，他也只是留给她一个冷漠的背影。

当时，她就站在五米开外，看着谢峥然站在乘客的队伍中，向登机口慢慢走去。在他前面有两名大学生模样的女生，一边排队登机，一边在叽叽喳喳地聊天。

其中一名女生看到莳莳，对谢峥然说："帅哥，那边有个女生是认识你吗？我看她一直看着你，满脸都是泪水。"

谢峥然这才漠然回头。

他只看了一眼，就重新扭过头去。莳莳听到他说："不认识。"

这个答案仿佛宣告了他们关系的终结。

第八章

没有他，我会死

◆

莳莳用尽全身的力气，
很艰难地说："还不明白吗？没有他，我会死！"

—1—

"夏莳莳，这次迎新晚会上，你报什么节目？"

一支钢笔敲了敲桌面，莳莳抬起头，看到宣传委员李云婷正站在面前。莳莳扯下耳机，喧嚣热闹的音乐迅速离自己远去。

莳莳眯了眯眼睛："你说什么？"

"我是说，班主任让你报节目参加迎新晚会。"李云婷推了推鼻梁上的眼镜，"你准备一下。"

莳莳懒洋洋地说："我没节目。"

"必须报。"

"那我朗诵诗歌。"

李云婷像看外星人一样看着她："夏莳莳，你想让我们专业的人被全校师生耻笑吗？现在连小学生都不好意思拿朗诵诗歌充数了好不好？"

莳莳没回答，戴上耳塞准备睡觉。李云婷一把扯掉她的耳塞，声音高了几个分贝："你认真一点儿会死啊？"

"你温柔一点儿会死啊？"莳莳反驳。

此时正是课间休息的时候，大教室里稀稀落落地坐着几个学生，所以李云婷的声音尤为清晰。眼看一场唇枪舌战即将爆发，莉心赶紧凑过来打圆场："云婷，报节目有没有好处哇？"

李云婷白了她一眼，没好气地说："这次检查卫生不查你们宿舍。"

"好，那我们报。"莉心笑嘻嘻地说，搂住了莳莳的肩膀。

李云婷从值日笔记下抽出一沓纸："建议你们报小品。喏，这是学长免费提供给我们的小品剧本。"

"好，一定背会台词。"莉心接过剧本。李云婷别有深意地看了一眼莳莳，趾高气昂地走了。

等李云婷走后，莳莳才淡淡地说："你又何必多管闲事。"

"我这是为了你好，她这么泼辣，得罪她没好处的。"莉心煞有其事地拍了拍手里的剧本，"反正我们最近在考英语四级口语，就练一下呗。"

"考口语跟背剧本有什么关系？"

"不都是中文啊？米思夏，你这个耿直丫头，你要是不答应李云婷，她会让你死得很难看！"莉心翻开自己的英语课本。莳莳看到上面写满了中文标注，无奈地摇了摇头。

这个上了大学还不会音标，只能用中文来标注单词发音的莉心，是莳莳的大学室友，也是她唯一的闺密。刚才那个趾高气昂的李云婷，是莳莳班上的宣传委员。

大学刚开学，李云婷以宿舍不朝阳为由要和莳莳换宿舍，态度高傲得像五百万的债主。莳莳头也没抬，只是问："如果是我和你换，你换吗？"

李云婷想回答"不换"，想了想觉得不妥，回答"换"。于是莳莳就回答："那好，就当你答应我换宿舍了，谢谢。"

莉心笑得上气不接下气，将宿舍门一脚踢上："莳莳，我早看她不顺眼了，爽！"

　　然而这个小细节，却让李云婷生了嫉恨。莳莳选的是英语专业，班上同学参加活动不积极，李云婷就总是找上莳莳。

　　时光有一只无形的手，将日历翻得飞快。只是一晃神的工夫，时间就已经过去了三年多。

　　莳莳已经从以前那个青涩的小丫头，变成亭亭玉立的少女。自从谢峥然离开之后，她的高中生涯就突然变得枯燥和干涩。她每天三点一线，闷头学习，成绩却仍然下滑。

　　最后，她只考到了这个南方城市的二本。

　　夏暮雪是艺考生，上了一所本地的音乐学院。大学开学的前几天，两姐妹一起去监狱里看望了爸爸。等到莳莳进去的时候，爸爸说："你们姐妹两人都考上了大学，我很欣慰。"

　　莳莳回答："可我不是男孩子，你不可能真的欣慰。"

　　说完，她没有去看爸爸难看的脸色，走到门口对狱警说："探视完毕，让我出去。"

　　就是从那一天开始，莳莳觉得自己的内心开始了剧变。她已经懒得对这个世界虚以委蛇，而是用最真实的态度去面对。她不想再掩饰自己对爸爸的失望，对夏暮雪的不屑，对李云婷的不以为然。

　　莳莳将大学生活过成了流水账。如果不是李云婷，她可能一辈子都不会准备迎新晚会的节目。

-2-

　　在通读完剧本之后，莳莳觉得很崩溃。

　　这个小品的大致内容是一个中学生在追星过程中发生的一系列搞笑的故事。剧情很狗血，笑点很冷，关键是台词非常拗口难记。

　　莳莳提笔修改，但改到一半，发现后面居然还有对应的情节，被修改掉的台词是一个伏笔。

　　终于，她沮丧地将笔丢开，合上剧本却发现纸页背面写着一行大字：姜礼浩是大作家，手机号 1360551XXXX，但不接受任何指点。

蒔蒔又气又笑，试着拨打了那个号码，却发现那个电话还真的通了。

接电话的是一个声音略有磁性的男生，在听明白蒔蒔的意图之后，很快说："要修改是吧？你晚上在哪个教室上自习？"

"我不上自习。"

"那好，我在 2401 等你。"男生挂了电话。

蒔蒔有些发蒙，感觉这个男生有点儿自说自话。可是到了晚自习，她还是去了 2401。

奇怪的是，她刚进门，就看到一个男生向她挥手："这里！"

男生长得很秀气，眼睛是典型的桃花眼，一看就是欠下不少风流债的那种人。蒔蒔有些戒备，低声问："你怎么知道我是夏蒔蒔？"

"学校里闻名的怪人，我当然知道。"姜礼浩笑眯眯地说，"其实每个系，所有带点儿特点的女生，我都有印象。"

蒔蒔将剧本从书包里拿出来："你的剧本太复杂了，故事线可以简化一点儿吗？"

"不可以。"

蒔蒔不耐烦："那你怎么还答应我见面？"

姜礼浩从桌膛里掏出一张报纸，往她面前一拍："你的笔名是山鲁佐德，每个星期都会给校报的小小说栏目投稿，对吗？"

蒔蒔的后背起了一层鸡皮疙瘩："你调查我？"

"NO！"姜礼浩摇了摇手指，"我只是想和你做个交换，你只要答应我别投稿，我就帮你改剧本。"

"为什么？"

姜礼浩嘿嘿一笑："因为你每期都投稿，害得我好久没有过稿了。有你这样赶尽杀绝的吗？"

蒔蒔觉得很无语，也觉得和对方没有任何谈判的必要了。她迅速收拾起剧本，连再见也没说就往外走。

姜礼浩不甘心地追了出来："喂，你就这样拒绝我了？"

她回头，声音清冷："当然。"

"那你告诉我，你为什么会取山鲁佐德这个名字？我很好奇哎！"

莳莳冷笑一声，说："你答应改剧本，我就告诉你为什么。"

—3—

姜礼浩很快让莳莳知道，这个学校的怪人不止她一个。

第二天中午下课，莳莳和莉心一起往外走，忽然听到广播里响起一个戏谑的声音："11级英语系的夏莳莳同学，这首好听的《暗香》送给你。我想告诉你，我在食堂等你，别忘记你和姜礼浩的约定。"

莉心立即怪叫起来："哇，什么约定？莳莳你谈恋爱了？"

"闭嘴。"莳莳赶紧捂住莉心充满八卦问题的嘴巴。但是已经晚了，还是有几个同学向她这边看过来，李云婷也在其中，眼神怪异。

莉心摆脱开莳莳，附耳说："你完蛋了，李云婷一定不会放过你！姜礼浩是她的男神。"

"男神经病还差不多。"莳莳当机立断地决定，"不去食堂了，我们出去吃饭。"

"可是你不去的话，姜礼浩明天还会去校园广播站给你点歌吧？"

莳莳被打败了，她觉得以姜礼浩的神经病程度，一定干得出来。

两人到了食堂，发现姜礼浩果然在门口等候，还有一群小女生围着他问这问那。莳莳忍不住问莉心："这个人毛病这么多，怎么还有人捧着他？"

"他可是文学系的大才子，听说参与了几部电影剧本的创作，能拿到明星的签名照。"

谈论之间，姜礼浩已经看到了她们，迅速走了过来："莳莳，你果然没有忘记我们的约定。"

"只是约定改剧本而已。"

"那也是约定！"姜礼浩开心地说，"吃完饭，我们好好讨论讨论。"

莉心的眼睛里开始冒红心："我可以参与吗？"

"当然可以。"

薛薛接下来吃了一顿有史以来最难以下咽的午饭。因为在用餐全程，她都感到身边有人在向她行注目礼。这种被人关注的感觉，真的很难受。

姜礼浩倒是习惯了这样的生活，不停地给薛薛夹菜。用完午饭，薛薛问："可以修改了吗？"

"可以。"姜礼浩得意扬扬地说。

三个人找了一间空教室，开始讨论小品剧本。姜礼浩十分配合，所以剧本修改得很顺利，至少已经整理出了基本思路。

整理出修改的头绪，已经快要到上课的时间。冬日的午后，特别容易让人犯困，姜礼浩已经是哈欠连连。

他说："夏薛薛同学，你现在可不可以告诉我，你为什么要用山鲁佐德的笔名？"

薛薛愣神，没想到他居然还记得这个二到不行的约定。

"不行，还没有真正动笔修改。"

姜礼浩哀号一声，将头埋进臂弯里。薛薛白了他一眼，开始收拾东西。对于这种贱兮兮的男生，就算脸长得好看到不行，她也不打算给他好脸色看。

莉心扯了扯她的袖子："别这样嘛，姜同学也很辛苦嘛。"

"还是莉心最好，么么哒。"姜礼浩露出他的招牌笑容，"为了报答莉心，我想给你们提供一个兼职机会……想去剧组帮忙吗？"

莉心顿时激动得像看到火腿的田园猫："可以找明星签名吗？"

"当然。"

一声尖叫响彻教学楼，薛薛默默地堵住耳朵。莉心抱住她激动地大喊："薛薛，我们去剧组玩玩好不好？"

"不去。"薛薛冷漠地说，用剧本拍了拍姜礼浩的头，"晚自习继续！我们现在去东楼上课了。"

"不是吧——"姜礼浩拖长了声音。

莉心于是就有些不高兴，磨磨蹭蹭地跟在薛薛身后。走出教学楼，两人发现天空已经阴了下来，厚厚的铅云压向大地。

　　"不是吧，这是要下雪吗？"莉心忘记了刚才的小插曲，伸开双臂转了个圈，"去年暖冬都没有下雪，希望今年能够有个下雪天。"

　　葑葑忍不住莞尔一笑。

　　没心没肺到莉心这种程度，其实也挺好的，快乐来得是那样简单。

—4—

　　为了修改剧本，葑葑和莉心经常和姜礼浩在自习室里碰头讨论。后来姜礼浩主动提出，要帮助两人排练小品，于是三个人的身影又开始结伴出现在校园广场。一个多月下来，他们的关系已经近了好多。

　　经过深入接触，葑葑发现，其实姜礼浩并不像表面上那样不靠谱，做起正事来，他的态度无比敬业。

　　只是姜礼浩仍然没忘记问她那个很二的问题："你为什么要把笔名叫作山鲁佐德？"

　　山鲁佐德，一个无比拗口的名字。大概任何一个看惯了红袖总裁文的小女生，都不会对这个生涩难记的名字上心吧。

　　"不为什么，就是喜欢呗。"葑葑每次都这样含糊地应付过去。她抬起手腕看看手表，对莉心说，"咱们该回宿舍了。"

　　今天中午是宿舍规定要大扫除的日子，正轮到葑葑值日。莉心答应一声，从广场的大理石台阶上站起来。就在这时，手机铃声响起。

　　莉心接听了电话，脸色突然沉下来："糟了，咱们快回去，李云婷那厮又出幺蛾子了！"

　　电话是另一个室友打来的，据说李云婷丢了一瓶特别昂贵的面霜，正在一个宿舍一个宿舍地盘查。

　　葑葑听了，拔腿就往宿舍跑。等她回到宿舍，发现自己的衣柜已经被翻过，那件深蓝色的男式羽绒服随意地放置在书桌上。

　　李云婷抱着双臂，站在宿舍中央说："你们的柜子我都已经看过了，没有面霜。"

一宿舍的人都没敢吭声。莉心气得发抖，大声质问："你凭什么趁我们不在，搜我们的柜子？"

　　"你知道我那瓶面霜多少钱吗？我去日本带回来的！"李云婷不以为然地说，"我当然要好好找一下啊！"

　　莳莳走上前，将那件羽绒服抱在怀里。这是谢峥然的羽绒服，绒格图案，白色毛领，已经陪伴了她足足三年的时间。

　　他曾经温柔地将这件羽绒服披在她的身上，怕她冷。

　　李云婷伸出两根手指，弹了弹那件羽绒服的毛领："啧啧，这是男式的吧？夏莳莳，没想到你还给男生洗衣服啊？"

　　语气里饱含轻慢。

　　莳莳的眼睛都红了，小狮子一样扑上去，猛然将李云婷扑倒在地。众人惊呆了，赶紧上前去拉，可是莳莳的力气非常大，怎么都拉不开。

　　女生们的尖叫声惊动了整个楼层，许多宿舍门开开关关的声音之后，看热闹的女生将莳莳所在的宿舍堵了个水泄不通。

　　李云婷觉得丢脸死了，躺在地上使劲挣扎，可是脸上还是挨了好几下，火辣辣地疼。莳莳骑在她身上，用尽全身力气将她死死按住。

　　"你疯了吗？不就……不就碰了羽绒服一下吗？"李云婷被压得喘不过气，艰难地说。

　　只是话音刚落，便有清凉的液体滴落在她的脸上。

　　李云婷惊愕地看着脸部上方，莳莳的脸上已经是泪流满面。莳莳一字一句地对李云婷说："凭你也配！"

　　她脸上的狠绝太瘆人，以至于李云婷终于撕心裂肺地喊了起来："救命啊——我错了错了，求你原谅我！"

　　半个小时后，经过两个女生宿舍的不懈努力，终于将莳莳和李云婷分开。莉心因为劝架消耗了太多体力，累得瘫软在椅子上一动不动。李云婷吓破了胆，作威作福惯了的她，根本就没见过这么不要命的夏莳莳。她一句话都不敢讲，灰溜溜地逃走了。

　　莳莳缩回自己的床位，抱着那件羽绒服，泪水大颗大颗地落下来。

室友们面面相觑，都不懂莳莳为什么因为一件羽绒服发这么大的火。没有人敢出言相劝，大概都猜到了，这件衣服大概是莳莳心中的痛。

十一点半到了，宿舍楼统一熄灯，世界黑了下来。

莳莳仍然抱着那件羽绒服，在黑暗中默默流泪。不知道过了多久，她沉沉地睡去。

梦中，那个小小的少年还是救世主的模样。他对她说，别怕，我保护你。

莳莳醒过来，发现天已经亮了，宿舍其他人都去上早自习了，只有莉心站在床头，正叼着一支牙刷观察自己。

"你干吗？"莳莳瓮声瓮气地问，才发现自己感冒了。

莉心指着自己的黑眼圈说："莳莳你吓死我了！我昨晚上一晚上都没睡好，想着这世界上有狐妖，有蛇妖，怎么都不可能有羽绒服妖啊！"

"你怎么会有这么奇怪的想法？"

"因为你表现得太怪异，只能用这个来解释了。"莉心压低声音说，"昨天你和李云婷打的那一架，真是太爽了！如果不是羽绒服妖上身，你怎么可能揍她？"

莳莳瞪着眼睛看莉心，忽然笑了起来。

羽绒服妖，有意思。

三年了，一千多个日日夜夜……她每天都对着这件羽绒服思念着那个人。如果相思可以成蛊，想念具有精魄，那么这件羽绒服真的可能成妖。

—5—

莳莳原本以为得罪了李云婷，她肯定会伺机报复。没想到一连过了几天，李云婷不但没有生事，反而对莳莳格外和颜悦色。

有些事情就是这样，你让一寸，别人就会进一尺。你若分毫必争，对方说不定弃械投降。

三天后，姜礼浩在莳莳回宿舍的路上等她。

　　他见了她，笑得露出洁白得有些耀眼的牙齿。莳莳看到他居然很骚包地戴了一条粉红色的围巾。

　　"真丑。"莳莳评价。

　　姜礼浩夸张地睁大眼睛："有没有搞错？粉红色是世界上最美的色彩——百元人民币的颜色。"

　　莳莳白了他一眼，转身向宿舍楼的大门走去。姜礼浩赶紧拦住她，将她拉到车棚后面，咳嗽了两声问："莉心不在？"

　　"她妈妈来看她，中午一起出去逛街了。"

　　姜礼浩哦了一声，突然有些忸怩地从背包里掏出一副粉红色耳帽："哪，这个送给你。"

　　因为蓝色车棚挡住了视线，并没有太多人注意到他们。

　　"你干吗送我礼物？"莳莳嫌弃地看着那副耳帽，"还是粉红色。"

　　"好吧，我说实话！"姜礼浩一副视死如归的表情，"我送你这个颜色的礼物，是想让你跟我配成情侣色。"

　　莳莳张口结舌，顿了半天才问："你在向我告白？"

　　"对啊。"

　　"哦，我拒绝。"莳莳将耳帽还给他，扭头就走。姜礼浩赶紧拉住她："喂，你这样太不认真了吧？"

　　"要不我去点播台，给你点一首歌之后再拒绝？"

　　"别呀。"姜礼浩苦笑着说，"你果然有男朋友了，所以才拒绝我，对吗？"

　　莳莳实在无法理解姜礼浩的脑回路："不是，是你的魅力太少。"

　　"少骗我了，你肯定有男朋友，或者有暗恋的人，对不对？"姜礼浩十分笃定，"是李云婷告诉我的。"

　　莳莳斜眼看她："为什么这么说？"

　　"因为她告诉我，你有一件男式羽绒服。是你很爱的人的，对不对？"

　　就这样将她的心事一刀剖开，置放于阳光之下，避无可避，无可遁形。

　　莳莳木头人一般地站着，想说什么，却发现已经没有力气。

　　是她犯贱单恋了一个人那么多年，是她明知对方那么恨她的情况下，依然很爱很爱他。

　　"你没有资格知道他。"

　　莳莳冷冷地说，推开姜礼浩，魂不守舍地走进宿舍楼。来往的女生有熟识的跟她打招呼，她像没看到一样，径直走进宿舍。

　　宿舍是两间共用一个阳台的设计，下午没有课，所以女孩子们都聚在阳台上叽叽喳喳地晒太阳。

　　莳莳看着外面和煦的阳光，幽幽地叹气。天晴了，并没有下雪。其实下雪了又怎样呢？他可能永远不会出现在她面前了。

　　拉上棉被，她躺在床上，呆呆地看着雪白的天花板。室友们以为她睡着了，谁都没有来打扰她。

　　下午五点，莉心回来了，进门就嚷嚷："真没想到，姜礼浩居然变傻了，我跟他打招呼，他居然跟个雕像一样。"

　　莳莳忽地从床上坐起来。

　　莉心吓得喊了一声："你没睡着啊？"

　　"姜礼浩还在楼下？"

　　"对啊。"

　　莳莳跑到阳台上往下一看，果然看到了姜礼浩戴着的那条粉红色围巾。他就那样靠在车棚的铁栏杆上，不知道在想些什么，也不知道保持了那个动作多长时间。

　　莳莳扭头回到床铺边上，飞快地穿好羽绒服，跑出宿舍。莉心在身后喊她："莳莳，你干什么去啊？"

　　莳莳没搭理，只是一个劲地往楼下冲。心中有一簇小火焰，将冷却的心房熊熊点燃，于是胸口的位置，有什么东西叫嚣着要冲出来。

　　一直以来，她都压抑到极点。现在，她终于找到了一个想要宣泄的对象。不管姜礼浩理不理解，她都要说给他听。

　　宿舍楼下，姜礼浩看到莳莳，吃惊不已。

蒔蒔走到他面前，死死地盯着他："为什么想要知道，我把山鲁佐德作为笔名的原因？"

"因为我早就喜欢你了。"姜礼浩收起了那副纨绔模样，很认真地说，"从第一次看到你的文章，我就被你的才气所折服。所以我真的很想知道你的一点一滴。"

他的眼睛是那样深邃，带着平常所没有的认真和稳重。

"好，我告诉你，你听好了。"蒔蒔说，"山鲁佐德是《一千零一夜》里，那个给国王讲故事的皇后。如果山鲁佐德讲不出故事，那么她就会被国王处死。从某种意义上说，我和山鲁佐德是一样的。如果有一天我没有故事可讲，我会死。"

姜礼浩很是震惊，张了张口，一个字都没有说。

"我想讲的故事，只和我喜欢的那个人有关。"

每一篇故事，都是蒔蒔对谢峥然的思念。在她的笔下，她幻想着他或儒雅，或俊挺，或开朗，或阴郁，或冷峻的形象，她将这些都付诸一篇篇故事。

姜礼浩眼神发直，依旧沉默。

蒔蒔用尽全身的力气，很艰难地说："还不明白吗？没有他，我会死！"

如果有一天，她老得已经记不起谢峥然的样貌，也失去了关于他的故事，那么她也不会苟活于世间。

这辈子喜欢上他，真是讨厌死了。

可是就是这么残酷，有一种人，让你不得不爱上。

—6—

小品排练得非常艰难，莉心要么忘记台词，要么就是把台词说得颠三倒四，于是她不得不把台词写在手心里，忘记的时候就偷偷低头看。

蒔蒔对此很是担忧，可是莉心却十分乐观地告诉她，如果真的忘词冷场了，可以来一段即兴歌舞。就像某些印度电影里的那样，剧情进行到大结局的部分，该煽情不煽情，该正经不正经，一帮人突然载歌载舞，让观众摸不着头脑。

她这个提议得到了姜礼浩的大力支持，甚至两个人都开始排练起印度舞的动作了。空旷的教室里，两个人在讲台上做着那夸张奇怪的肢体动作，让莳莳想起了一个词，放浪形骸。

"咳咳。"

莳莳忽然听到门口有人咳嗽，转移视线，看到门口站着一个戴眼镜的怯生生的男生。

男生问："这个自习教室，有课吗？"他看了一眼在讲台上跳印度舞的姜礼浩和莉心。

姜礼浩快嘴回答："有课！我们是舞蹈系的，在上舞蹈课。同学，你要一起来跳吗？YAHo——"

"不了，我还要上自习，快考试了。"男生怏怏地走了，却在半分钟后退了回来，"可是，我们学校没有舞蹈系。"

莉心哈哈大笑："明年就开舞蹈系了，我们是预备班！"

"对啊，同学，要不要转系啊？我们舞蹈系很有前途的！"

男生哭笑不得地离开了。

"你们正经一点儿好不好？明天就是迎新晚会了！"莳莳叉着腰在台下喊。

姜礼浩行了一个标准的谢幕礼："听你的，我们这就练习台词。"

莳莳皱着眉头瞥了一眼姜礼浩，她实在不懂这个人是怎么想的。

自从那天她拒绝了他的表白，她的心情就没有平静过。不料，姜礼浩第二天神色如常地出现在她的面前，和往常一样贱兮兮地开玩笑，似乎从来都没有表白过。

莳莳都要怀疑是自己的记忆力出了问题，或许是姜礼浩有个双胞胎弟弟，告白的是他的弟弟而已。

三个人齐心合力，总算在天黑之前把小品排练完了。

走出教学楼的时候，姜礼浩突然说："莳莳，你考虑下去剧组帮忙的事，我真的需要两个助理。"

"我拒绝。"

"我答应！"

莳莳和莉心同时说了出来，却是意思相反的两句话。姜礼浩笑弯了眼睛："你们商量吧，我先走了。"

他快速地走下楼梯，没有回头，抬起右手挥了挥，算是向两人告别。莉心可怜巴巴地看向莳莳："莳莳，你可不可以答应？"

"不可能。"直觉告诉莳莳，和姜礼浩接触太多是没有意义的。

莉心眨巴了两下眼睛："那，我告诉你一件事情，你千万不要生气。"

莳莳认真地看着她："你做了什么？"

莉心从口袋里掏出两副耳麦："这个是我们在表演的时候戴的。"

"你的意思是说，台词会通过耳麦提示？"莳莳顿时胸闷，气不打一处来，"那我们还排练了那么久的台词？"

"因为我、我喜欢他，所以才和他一起排练的。"莉心的脸红如朝霞。莳莳有点儿发蒙，半天才反应过来："你喜欢姜礼浩那个神经病？"

"他不是神经病，他很有才华的！"莉心笃定地说。

莳莳沉默，她想起姜礼浩那双眼睛，决定将告白事件永远都烂在肚子里。

莉心没发觉莳莳的异样："你到底陪不陪我呢？我真的很想跟着姜礼浩去剧组玩。"

"好吧。"莳莳答应得有些艰难。

莉心开心得像个孩子："莳莳，谢谢你，我会请你吃一个星期的关东煮，随便点哦！"

楼梯还剩下两阶的时候，她跳起来蹦下去，扎着蝴蝶结的马尾辫快乐地扬起来。

莳莳心里突然有些不是滋味。如果莉心知道姜礼浩曾经向自己告白过，还会不会这样开心呢？你看，每个人都以为自己是生活的主角，可不经意间，你已经沦为配角。

—7—

迎新晚会很快到了，在学校的大礼堂举行，最开始的是一个歌舞节目，疯狂的舞姿点燃了整个大礼堂的气氛。

他们的节目排在第三个。莳莳从幕后看着台下的人山人海，心里有些莫名地紧张。

莉心在她身后使劲哈气："如果没有耳麦，我肯定一句台词都想不起来！"

姜礼浩鼓励她们："你们就拿出平常排练的十分之一水平，我保证气场能压倒全场！"

他今天穿了一件银光闪闪的舞台装，要命的是戴上了那条粉红色围巾，让他看上去像一只俊美骚包的狐狸。

莳莳忍不住损了他一句："真丑。"

"喂，我在里面演那个大明星，当然要穿得耀眼一点儿。"姜礼浩争辩。

莳莳没接腔，换成平时她肯定是要继续损上几句的。可是她今天总觉得哪里不对劲，像是暗中有一双眼睛，目光中的锋芒全部射向她。

轮到她们上台，莳莳和莉心一起上场，台下响起了雷鸣般的掌声。演到一半，姜礼浩所饰演的大明星也上场了。

不得不承认，姜礼浩的人气还是很旺的。在他出场的那一瞬间，全场掀起了一阵小风浪，一波波地向舞台中央席卷而来。莳莳不自然地摸了一下耳麦，这种骚动几乎让她听不清楚提示的台词。

莉心的表演也达到了顶峰，又自然又极富感染力。莳莳不得不承认这是爱情的魔力。她一边表演，一边在耳麦的提示下说出属于自己的台词。

忽然，耳麦里发出刺耳的噪音，像是粉笔划在黑板上。

莳莳忍不住激起一阵寒意，摸了摸耳麦。

就在这时，耳麦里传来一个奇怪的声音，阴冷又潮湿，像是从地狱中传来："用鲜血弥补自己犯下的错，你准备好了吗？"

这并不是台词。莳莳愣了一下，下意识地问："你是谁？"

说完之后，她才想起自己还站在舞台上，无论自己说什么，耳麦里的声音的主人都不会听到。

更糟糕的是，她说错了台词，舞台上一时冷场，台下观众也有些莫名其妙。好在姜礼浩及时救场，他一甩披风后摆，展开双臂向莳莳大声喊："我是谁？我就是人见人爱鬼见鬼嫁的大明星——姜浩然！"

"……"莳莳一阵恶寒，然而多亏了姜礼浩的即兴发挥，她才得以将台词继续说下去。

小品总算表演结束，莳莳几乎是跑着下了舞台。一到后台，莉心就嚷嚷起来："莳莳你没事吧？不会是羽绒服妖上身了吧？"

莳莳问莉心："你听到什么声音没有？"

莉心摇头。

姜礼浩看莳莳脸色不对劲，也收起了吊儿郎当的样子："发生什么事了？"

莳莳将耳麦里的声音告诉了他。他的脸顿时沉了下来，一言不发地走向导播室。

"如果有人恶作剧，那么问题必然出在导播身上。"

莳莳跟在姜礼浩身后，想起那个奇怪的声音，心里就一阵阵发寒。可是在询问了导播室之后，并没有找到那个恶作剧的人。

"我们录制的节目本来是正常的背景音乐，不知道什么时候被人加入了这句话。也就是说，那个恶作剧的人就算不出现在导播室，也可以让夏莳莳听到他的话。"导播在检查一番之后，无奈地告知三人。

姜礼浩皱了皱眉头："这么说，参与到录制节目的任何一个人，都有可能做这个恶作剧。"

"可是谁这么无聊，也许是录错了吧？"导播安慰莳莳，"可能不是故意捉弄你的，而且小品演得也很顺利嘛。"

莳莳勉强一笑："算了，对不起，可能真的是我太紧张了。"

"你不用道歉，这是我们工作上的失误，下次不会了。"

导播说得这样诚恳，再深究就没有太大意思了。莳莳刚想道别，忽然听到姜礼浩冷冷地说："不是故意的，那就是有意的？你们处理问题也太草率了！"

"姜同学，你不能这样说……"

"那个人说的是'用鲜血弥补错误'，这是一句赤裸裸的威胁！而且就只有莳莳的耳麦听得到，这难道不是冲着她来的吗？"姜礼浩语气中隐含怒火。导播尴尬极了，厚厚的嘴唇动了半天也不知道该说什么。

莉心拉了拉姜礼浩的袖子，似乎在暗示他收敛脾气。

姜礼浩不动声色地扯开袖子，拉着莳莳的手就往外走："莳莳，别跟这些人计较，我们走！"

他的手掌温暖而干燥，热度从手指一直传到心头，可是随之而来的，也有莉心惊愕又失落的眼神。莳莳连忙甩开他的手："姜礼浩，我觉得我们是紧张过度了，可能那个人不是故意的。"

姜礼浩站定，认认真真地看她："不对，以我编剧的专业素养判断，这说不定是一个杀人狂的提前预警。"

"胡说什么……"

"总之，从现在开始，我要做你的保护神。"姜礼浩快速地说，"可是我又没有太多时间陪你，所以你必须要跟我去剧组。莉心，你说对吧？"

莉心"啊"了一声，傻傻地点了点头。

"好，就这么定了！考完试，你就跟我去剧组。"姜礼浩不由分说地将她的手牵起。

莳莳第二次甩开姜礼浩，回头却看到莉心呆呆地看着她，嘴唇上没有一丝血色。

空气中冷冽非常，除了吹过的穿堂风，莳莳仿佛还听到莉心的少女心碎裂的声音。

女生之间产生的微妙情绪，有时候就是在某一个瞬间发生的。

—8—

莳莳当然不能答应姜礼浩的邀约。

对于莳莳来说，如果非要在姜礼浩和莉心中间选一个人，她会果断地选择莉心。为了避嫌，她还是推掉了姜礼浩的邀约，决定做其他普通点儿的兼职。

过年期间的兼职，得到的报酬要比平常多很多。前天岳晞容打电话给她，叮嘱她寒假回家过年，莳莳以这个理由拒绝了。听得出来，岳晞容很是失望。

算上今年，莳莳有两年没有回家过年了。不过，她并不觉得遗憾，如果家里没有温暖，那么一个家跟一栋房子有什么区别呢？如果没有区别，那么她在哪个房间里都可以度过新年。

冬意渐浓。

第一门考试科目是"毛概"，莳莳每天死记硬背地复习，走出教室外仍然感到头昏脑涨，全身疲乏。打开手机，她看到短信提示有五个未接来电，也并没有在意。

只是和莉心刚走到学校的石桥边上，莳莳就听到一个熟悉的声音在喊她："夏莳莳。"

莳莳回过头，看到站在面前的人居然是夏暮雪。她没有打伞，羊羔绒质地的小棉服上有几块冬雨留下的湿迹，整个人看上去有些瑟缩。

"打你电话你不接，我只好在这里等了，据说这座石桥是通往女生宿舍的必经之路。"夏暮雪跺了跺脚，"真冷。"

莳莳下意识地问："姐，你怎么来了？"

"艺术生考试早，我放假了。"

"我是问你，来找我有事？"

"你就用这话来欢迎我吗？"夏暮雪白了她一眼，看向莉心，"这是你同学吧？正好，一起去吃饭。"

"不用了，你们好久没见面了吧？莳莳，赶紧陪你姐姐去吃饭吧。"莉心赶紧回绝，把谈话的空间留给莳莳和夏暮雪。

看着远去的莉心，莳莳突然有一股无力感。她觉得自己和夏暮雪没什么好聊的，两个人之间只有尴尬和沉默。

还是夏暮雪先开了口："这么冷的天，最适合吃火锅了。"

莳莳将夏暮雪带到学校外的小馆子，点了一个火锅。不到半个小时，火锅里填满了青菜、蟹柳、羊肉等食物，咕嘟咕嘟地冒着小水泡。外面静静地下着雨，房间里充满着食物的香气，这种感觉格外静谧。

夏暮雪毫不客气地夹了一筷子日本豆腐："快吃，老了就不好吃了。"

莳莳也夹了一块豆腐，咬了一口，整个门牙都在发着烫。她问："是不是妈妈让你来找我的？"

"是啊，"夏暮雪学着岳晞容的语气，"你这个当姐姐的，一定得去莳莳那里看看，看看她是不是交男朋友，是不是学坏了，怎么每年都不肯回家过年？"

莳莳没说话，埋头开始吃青菜。

夏暮雪继续说："我说，妈，莳莳这几年一直爱着那个叫谢峥然的男生，这世界上谁有男朋友，她都不可能有男朋友。"

记忆里最不愿意翻开的一页，蓦然间就被摆在了面前。没有一丝丝防备，她就这样听到了那个她最不愿意听到的名字。

莳莳抬起头，冷冷地看着夏暮雪。夏暮雪泰然自若地将羊肉卷夹到碗里，蘸了蘸芝麻酱后塞进嘴里，并不觉得自己说了什么不妥当的话。

"你是不是以为没有人知道你的秘密？"夏暮雪说，"你可以假装爱一个人，却不能假装不爱一个人。你的心思，我早就知道了。"

"那又怎样？总比你表面上喜欢他，背地里捅刀子强！"莳莳终于发怒，将筷子使劲一摔，起身就往外走。

夏暮雪及时喊住了她："你站住！"

莳莳站住，回头看她："你还有什么话要说？"

让莳莳意外的是，夏暮雪的眼泪居然一点一点地浮了上来，她眼神有些茫然："我把妈妈送到小姨家了。"

"你到底想说什么？"

夏暮雪走到她面前，认真地问："你给我说实话，谢峥然爱你吗？"

"姐！"

"如果他爱你，那么事情就好办了。如果他不爱，咱们家就完了。"夏暮雪的眼神开始涣散。莳莳终于觉察出不对劲来，她抱住夏暮雪："你到底怎么了？"

夏暮雪哭了起来："蒔蒔，你想过谢峥然会报复我们吗？我说的是，他会伤害我们！杀了我！"

世界上最痛的感觉也不过如此了。

蒔蒔觉得夏暮雪真是奇怪，她怎么能说出这么残忍的话呢？谢峥然，那个穿白衬衫的干净冷冽的少年，怎么会对她们下毒手呢？

他清冷如美玉，可是接近久了就会生出暖意。他也曾经是她心目中独一无二的救世主。这样的他，怎么会伤害她呢？

"不会，我发誓不会。"

"我不信！"夏暮雪哭喊着，"我接到一个威胁电话，电话里有个男人对我说，'用鲜血弥补自己犯下的错，你准备好了吗'？！"

蒔蒔的心脏顿时停跳了一拍。

用鲜血弥补自己犯下的错，你准备好了吗？

这分明是自己在演小品的时候，从耳麦里传出的那个奇怪的声音。

"鲜血……谢峥然肯定知道是我干的了，他恨我害他爸爸死掉！"夏暮雪痛苦地揪住了自己的头发。

蒔蒔摇头："不会的，他不会的。"这句话她都不知道是安慰，还是自欺欺人。

夏暮雪呜咽着说："你还不知道吧，他回国了，谢峥然……回来了！"

轰——

蒔蒔整个人都蒙了。她颓然瘫在地上，耳边一遍遍地回响一个声音——

他回国了。

第九章
是年轻的王，也是冷酷的恶魔

"我喜欢的女孩子，曾经为了我得过红眼病。"
四十五分钟前，他对着数百万的观众这样说过。
原来他早就知道。
原来她的心意，从一开始就没有藏住过。

—1—

期末大考之后，学校里已经有学生提前离校，空旷的校园里显得格外清冷。莳莳帮夏暮雪在学校外订好旅馆，想尽办法去安慰她，可是夏暮雪还是战战兢兢。

"莳莳，你一定要帮我向谢峥然求情，求你了。"夏暮雪苦苦哀求。

莳莳苦笑。如果她告诉夏暮雪，她也接到了同样的威胁，不知道夏暮雪是直接崩溃，还是火速地离开。

夏暮雪以为她这里是安全之地，殊不知她也是报复的目标。

在夏暮雪的描述中，莳莳才知道，她已经有了一系列惊心动魄的经历。

十几天前，夏暮雪和朋友逛街过马路，差点儿被一辆法拉利撞到。她惊恐地看到反光镜中似乎是谢峥然那双充满仇恨的眼睛。

还有夏暮雪在期末考试的时候，做了一点点小抄，很不幸地被巡考抓到。离奇的是，这件事居然被捅到教育部了，夏暮雪险些被退学。夏暮雪猜，这幕后的推手肯定是谢峥然。

一桩桩，一件件，全部都是谢峥然的报复。可他又不肯彻底摧毁对方，而是将夏暮雪当成一块滚刀肉，一刀刀地凌迟，不肯轻易放过。

"你知道他现在有多变态吗？我认为，他不会放过当年那场事故所有的当事人。"夏暮雪狠狠地说。

莳莳问："你认为，他下一步会来找我？"

"对。"

"你想错了，他到现在还没有出现。"

夏暮雪耸耸肩膀："就是这样才可怕，男人的隐忍不发，是因为盘算着最完美的复仇计划。"

莳莳有些难过，但她还是说："Ann老师呢？当年我们也对不住她，让你差点儿退学的那个人也可能是她。"

"我已经打听过了，Ann老师已经去世半年了，胃癌。"

莳莳结结实实打了个冷战。

夏暮雪轻描淡写地说："听说借酒浇愁，最后就得了这个病。我去看爸爸的时候，还把这个消息告诉他了。他当时哭得像个孩子，可笑吧。"

莳莳不想再继续谈论这样沉重的话题，房间里一时间陷入了沉默。就在她想要开口说点儿其他话题的时候，忽然听到房门被人轻轻地敲响。

莳莳和夏暮雪惊恐地对视了一眼，都想不到究竟会有谁来找她们。莳莳鼓起勇气，蹑手蹑脚地走到门后，往猫眼里看去，只看到一条粉红色的围巾。

她长舒了一口气，暗笑自己神经过敏，打开门，看到姜礼浩站在门外。

姜礼浩进了门就开始埋怨："夏莳莳，你怎么可以这么没有追求，让你姐姐住在这种鸟地方！"

夏暮雪不知所措地看着姜礼浩。

"这位就是姐姐吧？我是妹夫……"姜礼浩刚说完，莳莳就狠狠地一巴掌抽在他的后脑勺儿上。她恨得牙痒痒，因为姜礼浩不犯贱的时候是个帅哥，犯贱的时候简直不是人。

夏暮雪有些不悦："莳莳，你怎么可以这样对同学呢？"

"就是，我是因为关心莳莳才来的，她前两天刚被变态威胁过！莳莳，你怎么对我这么恶劣？"姜礼浩说。

夏暮雪问苘苘："什么威胁？"

苘苘恨不得用针线将姜礼浩的嘴巴缝起来。她简单地将耳麦里的奇怪声音讲了一遍，讲完后，发现夏暮雪已经面白如纸。

"他来了，是他来了！"夏暮雪情绪激动，焦躁地走来走去，"怎么办啊苘苘？谢峥然现在没作为，我们连报警都不行！"

"我会保护你们！"姜礼浩提高了音量，"不就是有人要报复你们吗？这件事交给我！"

夏暮雪这才冷静下来，看着姜礼浩如同在看救命稻草："真的？"

"当然是真的，我解决这种事没有一百也有八十。"姜礼浩信口开河。

夏暮雪长舒了一口气，看来终于放心了。

苘苘无语。如果夏暮雪知道，姜礼浩口中的"解决这种事"都发生在剧本里，她一定会崩溃到哭。

可是现在也没有其他的办法了，还不如让姜礼浩这个大忽悠先稳定一下夏暮雪的情绪。

走出旅馆，姜礼浩屁颠屁颠地跟在苘苘身后，骄傲地宣布："苘苘，我现在就是你的保护神了。"

苘苘一拳打在他那只桃花眼上："做梦。"

—2—

从那天起，苘苘失眠了。

她总是会被同一个梦惊醒。所谓的惊梦，其实是夏暮雪的一句话——他回国了。

她曾经天真地设想，再相逢，必然要在一棵很大很大的枞树下。大枞树是圣诞树，承载着无数美好的愿望。可是现实呢，再见面，恐怕只有恨意森然。

不过上天在捉弄人的时候，从来都不会只在一个方面下手。夏暮雪的到来还带给了苘苘一个消息：夏家彻底没钱了，恐怕下个学年的学费都成问题。

夏爸爸入狱之后，家里的经济状况就一落千丈，加上岳晞容一直没什么稳定工作，所以钱袋已经到了见底的地步。

蒔蒔暗自庆幸，上了大学她就开始打工，已经积攒下一笔不小的数目，还能够维持一段时间。

可是长久来看，她还要更努力才行。

"要不要这么悲催，平安夜还让单身狗出来发传单！"莉心一边发传单一边抱怨，"蒔蒔，姜礼浩要请我们吃西餐，你为什么不答应？"

蒔蒔想了想才说："我不喜欢吃西餐。"

"不喜欢西餐，还有其他的啊！"

莉心抱怨，但很快就被忽然降落的雪花所吸引。她果断加入拍照大军，在手机镜头前摆出许多姿势。

"蒔蒔，你也来拍照吧！"莉心站在一棵巨大的圣诞树旁喊。

蒔蒔呆呆地看着飘洒降落的白色精灵，忽然想起，许多年前的平安夜，也下了一场这样大的雪。

她将手中的传单一股脑儿扔进了垃圾桶，举起手机开始拍照。

"哇，夏蒔蒔，你这样被发现就没工钱了！"莉心大声提醒。

"不要了就是。"她面无表情地回答。

"啧啧，你真大方。"

蒔蒔没理她。

这是她来到这座城市上大学，所目睹的第一场雪。

很多年前，也是这样的平安夜，也是这样的雪夜，两个十几岁的孩子手拉着手，在霓虹迷蒙的夜色中穿梭。

屏住呼吸静一静，仿佛还能听到那天的笑声隐隐传来。

那时候，他们都是发自内心地快乐。

她快乐得都无法联想到，他会在后来对她说，夏蒔蒔，我恨你。

呵出的热气化为白雾，那么无奈，那么悲凉地消散在夜色中。

蒔蒔举着手机，不知道拍了多少张，最后无意中将镜头对准了庞大的 LED 电子屏幕。熟悉的脸庞撞进手机屏幕，她呼吸一窒。

无数记者围着谢峥然，镁光灯闪个不停。他被拥在话筒的中央，柔和的灯光落在麻栗色的头发上，反衬出他冷冽的脸庞线条，一双眼睛却是那么明亮淡然，像是经历了大起大落，将世间所有一切都已看淡。

与其说他是明星，还不如说他更像是年轻的王。

苘苘定定地看着 LED 屏幕上的他，目光细细描绘过他的眉骨、鼻梁、嘴唇……每一处都那么完美，和午夜梦回的模样没有差别。

"您这次回国发展，打算进军影视吗？"

"请问您和梵高影视公司是什么关系？"

"您的专辑里有一首歌叫作《初恋》，请问可以谈谈你的初恋吗？"

……

记者们七嘴八舌地提出各种问题，尤其是涉及隐私的特别无礼，没有人料到他居然会回答。

可他就是回答了。

"我喜欢的女孩子，曾经为了我得过红眼病。"谈及隐私，他脸上没有过多的表情，只是嘴角弯起一个好看的弧度。

记者们却无法淡定了："红眼病？是说女孩子们为了你争风吃醋吗？"

"你们当初在一起了吗？"

"这算不算圣诞节的浪漫告白？"

他只淡笑，不回答。

再开口，话题忽然转到了工作上面，紧接着镜头急转，也许是剪辑的缘故，变成他开始登台献唱的画面。

"直到现在，我还希望我们在一起……"那是他的歌声。

苘苘呆呆地站在街头，忽然觉得整个世界都寂静了。莉心凑过来，很是八卦地议论："什么意思，为他得过红眼病？明星的嗜好都这么奇葩？"

苘苘扯出一个笑容："咱们回学校吧。"

"哎？说好了今天去我高中同学那里借宿，然后明天继续发传单的呀。"莉心呵气搓手，"你不是想赚钱买个包吗，就这么不干了？"

"不干了，再找其他的兼职。"

"为什么？"

蒔蒔的胳膊画了一个有力的弧度，指着那个 LED 屏幕："因为歌太难听了，不想在这个街口发传单。"

"真是个任性的人……"莉心气结。

两个人坐最晚一班的公交车回学校。公交车上，蒔蒔面无表情地抓着拉杆，脑海里不断地回想那一句——

我喜欢的女孩子，曾经为了我得过红眼病。

骗子，你根本就没有喜欢过。

莉心大概是被蒔蒔的脸色吓坏了，一路上没敢多说埋怨的话。等下了车进了校园，已经是逼近十一点，路上半个人影也没有。前方却忽然传来几声刺耳的声音，像是重物击打。

有个穿帽衫羽绒服的男生徘徊在女生宿舍楼下，一边将手中的吉他砸向地面，一边狠狠哭泣，数落着女生的薄情。

不用说，这又是一个男生失恋后失态的戏码。

"这些男生到底怎么了，失个恋跟世界末日似的。"莉心咕哝了一句，眼角的余光看到蒔蒔蹲下身体。她下意识地去扶蒔蒔，却听到一声啜泣。

蒔蒔蹲在地上，哭得上气不接下气。

压抑了许久许久的眼泪，就在这一刻蜂拥而出。这个深夜出现了太多关于回忆的东西，让她不得不面对多年前深深爱过的他。

思念的手扳开回忆的闸门，一瞬间时光流转，岁月轮回到那一年。她蹑手蹑脚地走进教室，瘦小的身体因为兴奋而微微颤抖。教室里很昏暗，唯一的光亮都集中在他的课桌前。

"我喜欢的女孩子，曾经为了我得过红眼病。"四十五分钟前，他对着数百万的观众这样说过。

原来他早就知道。

原来她的心意，从一开始就没有藏住过。

不知道过了多久，一双手从身后将莳莳拥住。接着，耳边响起了姜礼浩嘶哑的声音。

他说："山鲁佐德，我会保护你。"

-3-

传说中，山鲁佐德颇具传奇色彩。她主动嫁给残暴的国王，每天用故事来维持自己的生命。最后国王爱上了山鲁佐德，于是《一千零一夜》的结局是众望所归的皆大欢喜。

可是并没有人在意，山鲁佐德爱不爱国王，山鲁佐德需不需要保护。

"在我心里，故事不重要，国王不重要，重要的是山鲁佐德，你明白吗？"姜礼浩说。

昨天，姜礼浩擦干她的泪水，将她的手完完全全包裹在自己手心里，牵着她的手一步一步地走进宿舍楼。

宿舍楼大妈上前阻拦："这位同学，男生不能进。"

姜礼浩叹气："对不起，但是她们得了雪盲症，得有人护送她们回宿舍。要不然这样，我把手机押在你这里，十分钟后不下来，你就把手机扔进下水道。"

可能是姜礼浩的俊脸太具有说服力，也可能是因为莳莳和莉心魂不守舍的样子太让人心疼，大妈居然放行了。

没有供暖的宿舍，因为有了他的守护而回归了些许温暖。莳莳甚至在想，如果没有遇到过谢峥然，也许她真的会被姜礼浩所感动。

这世界上，偏偏就没有如果。

告别时，姜礼浩颇有深意地说："莳莳，我会让你成为最幸福的山鲁佐德。"

说实话，莳莳很感动，可惜感动终究还是无法成为爱情。

莳莳想了想，说："姜礼浩，谢谢你，可是你真的不用保护我。"

"因为要拒绝我，所以不接受我所有的行为？"

莳莳摇头："因为我愿意接受那个人的报复。"

姜礼浩像看疯子一样地看着她。莳莳继续说："只有让他报复了，我和他之间的恩怨才能画上句号。"

她已经决定迎接谢峥然的所有惩罚，哪怕是付出所有代价，她也在所不惜。

"我理解，可是你愿意接受他的报复是你的事，我愿意保护你也是我的事，所以这件事就这样说定了。"姜礼浩伸出手指，在莳莳的鼻子上刮了一下，然后转身离去。

莳莳回身，看到莉心站在身后，一张脸惨白惨白的。莉心像任何一个失恋少女一样，眼睛里蓄满了泪水。

"莉心，你听我解释，我跟他只是普通朋友。"莳莳赶紧解释。

莉心擦了擦泪水，勉强露出一个笑容："你以前说他是神经病，现在当他是朋友，怎么说关系也进步了。"

"莉心……"

"我没生气，你别多心了。"莉心说完就爬上床，钻进了被窝，再也不理睬莳莳。

第二天，莳莳起床，发现床头贴着一张鹅黄色的便利贴。上面写着："夏莳莳，我这两天去同学那里，你自己在宿舍要注意安全。"

寒风从门缝里吹进来，将那张便利贴吹得微微颤抖。莳莳看着便利贴上那个刺眼的"夏莳莳"，摇头叹气。

莉心还是生她的气了。

以前莉心喊她莳莳，语速很快，语气亲切。现在便利贴上是她的全名，规矩又疏远。就像《大话西游》里的一段经典台词："以前看月亮时喊人家小甜甜，现在新人胜旧人，叫人家牛夫人！"

一个称谓的变化，可以体现出许多不同的心境。

莳莳掏出手机，决定发短信向莉心解释，可是这时却来了电话，是一个陌生的号码。

"喂？"

对方气势汹汹："夏莳莳？"

"我是。"

"我是学校兼职代理中心的。你昨天为什么把传单都扔进垃圾桶了？按照规定，工钱不结算的。"

还真的被发现了。

莳莳看向宿舍的大窗户，雪光肆无忌惮地铺了满眼。夜雪很大，将整个世界装点得银装素裹。

她心情顿时很好，笑着说："不结算就不结算吧。"

对方一拳打在棉花上，气势顿时低了三分："等一下，还有一个兼职，你做吗？"

"你不怕我再旷工？"

对方深呼吸一口冷气："就是因为你旷工，所以才要将功抵过对不对？"

"是什么样的兼职呢？"

"一个翻译工作，你不是外语系的吗？"

对方开出的报酬非常不错，而且居然破天荒地没有收取任何中介费。莳莳想，也许是寒假将至，兼职中心实在抓不到苦力，才会找上她这种学渣。

莳莳挂上电话，却不知道该给莉心发一条什么样的短信。想了半天，她才干巴巴地写了一句话："莉心，圣诞快乐。"

无论如何，我都希望你快乐。

—4—

莳莳整理好自己，按时来到了约定地点。那是本市市中心的一栋写字楼，占据着寸土寸金的地皮，来往进出的不是青年才俊，就是财阀土豪。

莳莳上了十七楼，入眼看到的是四个大字：梵高影视。她愣了一下，奇怪自己并不关心娱乐圈，却不知在哪里听过这个，看着十分熟悉。

正在踌躇，一个打扮干练的女子踩着高跟鞋从内里走出，看到她愣了一下："你是来应征的夏莳莳？"

"是我，我是理工大学兼职中心介绍来的。"莳莳赶紧从书包里取出自己的一份简历递过去。

女子并没有接她的简历，而是简短地说："我姓任，是这里的部门经理。你进来吧，我们马上要开一个小型的会议。"

莳莳站在原地发愣。女子回头扫了她一眼，烈焰红唇吐出一句："愣着干什么，马上准备翻译。"

"好……"莳莳跟在女子身后进了公司，心跳剧烈如擂鼓。她暗自后悔自己作死接下这份工作，本以为是书面翻译，没想到居然是即时翻译。

如果任经理知道她书包里放着一本《牛津词典》，肯定会吐血三升。

"你先坐吧。"任经理将她领到一间会议室。

会议室里一个人都没有，任经理让工作人员给她倒了一杯水，就忙自己的工作去了，剩下莳莳百无聊赖地坐在桌边。

暖气很足，她忍不住昏昏欲睡。为了提神，莳莳随手拿起一本桌上的杂志翻看起来。

杂志很厚，是质量很好的铜版纸，上面介绍着最近当红的小生。她慢慢翻着，突然看到了一张熟悉的面孔，居然是谢峥然。

她失声喊了一声，下意识地将杂志丢开。可是已经晚了，她还是瞥见了他阴鸷的眼神。

"我就这么可怕吗？"门口有人淡淡地说。

就算被挫骨扬灰，莳莳也能听出声音的主人是谁。她整个后背的汗毛都立了起来，同时大脑飞快地闪过各种念头：怎么会这么巧？该来的终于来了……

她回头，看到谢峥然斜倚在门框上。

几年不见，他的眼神锐利了不少，连带着气质也清冷了几分，保养得益的皮肤上更见滑腻，却不娘，而是君子如玉的风华。

莳莳想打招呼，可是许许多多的情感涌上来，如鲠在喉。他并不在意她的失礼，而是拉开椅子坐下来，随手翻着杂志："这些年过得怎么样？"

"我……"

"不好吧？我想也是，你家出了个贪污犯，哪里还抬得起头。"

他的奚落化为利刃，在她心上割出一道道伤口。莳莳忍住泪意，声音颤抖："是，我过得很差。"

"下次我得向公司建议下，别找些乱七八糟的学生来做兼职，降低业内水准。不过这次就算了，临时找也没有更好的。"

莳莳的心都哆嗦了："是，你批评得对，我下次再也不接这样的工作了。"

她尴尬得想要钻地缝，幸好任经理在这时带着几个人走进会议室："谢总，人都到齐了，我们这就开会吧？"

谢峥然同意了，起身坐到主位上去。莳莳看到那几个人当中有一个英国人，赶紧坐到他的身边。

会议的内容是商讨最新的 MV 拍摄情况，以及演员定档等事项。导演、美术指导、摄影师发言最多，坐在莳莳身边的这个英国人倒是没有太多话，只是在投资方面提了几个建议。

莳莳松了一口气，轻松地将这个英国人的话翻译了出来。没有人注意到她的窘状，谢峥然再也没有看她一眼。

会议结束后，她听到谢峥然对任经理说："让她这两天去摄影棚，工资结算清楚后就让她，滚。"

说完，他就带着经纪人扬长而去。任经理看到莳莳就站在几步开外，料想她听到了对话，回以一个歉意的笑容。

莳莳向任经理点了下头，算是告别。她觉得身上仿佛压了千斤担，无比沉重，索性从书包里掏出那本《牛津词典》，"哐"的一声扔进了垃圾桶。

走出梵高影视，冷风一下子扑了过来。谢峥然站在电梯门口，一个助理模样的时尚女人正在往他身上披衣服。VIP 电梯发出叮的一声响，显示已经到了本楼层。

莳莳也不知道哪里来的勇气，居然大步跑上前去，一把拦住即将关闭的电梯门。可是时机不太凑巧，电梯门将她的手夹了一下，莳莳顿时痛呼出声。

整个手背火辣辣地痛，莳莳疼得眼泪都要出来了。不等她反应过来，电梯里伸出一只手，一把将她拉进电梯。

她愕然抬头，看到谢峥然冷漠的侧脸。

"夏莳莳，要死别死我面前。"他咬牙切齿地说。

"谢峥然，我们谈谈！"

他不置可否，却向身边的女人伸出手掌。女人立即心领神会，将一串车钥匙递到他手上。

电梯停靠在负一层，外面是空无一人的停车场。女人向莳莳露出一个优雅的微笑，然后对谢峥然说："我和小林在外面等你。"

谢峥然点头，将莳莳拉出电梯，电梯门在他们身后重新关上。她跟不上他的速度，一个踉跄之后便失去重心。

他在她跌倒之前，及时拉住她的胳膊："装可怜？少来这招。"

不远处停着一辆黑色保姆车，谢峥然解锁，然后使劲拉开车门，将莳莳塞进去。关上门，他往皮质座椅上一靠："说吧，你想和我谈什么？"

车内没有开灯，外面的白炽灯光将他的线条勾勒得更加冷峻。莳莳犹豫地问："那个在耳麦里说话的人，是你吗？"

谢峥然没说话，只是回头看她，眼中神色未明。

莳莳有些害怕，还是硬着头皮说："我知道你恨我和姐姐，其实我也没想过要逃避责任，一直想要补偿你。现在我只有一个请求，有什么冲着我一个人来好了！"

说完，莳莳脸红了，觉得自己简直在自取其辱。就在她支撑不下去，想要开门走掉的时候，谢峥然突然说："对，那个在耳麦里说话的人，是我。"

尽管早已认定了答案，可是她还是心痛得无以复加。

"真的是你……"莳莳哆嗦起来，"那你是什么意思呢？用鲜血来弥补自己犯下的错，你是想要我的命吗？"

他双眸漆黑如墨，伸手点了点自己的太阳穴："求你用用脑子，我要你的命，那我不是成了杀人犯了吗？"

"那你想干吗？"

"你留在我身边，当我的私人助理，我什么时候放了你，那我们的恩怨才算一笔勾销。"

莳莳犹豫："可是我……不会当助理。"

他拨了拨头发，有些烦躁地说："被虐会不会？你再废话，当心我真的下狠手！"

"好，我答应！"莳莳赶紧说。

谢峥然指了指她："还有，夏暮雪也要二十四小时在我的别墅里待命，如果她敢有半点儿违抗的意思，那么我会让你们付出可怕的代价。"

他命令的口吻不容抗拒，莳莳只好点了点头。

谢峥然深深地看了她一眼，回身开了车载电视。电视里正好播放着他那段采访："……我喜欢的女孩子，曾经为了我得过红眼病……"

莳莳心里顿时升起一丝希望，也许谢峥然并不是表面上那样绝情。可这个念头只转了一下，她就听到他说："真谢谢你给我提供灵感，经纪人表扬我，说这个初恋概念消费得不错。"

她呆呆地看着他："只是炒作？"

"要不然呢，你以为是什么？"谢峥然拉开车门，示意她下去，"走，明天我会让人去接你。"

莳莳点点头，头重脚轻地下了车。脚刚落地，车门就在她身后"砰"的一声关上了，不留半分情面。

—5—

莳莳回到小旅馆，刚开门就被夏暮雪的欢呼给吓了一跳。夏暮雪一把将她的脖子搂住："莳莳，我今天收到了一份通知书，通知我明天去上班，薪水很高很高！"

"哪家公司？"

"梵高影视，说是让我去当模特。"

莳莳无语，默默地看了夏暮雪好一阵子，才问："你最近有投简历？你之前知道这家公司？"

夏暮雪摇头。

莳莳快要给她的智商跪下了："那你收到这家公司的通知书，不感到奇怪吗？"

"可是，他们连定金都打过来了，五万块！说明还蛮有诚意的。"

莳莳目瞪口呆，瘫坐在床上。谢峥然连定金都付了，就怕她们连夜逃走，真是狠绝到位了。

莳莳低声说道："你大概不知道，谢峥然是梵高影视的股东之一。"

这下轮到夏暮雪吃惊了。手机从她的手中滑落，"啪"的一声摔在地上。

夏暮雪两眼发直，半天才问："莳莳，难道你见过他了？"

莳莳点头："我已经和他谈过了，只要我做他的助理，他觉得报复得够了，就会放了我。还有，你也要去这家公司上班。"

夏暮雪打了个激灵："我不去，不去！"

"那你退钱。"

夏暮雪欲哭无泪："这钱就是引我入套的，我能退得掉吗？"

莳莳望着渐渐暗淡下去的天光，有些无力："退不掉也没关系，你放心，他不会伤害我们的。"

"不会伤害我们，那威胁电话是怎么回事？"

莳莳轻轻拥住夏暮雪："你相信我，等他气消了，一定会放过我们。"

夏暮雪的抽泣终于渐渐平息，莳莳的心境却不平静了。她自嘲自己太傻，恐怕有一天死在他手下，也仍然会相信他不会伤害自己。

这样一来，两个人都没办法回家过年了。夏暮雪和莳莳费了好大的口舌，才让岳晞容相信她们在这座城市找到了非常不错的工作，过年期间的工作表现是通过实习期的关键一环。

第二天一大早，莳莳就接到了一个电话。她和夏暮雪赶到校门口，看到昨天那个助理模样的女人已经站在保姆车旁等候。女人约莫三十岁上下，一身黑色皮衣，一头简单干练的垂肩直发，看到她们热情地打招呼："早上好，按照谢总的指示，我来接你们了。"

莳莳问："请问您怎么称呼？"

"大家都叫我薇姐，你们也这么叫我吧。"薇姐将车门拉开，"谢总交代过，你们在工作期间不用回这里了，直接住公司安排的宾馆。"

莳莳顿时有一种"人为刀俎我为鱼肉"的感觉。

她和夏暮雪上了车，驾驶座上的司机递过来两盒早点。四目交接的瞬间，莳莳突然觉得司机格外眼熟。她试探地问："许……"

"许阿毛！"夏暮雪已经惊叫出来。

许千山惊喜万分："是你们！我不是在做梦吧？"

"你怎么会给谢峥然当司机？"莳莳一边吃一边问。

许千山惊讶："谢峥然？你说聘用我的人是谢峥然？说实话，今天是我第一天上班。"

莳莳差点儿将一口豆浆喷到车载电视上。

"你都不知道雇主是谁？"夏暮雪说完就想咬了舌头。她不也是一样，收了通知书，也不知道背后老板是谁。

"给钱的就是大爷，我何必知道大爷是谁？"许千山半信半疑地问，"你们确定聘用我的是谢峥然？就是我们高中同学？"

在许千山的描述下，莳莳这才知道，高考落榜的许千山因为家境败落本来在自家小饭馆里帮佣了两年多，今天早晨凌晨四点照样起床蒸包子，没想到突然来了几个西装革履的人，要聘用他当司机。他看对方凶神恶煞的样子还以为被黑帮劫持，没想到对方拍下一沓钱，让他直接动心答应了对方的要求。

莳莳和夏暮雪对视了一眼，都没了心情吃早餐。

谢峥然莫名其妙地临时聘用许千山，这说明许千山也是他的报复目标！

"你们也是被谢峥然聘用的吗？没想到他现在这么土豪！"许千山兴致勃勃地问这问那。

莳莳哭笑不得，不忍心告诉许千山，谢峥然之所以聘用他，是为了方便"一起虐待"。

"你们叙旧够了的话，就去摄影棚吧，我们今天的工作很紧张。"薇姐冷不丁地来了一句，让气氛顿时冷了下来。

许千山没有丝毫压迫感，向夏暮雪做了一个"OK"的手势："小雪，我会照顾你的。"然后才发动了保姆车。

夏暮雪露出一个比哭还难看的笑容，而莳莳心情更加沉重了。

—6—

到了摄影棚，巨大的绿色背景前已经布置好了摄影机等物，一帮工作人员正在忙碌着。谢峥然今天穿了一件休闲风格的运动服，正在休息椅上翻阅剧本，旁边有一个副导演模样的人正在和他说着什么。

莳莳走过去，在距离他两步远的地方站定。谢峥然就在这时看到了她，弯了弯嘴角，露出一个邪气的笑容。

他简单地和副导演又说了两句。副导演离开后，莳莳上前说："谢总好，我和姐姐都来上班了。"

他依然坐在休息椅上，扫了她一眼，讽刺地说："你知不知道你昨天的翻译，简直烂透了！因为沟通不畅，那个英国投资商撤资了。"

莳莳一怔，心头受到重挫，难过地说："对不起。"

"你是外语系的，那你的第二外语是？"

"法语。"

"正好，我们过几天还要开一个会，有个法国投资商要来，你当翻译。"谢峥然说，"等下我让薇姐买些法语资料让你看。"

莳莳又内疚又难过，都快抬不起头来了。可是她也很奇怪：既然她的翻译水平烂到爆，那就不要让她来翻译了啊！

一个路过的工作人员正好听到了谢峥然在说"法语"，忙停下问："谢总，那个雇来的英国人已经结账走了，我们是不是还要雇一个法国人？"

雇来的？

莳莳赶紧支起耳朵。

谢峥然有些尴尬："什么雇来的，那是我们新项目的投资商。"

"对呀，就是谢总你让我雇来扮演投资商的嘛。"工作人员依然没发现自己说漏了嘴。

谢峥然脸色非常难看，半天才蹦出一句话："不用了，你可以走了。"

莳莳深呼吸一口气，才勉强平息自己愤怒的心情。他就这么讨厌她，竟然雇佣一个英国人来让她当翻译，目的是看她紧张、出糗！

"我还选修了德语，你是不是还要雇佣一个德国人来扮演投资商？"莳莳咬牙问。

谢峥然耸耸肩膀："被你识破了就不好玩了，所以我不会再用这一招了。"他从休息椅上站起来，足足高莳莳一头。她顿时感到一股无形的压迫感。

他居高临下地看着她："从现在开始，你一步都不要离开我的身边。等我想出新的花招，再让你接招。"

语毕，他走过去，肩膀轻擦她的头发，像极了一种撩拨。

莳莳盯着他的背影，心情有些忿忿的。夏暮雪怯怯地走过来，问："莳莳，他没说什么吧？"

"没什么，他的主要目标是我，你暂时安全。"

听到"安全"二字，夏暮雪松了一口气。

谢峥然走到摄影区，开始检查道具。薇姐走了过去，递给他一瓶矿泉水："怎么，她知道了？"

他心情不佳，闷哼一声。

"想见她就见她，何必用聘用这招，太复杂了。"薇姐抿唇一笑，"万一真的来了个英国投资商，她罢工怎么办？狼来了的故事，你应该听说过。"

谢峥然没有立即回答，只是回头看了一眼莳莳，然后才淡淡地说："我自然有我的道理。"

"真不懂你们年轻人，谈个恋爱都这么麻烦。"

"我对她没意思。"谢峥然拧开矿泉水瓶的动作停住了。

薇姐咯咯笑了起来："得了吧！我猜，她就是得红眼病的那个女孩子吧，你的初恋？"

谢峥然手上继续用力，将矿泉水瓶拧开后，递给薇姐。薇姐也不谦让，喝了一口，还未下咽，突然听到他说："薇姐，我想把她带回我的住处。"

薇姐结结实实被呛住了，咳嗽了几下，难以置信地看着谢峥然。

"不行，万一被狗仔拍到怎么办？你现在是上升期，不能有一点儿绯闻。"她又气又笑，"刚说完你追女孩的方式很迂回很麻烦，你就换了一种直接的风格……"

"不是你想的那样，只是我必须要带她一起回去。"谢峥然加强了语气，"安防注意一点儿，不会有问题。"

也许是他用了从未有过的认真语气，所以薇姐考虑了下便同意了："好吧，如果你决定了，那我尊重你的选择。记住下车的时候小心一点儿，别被狗仔偷拍到。"

—7—

MV 开始拍摄，完成的是几个无关紧要的小镜头。莳莳在一旁做杂工，不是给谢峥然准备服装，就是察看有没有脱妆，很快就累出了一身汗。

偏偏他还不放过她，休息时也不忘给她派工作："看剧本，把我的台词都背好，如果我忘词了，你提醒我。"

莳莳翻了翻剧本，发现在摄影棚里的场景中，男主角不需要说太多话，台词就只有一句："这样太不公平了！我想看看你的心里，到底有没有我。"

"就一句还需要我提醒？"

"我脑子里装的事情太多，就一句台词也未必记得。"

莳莳只好无奈地答应了。于是谢峥然一有空闲就问她这句台词，她只好一遍一遍地重复。

反观夏暮雪，她从来到摄影棚就被派去看管服装，根本没有其他工作，悠闲得让莳莳羡慕。

"谢总，我刚才给宋雨墨打了电话，她说路上堵车，大概要下午才到了，怎么办？"导演说，"一线演员就是大牌。"

谢峥然看向莳莳。她顿时有一股不好的预感，不会吧……

"我们可以先拍剧本里的背影镜头，用替身。"

"现在找替身也来不及了。"导演束手无策。

谢峥然一指莳莳："就她了，她的身材和宋雨墨最接近。"

顿时所有的目光都投向莳莳，莳莳顿时急了："我和宋雨墨的身材一点儿都不像！"

"我知道她是 D 你是 A，可是从背后看相似度很高。"谢峥然肯定她的同时，不忘记毒舌。

莳莳脸红，咬着嘴唇，恶狠狠地瞪了一眼谢峥然。A 又怎么了，A 没人权啊？！

化妆师拿着假发走过来："夏小姐，你看……"

谢峥然一副好整以暇的模样。

"化、妆、吧。"莳莳一字一顿。她现在只能发挥阿 Q 精神：不就是当一线小花旦的替身吗？又不是裸替，不用脱衣服，一般人还当不上呢！

可是一个小时后，当她被通知要吊威亚的时候，终于明白谢峥然的真正用意了。

就算她没有恐高症，可是被吊在半空的滋味也很不好受！他果然不肯放过任何一个折磨她的机会。

"这钢丝……确定结实吗？"莳莳欲哭无泪地问威亚师。

威亚师白了她一眼："小姑娘，看过《来自星星的你》了吧？而且，哪有那么多意外！再说了，我是处女座，你是我吊过的第一百个人！不吊好你，我吃饭睡觉都不安心。"

"那我真是谢谢你了，师傅。"

半个小时后，莳莳被吊在半空中，按照导演的指示做出各种各样的动作。很快，她的后背就被汗水浸透了。

更悲催的是，开饭了。莳莳被吊在半空，后背只靠着一棵塑料大树的树干，眼睁睁地看着工作人员们一窝蜂地去领盒饭。

喂，来个人把她放下来啊……

威亚师似乎看出了她的心事，大声告诉她："小姑娘，我们还有两组镜头没有拍，把你放下来再弄上去太麻烦了，所以你拍完才能下来。"

莳莳快哭了，这真是屋漏偏逢连夜雨，本来腰就快被钢丝扯断了，还不给饭吃！

她此时恨透了谢峥然，在人群中搜索到他的身影后，就狠狠地盯住，恨不得从眼中射出飞刀。

他似乎是感受到了她的注视，抬头看了她一眼，戏谑一笑，对着她举起了饭盒里的一只鸡腿。然后，他咬了一口，津津有味地吃了起来。

"王八蛋……"莳莳饿得饥肠辘辘，终于痛骂出声。

终于等到大伙吃完午饭，导演重新开工，莳莳做完所有的动作，才被放了下来。一解开威亚，莳莳感到腰和腿都不是自己的了，酸麻无比，站都站不住。

"身体底子太差了，没练过的就会这样。"薇姐递给她一个饭盒。

莳莳连谢谢都顾不上说，掀开饭盒就狼吞虎咽起来。还不错，饭盒里居然有两只鸡腿。

就在她吃得风卷残云的时候，一帮人众星捧月地跟在一名戴墨镜的女子身后走了进来。莳莳立刻就认了出来，那女子就是当红小花旦宋雨墨。

立即有人热情地迎上去，又是搬椅子，又是端茶倒水。莳莳没理睬，继续吃饭。现在就是天王老子驾到，她也只能填饱肚子再说。

可是你不找事，事来找你啊。就在莳莳吞咽的时候，她忽然听到宋雨墨惊叫一声："她就是我的替身？"

莳莳赶紧将一口米饭咽下去。

宋雨墨踩着十厘米高的高跟鞋，噔噔噔走到她面前，用嫌弃的眼神打量了她一遍："她是A，能当我的替身吗？"

莳莳犹豫了一下，说："虽然你是D,可是我们从后面看,相似度挺高的。"

宋雨墨嗤笑一声，高傲地对导演说："我不接受，重拍！"

"雨墨，你可以看看样片，相似度真的挺高的。我们等下拍的时候打点柔光，保证一点儿都看不出来。"导演开始劝说。

宋雨墨却不依不饶地走到谢峥然面前："我不干，我不要这个豆芽菜当我的替身！你们要么换了她，要么我不干。"

谢峥然没说话，眼中冷意尖锐。

"最近好几个剧同时开拍，摄影棚、临演以及场地都紧张得很，我们根本没办法浪费时间返工重拍。"谢峥然说，"再说，是你宋小姐没有守时，我们才临时找的替身。"

"我不管，我要重拍！"

莳莳低头看了一眼饭盒里的半只卤鸡蛋，满含惋惜地放下，走到宋雨墨身边。她觉得是时候牺牲自己了，本来嘛，人家是大明星，自己是小豆芽，就应该毫无怨言地当好边角料。

"宋小姐，既然你这么不满意我，那我就……嗝！"莳莳本想说"走了"，没想到在这个节骨眼上打起了嗝。她面红耳赤，想要再开口，却连续打了好几个嗝。

丢……丢脸死了。

宋雨墨皱着眉头看她。

"我就……"莳莳握紧拳头，在心里命令自己一定要把这句话说完整，没想到谢峥然就在这时开了口。

"她就会是女主角！"他用不容抗拒的语气重复了一遍，"你不满意她，可以走。你走了，她就是女主角！"

周围顿时响起一阵倒抽冷气的声音。

莳莳傻眼了。谁，谁是女主角？

她傻傻地看着谢峥然，看着他用那双深邃的目光看过来。

宋雨墨怒极反笑："你没开玩笑吧？"

"我一向敬业，不会在工作场合乱开玩笑。"谢峥然加强了"敬业"两个字的读音。

宋雨墨摊手："OK，既然这样，我们也没什么好谈的了，我的律师会把解约合同送过来！"

薇姐赶紧上前打圆场，可是宋雨墨仍然带着经纪人气冲冲地离开了。薇姐走到谢峥然面前："她走了，MV 怎么拍？当红女星就她有档期了！"

"我不用当红女星。"谢峥然一边说，一边揪住了想要逃走的莳莳。莳苈可怜兮兮地看着薇姐："那个……跟我没关系。"

"跟你当然没关系。"薇姐严肃地说，"谢峥然，这次的MV真的很重要，如果我们不用宋雨墨，关注度是不够的，到时候怎么打榜？"

"如果音乐的传播需要借用女明星的人气，那我宁愿五音不全。"他说完，将苈苈的衣领拎起来，高声喊，"化妆师！"

苈苈被推到化妆间里，化妆师一边准备瓶瓶罐罐，一边打量她的五官："底子还不错，但我建议你去丰唇、开眼角、垫鼻子和做下巴。"

"这是夸我还是损我？"

"夸你。"

化妆师眼疾手快地将她的眼皮往上翻，开始画内眼线。

就在这时，化妆间的门开了，有人走了进来。苈苈什么都看不到，只听到那人在面前坐下，对化妆师说："为了节省时间，我也来帮她化妆。"

是谢峥然的声音。

好不容易画完眼线，苈苈总算可以喘口气。她瞪着面前的谢峥然说："谢总，我不习惯男人帮我化妆。"

"你有反抗的资格吗？"他反问。

苈苈愣了一下。从他们的约定来看，她暂时失掉了人权。

就在她愣神的工夫，谢峥然已经拿起了遮瑕膏，帮她遮掉脸上的雀斑。因为靠得太近，他的呼吸清晰可闻，一股压迫力向她覆来。

苈苈有些不自然，将头偏了偏。他立即伸出手指别住她的脸蛋："别动。"

被他按住的那块脸部皮肤，顿时烫得像烙铁。苈苈为了避开尴尬，问他："为什么要我做你的女主角？"

他一边化妆，一边笑意加深："《初恋》的MV，当然要选对女主角。"

奇怪的是，他的态度越是暧昧，苈苈反而越是心凉。

也许是终于清醒了吧，心里已经认定了彼此不可能还有余情在。在记忆里，家破人亡的伤痕犹如天堑，不可逾越，永不可填。

第十章

星星里藏着秘密，犹如我心里藏着你

这些星星里，
每一个都藏着秘密。
属于她的那些年华里，
独一无二的秘密。

—1—

紧赶慢赶，MV 在摄影棚里的镜头终于全部完成。

蒔蒔拖着疲惫的身体收拾东西，这才发现已经到了晚上十一点，夏暮雪早就和许千山回了宾馆。坑爹的是，她的钱包钥匙等杂物都交给夏暮雪保管了。

她在心里盘算了一下，巴巴地跟在薇姐身后赔笑。薇姐本来对她没有好脸色，现在看她这样可怜，终于心软了："饿了吗？等下一起吃夜宵吧。"

"我不饿的，我是想问薇姐……"蒔蒔怯生生地问，"可以借我三十块钱打车钱吗？"

"……"

蒔蒔正奇怪薇姐怎么不回答，谢峥然已经从身后走了过来："不用打车，你跟我一起回去。"

他不由分说地将蒔蒔往外拉，保姆车正停在摄影棚外，司机已经不是许千山。蒔蒔终于琢磨出他的意图，慌乱不已地掏出手机。谢峥然垂眼一看，屏幕上居然是 110 三个数字。

他又气又好笑："夏莳莳，你长本事了啊？"说完用力一推，莳莳一下子跌倒在柔软的皮椅上，手机啪嗒掉下来，被谢峥然捡走。

随着一阵关机的提示音，莳莳绝望了。

薇姐跟在后面上了车，看了如惊弓之鸟的莳莳一眼："你放心，他不会欺负女生。"然后加了一句，"都是女生想欺负他。"

"可我并不想欺负他，也不想被他欺负啊……"莳莳低声咕哝了一句，裹紧羽绒服坐好。

谢峥然铁青着脸上车，一路上不发一言。中途，保姆车将薇姐送回家，薇姐下车前同情地看了莳莳一眼。

保姆车继续前行，将谢峥然送到三环东面的一处高档小区里。谢峥然下了车，将莳莳一把揪下来，三步并作两步走到电梯里。

两个人都没说话，电梯间里安静得可以听到剧烈的心跳声。最后电梯停靠在二十八楼，谢峥然推着莳莳走出电梯。

进了门，他就将防盗门反锁。莳莳更加紧张，紧紧靠在墙壁上，心里开始盘算反抗之计。

谢峥然没看她，在小吧台捣鼓了一阵，调配出两杯鸡尾酒，然后将其中一杯推向她的方向。

莳莳哪里敢喝，仍然紧靠在墙上。他终于不耐烦了："你属壁虎的吗？"

"属鼠。"

谢峥然白了她一眼，叼着鸡尾酒杯子进了内室。几分钟后，他走出房间，将一件睡衣扔到她头上："去洗澡，然后睡觉。"

莳莳七手八脚地将睡衣从头上扯下来，发现他已经转身进了房间。房门"砰"的一声被关上，仿佛在宣告对她的不屑一顾。

这套房子有两个卫生间，其中一个浴室就在客房里，所以免去了不少尴尬。

莳莳洗完澡，从柜子里找出吹风机，将头发吹了八成干，眼皮已经困得上下打架了。她往床上一倒，便沉沉睡去。

可能是白天实在太累，来不及吃饱喝足，莳莳半夜居然被渴醒了。她轻手轻脚地走到客厅，想要从小吧台找一些水喝，却发现那里只有酒。

她无奈地摸到厨房，打开冰箱，却发现里面空空如也："这人居然不喝水吗？真是怪。"

莳莳渴得喉咙都上火了，只好开始搜索另一间客房。终于，她在落地柜下找到了一只电水壶，总算可以解燃眉之急。

可是就在莳莳想要离开的时候，放在门口左侧的玻璃柜里的一个物品吸引了她的注意。她慢慢地走过去，发现玻璃柜的中间放着一只罐子，里面是满满的一罐子纸叠的星星。

记忆之门悄然打开，无数甜蜜的场景如洪水般涌入脑海。在那个离别的机场，她捧着一罐子的星星，郑重其事地送给他。他温柔地将自己身上的羽绒服脱下来，给她披上……

"你居然还留着，还留着……"莳莳自言自语地说，眼泪止不住地掉下来。她想起那个晚上，一个小小的少女窝在被子里，熬红了眼睛叠着纸星星。

这些星星里，每一个都藏着秘密。

属于她的那些年华里，独一无二的秘密。

—2—

第二天六点，薇姐就已经在楼下等候了。莳莳跟着谢峥然下了楼，在上车前小声地说："我想去趟超市。"

谢峥然皱眉："快去快回。"

小区里有一家24小时便利店，莳莳跑到便利店里，买了厚厚一沓彩纸。便利店小哥是个年轻的帅哥，笑眯眯地打趣："你们小女生，就是喜欢送男生这些东西。"

莳莳敷衍地应了两句，将彩纸放进背包里，飞快地跑回保姆车。谢峥然已经等得不耐烦："你已经浪费了五分钟，我们再不走就要堵车了。"

保姆车开动，谢峥然在前排闭眼小憩，薇姐在看策划书。苒苒看到两人都没有注意到自己，才悄悄掏出彩纸，开始叠起小星星来。

今天的拍摄任务在户外，基本上是拍一些江边的雪景。苒苒下了车，发现积雪已经很厚，踩上去咯吱作响。

她来了兴致，在雪上踩来踩去，玩得不亦乐乎。薇姐喊她："苒苒，你来这边，剧本有修改。"

因为 MV 临时换了女主角，所以原来的剧情已经不太适合，编剧今天会在现场做一些修改。苒苒看到谢峥然和薇姐身边已经围了两三个人，忙跑过去。

"哪里有修改？"她问。

一个穿呢料大衣的男生转过身。苒苒看清楚他之后，吓了一跳，居然是姜礼浩。

姜礼浩也非常意外，一把将她揽过来："夏苒苒，我还以为你放寒假回家了呢？我打你电话你怎么不接？"

苒苒用眼角余光看到谢峥然的目光锐利地扫了过来，她不自然地推掉姜礼浩搭在自己肩膀上的手。

"没什么，就是太忙了。"

姜礼浩笑弯了那双桃花眼："一两天没见，你居然成了 MV 女主角了。你也太不够意思了，居然没告诉我一声。"

苒苒讪讪地笑。

"早告诉我，我绝对不写那么多威亚戏，没少让你受苦吧？"姜礼浩问这问那。

"还好啦。"苒苒小心地看了谢峥然一眼，他果然又摆出了那副万年冰山脸。只是恍惚了几秒钟，她没留神姜礼浩突然靠近她，在她耳朵边悄悄说："我会建议把那场打雪仗的戏删掉的。"

"不用、不用啦。"

"这个天打雪仗，很冷。"

苒苒有些无语，他们千挑万选挑了这个地方，不就是来拍雪景的吗？

姜礼浩趁她出神，冷不丁地将她拉到一旁："你说实话，到底怎么回事？"

"没什么，就是……谢总是我朋友，临时拉我来充女主角。"蒔蒔装傻。她回头看了一眼谢峥然，他的脸上已经蒙了一层薄怒。

巧合的是，她看过去的时候，他也正好看过来，两人的视线在半空中相交。谢峥然顿了顿，忽然走了过来。

"剧本不用修改了，就算修改，我也会自己搞定，你可以回去了。"谢峥然语气不善地说。

姜礼浩扬了扬嘴角："女主角都换了，还不用修改？虽然我一直不怎么喜欢你，但是我是蒔蒔的朋友，有责任留在这里帮她。"

眼看两人之间的火药味越来越浓，蒔蒔连忙打圆场："求求你们不要吵了，我愿意拍打雪仗的戏。"

没想到姜礼浩却说："蒔蒔，你告诉我实话，他就是那个耳麦里的怪人，对不对？"

蒔蒔吓了一跳，下意识地否认："不是！你别乱想。"

姜礼浩冷笑："我觉得很奇怪，你突然来这里做了女主角，却没有一点儿女主角的待遇，似乎还很怕这个叫谢什么的家伙。你是不是被他要挟了？"

蒔蒔不得不承认，虽然姜礼浩很少有正经的时候，但是一本正经的时候，还是挺有推理头脑的。

"蒔蒔，他究竟是不是威胁过你？如果是，我现在就带你走！"姜礼浩将她的手紧紧抓住。

谢峥然一句话也没有说，只是静静地看着她。

蒔蒔定了定神，斩钉截铁地说："姜礼浩，你想多了，他不是威胁我的人。"

"真的？"

"真的，而且谢总还主动提出保护我。"蒔蒔使劲将手抽出来，牵住了谢峥然的手。那只手冰凉冰凉的，没有一丝温度。

姜礼浩失望极了，但很快恢复了常态："既然是这样，那我就放心了。蒔蒔，有问题一定要给我打电话。记住，你是我心里最善解人意的山鲁佐德。"

姜礼浩弯起嘴角，露出一个帅气的招牌笑容。

姜礼浩走后，苘苘才松开了谢峥然的手，低声说："对不起，我没想到他会这样说。"

谢峥然眸色沉沉，似乎在想着什么心事，半天才说："你不用说对不起，我现在比较好奇，山鲁佐德是什么意思。"

"没什么，是……我的网名。"苘苘结结巴巴地说，生怕谢峥然继续盘问。可是他很快就转移开了视线，显然并没有太大兴趣。

"拍戏吧，浪费够多精力了。"他说。

真正开始拍摄那场打雪仗的戏，苘苘才体会到不容易。她要在雪地上奔跑，然后摔跤，并且要用身体挡住砸过来的雪球。而这些动作，全部要做得好看又漂亮。

不到一个小时，她的羽绒服就已经湿透了。苘苘冻得牙齿都在打战："导演，衣服湿了，可以烘干一下再拍吗？"

服装师拿出另一件一模一样的羽绒服："我们剧组一般都准备两件以上的衣服，穿这个吧。"

苘苘无奈地换上另一件羽绒服。好在导演接下来并没有太为难她，打雪仗的戏很快就拍完了。

休息的时候，她在车里蜷成一团，冻得浑身都在发抖。薇姐端过来一碗热腾腾的姜汤："小苘，快把这个喝了，暖和一下。"

苘苘将姜汤喝完，果然感觉身体暖和了许多。她甜甜一笑："谢谢薇姐。"

薇姐说："是他让我端给你的。"

苘苘一愣，不知所措起来。

"他这个人啊，就是别扭，非要我保密，不让你知道是他熬的姜汤。"薇姐笑眯眯地看着她。

苘苘的心里顿时涌起一股暖流。她看向车外，谢峥然站在导演身后，正在看样片。她注意到，他的裤脚湿了一大片。刚才的那场打雪仗的戏，让他也受冻不少，可是他想到的人只有她。

"我知道以前你们关系很不错，可是你知道的，今非昔比。"薇姐意有所指地说。苘苘琢磨了一下她的意思，直截了当地说："薇姐，有什么话你直接说吧。"

"你是聪明人，那我就不绕弯子了。"薇姐说，"你和谢峥然回住处的时候，一定要留意周围有没有狗仔跟踪。如果你们的事被曝光了，对他没有好处，你也会受到牵连。"

"我？"

"会有许多狗仔跟踪你到学校，到时候你的隐私根本无法保障。你没做过明星，不懂那种随时被人监视的悲哀。"薇姐简单明了。

苘苘摇头："可是我跟他，只是普通的同学关系。"

薇姐不以为然地反问："同居的普通同学，还都是未婚男女，说出去谁信？你是不是觉得那些人还没断奶，好骗？"

苘苘顿时汗颜。确实有些说不过去，可是她也不懂谢峥然为什么非要把她带回家。

"薇姐，我不知道你信不信，但我还是要说，我和他真的不是你想的那样。"

薇姐若有所思地点点头，说："这不重要，我的艺人谈多少场恋爱我都不管，我只管他的恋情何时曝光。老实说，你并不是炒作恋情的合适对象。你和他没有未来，也没有必要让大众误会。总之，你好好想想吧，为了你和谢峥然。"

说完，薇姐拍了拍她的肩膀，就下了车。留下苘苘一个人，坐在车里看西边渐渐暗淡下去的夕阳。

-3-

终于到了收工的时候，苘苘拖着酸痛的四肢睡在保姆车的后座上，居然沉沉睡去。等到她醒来，发现薇姐不知何时下了车，坐在她前面的只有谢峥然和司机。

他忽然回过头来，苘苘吓得赶紧闭上眼睛，装作还未睡醒。

大概过了几秒钟，她听到谢峥然对司机说："等一会儿我把她送上去，你在楼下等我。"

"谢总，这么晚了，你还要出去？"司机有些诧异。

谢峥然"嗯"了一声："有点儿事要出去办。"

"去哪里？我得看看油还够不够，不够得去加油。"司机问。

短暂的沉默之后，谢峥然回答："理工大学。"

莳莳的心顿时提到了嗓子眼。

这么晚了，谢峥然去理工大学做什么？难道 MV 拍摄完毕，他要全面展开自己的报复计划了？

莳莳越想越害怕，直到车停了，她还在胡思乱想。

"下车，别睡了。"谢峥然拉了她的袖子一下。莳莳装作刚睡醒的样子，伸了下懒腰，打着哈欠下了车。她故意装作睡糊涂了，转到车屁股后面，暗自记下了车牌号码。

果然，谢峥然将她送回家后，就将防盗门反锁后出去了。莳莳赶紧拨通了夏暮雪的电话。

夏暮雪的声音十分慵懒，电话里隐隐传来轻音乐。她得意地告诉莳莳，她现在在宾馆的自助餐厅里喝咖啡。

莳莳捏了捏眉心，夏暮雪就是这种人，时而崩溃时而矫情，看到谢峥然并没有把她怎么样，就开始悠闲自在起来，丝毫不会关心莳莳这个人肉盾牌受了多少苦。

"你能联系上许千山吗？"

"他就在我身边，这两天一直陪着我。"

"让他接电话。"

许千山接电话之后，莳莳报出了谢峥然的车牌号："你立即赶去理工大学，帮我看看谢峥然到底在学校里做什么。"

"不是吧，你还怀疑谢峥然会报复你？"许千山不以为然地说，"我和小雪分析过了，也许威胁我们一通，他的气就已经消了。"

莳莳活动了一下快要断掉的四肢，呵呵冷笑了两声。如果这不叫报复，那么什么才叫报复？这两个人果然是站着说话不腰疼，刀子没落在自己身上，永远不知道什么叫疼。

在一通训斥之后，许千山终于不情不愿地答应莳莳去跟踪谢峥然了。挂上电话之后，莳莳坐在地板上，看着天花板上的水晶灯，看到眼睛酸痛。

什么时候，我们之间也会互相猜忌，互相防备了？

她想起薇姐说过的话——你和他没有未来，也没有必要让大众误会。是啊，他是高高在上的大明星，别说恋爱，连和她闹一下绯闻都会降低格调。

莳莳揉了揉眼睛，从背包里掏出今天买来的彩纸，开始叠小星星。在手指断掉之前，她终于叠出了一大堆小星星。

莳莳走进另一间客房，打开那只玻璃罐，将里面的小星星全部倒进自己的背包里。然后，她将新叠的小星星倒了进去。

谢峥然，我就用这种方式，和你说再见。

那个在夜里为你叠小星星的少女，再也没有了。

—4—

因为时间太晚，莳莳在客房里睡着了。薄薄睡梦中，她依稀听到房门的响声，立即清醒过来。

谢峥然回来了。

她看了一下手机，已经是深夜两点。屏着呼吸听外面的动静，在听到谢峥然关门进房的声响之后，她终于松了一口气。

莳莳给许千山打电话。响了许多声之后，许千山才接听，声音里都是睡意："小姑奶奶，你知不知道现在几点了？"

"我让你办的事，你办了吗？"

"什么事？"

莳莳恨不得杀了他。许千山这才想起来，说："办了！办了！话说为什么要我跟踪谢峥然呢？你又不是福尔摩斯。"

"别废话，他去我学校到底做什么了？"

"什么都没有做，就见了一个男生，一起喝咖啡到十二点，无聊！"许千山火大，忽然像发现了新大陆一样，"夏莳莳，难道你怀疑谢峥然是同志？我跟你说，他见的那个男生还挺帅的，个子很高，桃花眼……"

莳莳毫不留情地将电话挂断。

谢峥然此行，肯定是和她有关。他见的那个男生长着桃花眼，那必然是姜礼浩无疑了。

可是他为什么要见姜礼浩呢？

莳莳正在想着，忽然听到外面房门响动，谢峥然气势汹汹地敲门："夏莳莳，出来！"

她吓得魂飞魄散，七手八脚地将衣服穿戴整齐，然后开了门。谢峥然站在门口，墨眸里怒火熊熊："你动这个了？"

他手里托着那只玻璃罐，里面全是她今天刚刚替换掉的小星星。

"没有，没动！"莳莳故意装作没认出来，"没想到谢大明星还挺纯情，这应该是上初中的小女生玩的把戏吧，还留着？"

谢峥然冷笑："别装傻，这是你送的。里面原来的小星星去哪里了？"

莳莳抿紧嘴唇，不说话。

他看到床头放着的背包，伸手去拿。莳莳不知哪里来的倔强，上前推开他，双手一拦。

"我送的东西，也有资格收回。"莳莳说，"再说，我已经放了同样多的小星星进去了。"

他一把将她推开，想要将背包拿到手，莳莳抱住他的胳膊就是不松。也许是彼此都很疲累，两人一个没站稳，双双跌倒在床上。

谢峥然压在莳莳上方，用一双黑眸牢牢地看着她，呼吸有些急促。莳莳使劲推他："你快起来！"

可是他的臂膀犹如千斤重，她使出全身力气，却无法动他分毫。

只是一瞬间，他眸中的怒火已经熄灭，取而代之的是无限的情色意味。谢峥然压下来，钳住她的肩膀，吻在她的脖颈深处。莳莳吓得声音都变了："谢峥然，求你了，放开我！"

可是他依然不管不顾地吻下来，从脖颈到胸口，一寸一寸地向下侵略。苒苒使劲挣扎，可无济于事，仍然无法阻止他的动作。

"不要，求你了……"她苦苦哀求，换来的却是他更猛烈的进攻。布料撕裂的声音很是刺耳，接着苒苒便感到胸口一片清凉。她想要哭泣，却被他堵住了嘴唇，只能发出呜咽的声音。

唇上一痛，是他咬破了她的嘴唇。血腥味在口腔中蔓延，像极了恶魔的味道。他吻够了，才满足地放开她，继续攻克下一个领地。

"姜礼浩……"苒苒情急之下，喊出了另一个名字。

犹如一盆冷水浇入沸腾的锅里，一切都恢复了平静。谢峥然顿时停住了动作。他慢慢地挪开，坐在一旁，用异样的眼神看着她。

苒苒忙将松开的领口整理好，往脸上一抹，才发觉早已泪流满面。

"对不起，这些小星星，我不能给你了。"她哽咽着说。

"你要收回就收回吧，反正我也不在意。"谢峥然的声音冷冰冰的，"原本我也想当垃圾扔了的，你拿走了正好。"

他转身离去，将房门摔得震山响。

—5—

这算是两个人相遇以来，发生的第一次真正意义上的冲突。

窗外雪花飘落，就着雪光，晨光亮得比以往更早。苒苒抱着背包里的小星星，一夜未眠。

支撑了一夜，她已经饥肠辘辘。试探着去开防盗门，她发现门已经从里面锁上了。苒苒饿得眼冒金星，只好大着胆子去了谢峥然的房间。

房门半掩着，入目是一条掉在地上的绒毯以及横七竖八躺着的酒瓶。苒苒将门缝得更大，就看到了躺在地上的谢峥然。

"谢峥然！"苒苒一惊，扑上去使劲晃他，"你怎么了？"

他的脸苍白得如象牙雕塑，眼睛紧紧闭着，长长的睫毛微微颤抖，喉咙里发出含混不清的声音。苒苒靠近，闻到一股酒气，用手摸了摸他的额头，触手滚烫。

蒔蒔使出全身的力气将他拖到床上，用被子将他裹得严严实实。在找羽绒服的时候，她的手碰到了暖气片，发现上面冰凉一片。原来暖气片坏掉了，难怪他会发烧。

谢峥然的手机放在一旁，上面有七八个未接来电。蒔蒔拿起来，发现都是薇姐打来的，正想给她回过去，薇姐的电话又打进来了："你怎么还没来录音棚？"

蒔蒔赶紧说明情况。薇姐吓了一跳，叮嘱蒔蒔千万不能去医院，家庭医生会在两个小时后赶到。

挂上电话，蒔蒔从谢峥然的口袋里找出了钥匙，总算打开了防盗门。那一瞬间，她奇怪自己居然没有逃走的冲动。

蒔蒔下了楼，在小区附近找了半天才找到一家肯德基。她抱着买好的早餐，风风火火地赶回来，却眼皮突突一跳，眼角余光似乎捕捉到某种异样。

是一个穿牛皮大衣的中年男子，黑瘦干瘦，似乎在肯德基店门口也出现过。

蒔蒔顿时想起了薇姐的叮嘱，当心这些无孔不入的狗仔队。她吓得心脏怦怦直跳，加快脚步跑回了家。

谢峥然仍然在沉睡，偶尔有几句呓语。蒔蒔从冰箱里拿出冰好的毛巾，覆盖到他的额头上。

"妈，别走……"蒔蒔忽然听到一声轻喊。谢峥然一边呓语，一边微微摇头，似乎在做一个痛苦的梦。

蒔蒔怔住了。

她想起了他说过的那个有关于布拉格的寻找妈妈的梦。他拼成了那些拼图，那么他找回妈妈了吗？

可能并没有吧？若是幸福快乐的结局，那么他就不会变得如此阴鸷。

蒔蒔托着两腮，静静地看着他。从这个角度去看，谢峥然的脸部呈现出一种柔和的线条，稚气又青涩，完全没有往日的冷峻。大概是因为在睡梦中，他放下了所有的防备和戒心。

　　"别走，求你了……"谢峥然的动作幅度更大。苡苡连忙握紧他的手：
"我就在这里，哪里都不去。"

　　谢峥然安静下来，握着她的手的力道非常大。苡苡用了九牛二虎之力才
将手指一根一根地掰开。她又给他换了几次冰冻毛巾，终于暂时控制住了他
的体温。

　　粥已经凉了，苡苡跑到厨房里，发现锅灶上居然没有天然气，只好用微
波炉来热饭。她小心地将热好的早饭放到床头，晃了晃他："谢峥然，起来
喝粥吧。"

　　谢峥然抬手揉了揉太阳穴，慢慢睁开了眼睛，神色有些茫然。苡苡费力
地扶他，将一个枕头塞到他的背后，然后将那碗皮蛋瘦肉粥送到他面前："吃
吧。"

　　他艰难地伸出手去，用勺子吃了一口，缓慢地咀嚼着，似乎在想什么心事。

　　"我病了多久？"他问。

　　"你病了三天三夜，差点儿挂掉，幸好我用冰毛巾给你降温，不然我们
永远天人永隔。"苡苡信口开河。

　　谢峥然居然没有怀疑，"哦"了一声。于是苡苡相信，他的发烧真的蛮
严重的。

　　"看在我这么辛苦照顾你的分上，我可以离开这里了吗？"苡苡问。

　　他简单明了："不可以。"

　　苡苡在心里默默诅咒：看来发烧并没有烧掉他多少脑细胞。她气呼呼地
坐到一旁。

　　谢峥然不再看她，低头默默地喝粥，忽然问："这粥是买的？"

　　"不然呢？你冰箱里没有一粒米，厨房里连天然气都没有，真不知道你
平时怎么活。"苡苡发牢骚。

　　他却脸色一寒，紧紧盯着她："你一个人出去了？"

　　"是……"

　　"那你有没有遇到什么奇怪的人？"

　　苡苡想起那个干瘦的中年男人，犹豫了一下，还是说："没有。"

然而，这个微小的停顿并没有骗过他。

"以后没有我的允许，不许一个人出去。"他将粥放到一旁，翻身下床。莳莳上前阻止，他却不管不顾地披上羽绒服，向门口走去。

"谢峥然，你还病着，不能出去！"

谢峥然像是没听见似的，穿上鞋打开门，一副要出门的架势。不过薇姐和医生正好出现在门口，正准备去按门铃，看来是刚刚赶到。

"胡闹！你都病成这样了，还出门？"薇姐急忙将谢峥然往卧室里拉，"你不要嗓子了？现在是事业的上升期……"

莳莳想跟着进门，房门却在她面前"砰"的一声关上。她听到薇姐在房内言辞激烈："这么多酒瓶！你是不是跟她闹别扭了？谢峥然，你清醒一点儿，让她走吧，她只会让你的事业变得一团糟……"

如果隔着一扇门，你仍然能够听到别人的谈话，那么只有一个意思：别人想让你听到这些谈话。

莳莳很难过。

房门就在这时打开了，谢峥然摇摇晃晃地走出来，将她的手拉住："让姜礼浩来接你吧。"

她眨巴了两下眼睛，总算明白了他的意思。他这是，放她走。

—6—

半个小时后，姜礼浩开了一辆红色轿车来接莳莳。他十分绅士地为莳莳打开车门："我的山鲁佐德，请上车。"

莳莳回头看了一眼单元门口，并没有人为了挽留她而出现。她忍不住有些失望。

哀莫大于心死，如果连恨都没有了，那么只能说明，彼此没有再继续下去的必要了。

回学校的路上，莳莳给夏暮雪打了一个电话，她在电话那端大惊小怪："莳莳，梵高影视辞退我了！这是不是意味着，谢峥然放弃报复我了？"

"应该是吧。"

电话里顿时传来了夏暮雪和许千山的欢呼，接着电话被挂断了，嘟嘟声响了许久。

"莳莳，说真的，如果你再不回来，我真的要找谢峥然要人！这两天他没欺负你吧？"姜礼浩义愤填膺。

莳莳答非所问："你和谢峥然昨天见面了？"

"对啊。"

"都谈了什么？"

姜礼浩腾出右手，点了点自己的脸颊："亲一口，我就告诉你。"

莳莳皱了皱眉头，扭头往外看，不说话了。姜礼浩用哄孩子一般的口吻说："算了，反正也不是什么重要的事，就告诉你吧——他让我别管你的事。可是怎么可能呢？我喜欢你，不可能看着他对你为所欲为。"

这个回答在她意料之中，又似乎在情理之外。虽然早就知道谢峥然见姜礼浩不会有什么好事，可她的心还是忍不住痛楚起来。

他就这么，讨厌她？

莳莳往车窗外瞥了一眼，忽然说："停车。"

姜礼浩一头雾水地将车靠路边停下。莳莳对他说："谢谢你来接我，我下车了。"

"可是还没到学校。"

"我坐公交车回去。"莳莳打开车门，头也不回地向不远处的公交车站牌走过去。正好有一路回学校的公交车停靠，她赶紧掏出硬币上了车。

拿人手短，吃人嘴软。她不想接受姜礼浩情感上的任何恩惠，那样让她觉得拎不清。

莳莳刚在座位上坐稳，一个人就紧挨她坐下。她扭头一看，居然是姜礼浩。

"你怎么上来了，你的车怎么办？"莳莳问。刚才停车的地方，可不是停车位。

姜礼浩哈哈一笑："交给警察吧，反正我不能让你一个人回去，说好了的，我要做你的护花使者。"

蒋蒋不理他，将视线投向车外。这座城市一早就使用了化雪剂，所以那场纷纷扬扬的大雪，已经消除了大半的痕迹，地面上依旧是车水马龙。就如同她和谢峥然的过往，如云烟，似薄雾，渐渐消散。

回到学校之后，学生已经离校了大半，整个校园十分清冷。蒋蒋往宿舍楼方向走，企图摆脱犹如跟屁虫般的姜礼浩。

可是没用，姜礼浩黏人的功夫一流。

"蒋蒋，你什么时候回家？我来买火车票吧，正好我也想去你的那座城市看看，拜访一下伯母……"姜礼浩滔滔不绝。

蒋蒋终于不耐烦起来，猛然回头："不需要！不需要！姜礼浩，我不需要你的好意，要我说几遍你才懂！"

姜礼浩脸上依然挂着笑容，只是那笑容有些勉强。他拉住蒋蒋的包带："蒋蒋，其实……"

蒋蒋想起莉心，狠狠心扯回包带。只是她用力过大，居然将包带的搭扣扯断了。背包摔在地上，许多小星星从背包的缝隙里滚落出来。

寒风萧瑟，将那些小星星吹得七零八落。蒋蒋愣了一下，疯了一般地去捡那些小星星。有几颗小星星被风吹到湖里，她想都没想，就要往水里跳。姜礼浩将她拉住，一巴掌打在她的脸颊上。

右脸颊火辣辣地疼。她捂住那边脸，眼泪流了下来。

姜礼浩一改风流好人的形象，第一次发火："你疯了啊？我不会游泳，你跳下去我怎么救你！"

"我不要你救！"蒋蒋蹲在地上，号啕大哭起来。

姜礼浩弯腰捡起一颗小星星，小心地拆开。在看清楚里面的内容之后，他哑然失笑。

"夏蒋蒋，告白这种事，你要向我学习。"姜礼浩将拆开的小星星放到蒋蒋的手里，"像你这种把情书叠成小星星的告白行为，隐晦、木讷、笨拙、无聊，一百年都不会成功。"

蒋蒋怔怔地看着那张拆开的彩纸。

那上面用水笔写着"喜欢"两个字。

许多年前的那个晚上，她在彩纸后面写了许多遍"谢峥然我喜欢你"，然后将彩纸裁成小块，叠成了一罐小星星。

她将小星星送给谢峥然，幻想着这罐小星星陪伴他度过的日日夜夜。每一分，每一秒，都是一种告白。

重逢之后，她没想到他居然还没有丢掉这罐星星。她慌了，不能让谢峥然发现自己的心意，所以才叠了新的小星星，替换掉这些情书星星。

她只是不想让谢峥然在恨自己的同时，再鄙夷自己的痴心妄想。

"姜礼浩，求求你，帮我把这些小星星都丢掉吧。"莳莳苦笑着说，"我自己不忍心丢。"

姜礼浩定定地看着她，忽然一把将她拥入怀里："做我女朋友，我就执行你的任何命令。"

"不可能……"莳莳连忙推开他，却在转身的瞬间，看到了站在身后不远处的莉心。

莉心的眼睛红红的。在向两人投来愤恨的目光之后，她转身跑开。

—7—

据说每个女生处理情伤的方式都不相同：有的人会洒脱放手，有的人会藕断丝连，有的人会哭哭啼啼，有的人不接受现实。

莉心就属于最后一种。

莉心认定是莳莳背叛了自己，坚决要和她决裂，并且和班主任提出换宿舍的申请。莳莳给她发了各种各样的解释短信，她都没有回复。

夏暮雪听说这件事之后，嗤之以鼻："这种小女生气性最大，自己没有魅力还怪别人太抢风头。"

"别这样说，本来这件事就是我不对。"

夏暮雪闻言，又起腰就开始教训莳莳："你是真不懂还是假不懂，当年你就是这样一副拎不清的样子，才会让我如此嚣张！"

"你本来就很嚣张。"

夏暮雪哼了一声，开始吃面前的一盘油炸虾，不再搭理她。

这是中午的食堂，因为大部分学生都离校了，所以显得特别冷清。莳莳低头刷手机，开始买回家的车票。还没等她付钱，有人就在她面前放了一只三鲜干锅，干锅的香气直扑向鼻子。

莳莳抬头一看，是食堂里的厨师，于是困惑地说："我没有点这个。"

"是那个男生帮你点的。"

莳莳循着他指的方向望过去，只见姜礼浩坐在她身后不远的地方，笑眯眯地向她打招呼："嘿，还需要什么？我去点。"

"需要你离开！"莳莳毫不客气地说。可是夏暮雪眼疾手快地往她嘴里塞了一块虾肉，热情地向姜礼浩打招呼："是阿浩，快过来一起吃。"

姜礼浩谄媚地凑过来。

莳莳愤怒极了。她想和姜礼浩划清界限，可是他居然一夜之间化身为一块口香糖，她去哪里，他就跟到哪里。不仅如此，姜礼浩还充分发挥了自己那张俊脸的优势，攻克了宿舍大妈和夏暮雪，主动护送她回宿舍。无论她怎么吼他，说多少狠话，他都黏着不肯离开。

对此，莳莳非常苦恼。

夏暮雪曾经这样评价姜礼浩："这个人不错，我建议你还是放弃谢峥然，做他的女朋友好了。"

可是莳莳知道，就算她明白姜礼浩的心意一百遍，她也不会答应他。

"你们打算什么时候回家，我可以去做客吗？"姜礼浩恬不知耻地问。

夏暮雪举双手赞成："没问题，每年过年我和妈妈都挺孤单的，今年一下子多了两个人，真是太棒了！"

莳莳反对："不行……"

"少数服从多数，就这么定了。"夏暮雪和姜礼浩俨然已经结成了同盟。莳莳有些气闷，邀请同学做客并没有什么，让人郁闷的是两个人如此霸王，不考虑别人感受。

她再也坐不下去，站起来径直走到食堂二楼的阳台透透气。就在这时，她听到轻微的一声"咔嚓"。

　　神经在这一刻猛然绷紧，莳莳回头，看到一个干瘦的身影迅速从身后的安全通道离开。她想起了薇姐提醒过自己留意的狗仔队，心头顿时收紧。

　　那个人从背后看上去年纪不大，染着一头黄毛，正飞快地下楼。莳莳快步追上去，一把抓住他的肩膀："站住，把照片交出来！"

　　"让开！"那个染着黄毛的小青年使劲挣扎，将莳莳一推。

　　莳莳的后背撞上了墙壁，眼睁睁地看着小青年逃走。就在这时，一个矫健身影从斜刺里冲出来，撑住扶梯往下一跃，就跳到小青年面前，堵住了他的去路。

　　姜礼浩一弯嘴角，露出邪气笑容："给我站住！把照片交出来。"

　　小青年迅速对比了两人的身高以及武力值，抱着脑袋蹲了下来："要不是设备没电，我不得不用手机，才不会被你发现呢！"

　　"你偷拍我还有理了？说，你是不是娱乐记者？"莳莳勃然大怒。

　　小青年默默地点了点头。两人在这时才打了个照面，莳莳突然觉得他有些眼熟。

　　电光石火的一瞬，脑中已经搜遍记忆。莳莳终于想起在哪里见过他了，她犹豫地问："黄毛小哥？"

　　"你们认识？"姜礼浩有些意外，放下拳头。

　　这个小青年就是当年在KTV里，不肯帮谢峥然他们调取监控视频的那个服务员。当时谢峥然为了尽快查到Ann的下落，还用啤酒瓶打了他。

　　偏偏黄毛做了狗仔队，如果抓到谢峥然的把柄，肯定会往他身上泼脏水……

　　莳莳心头揪痛，一把揪住他的衣领："是你！你快把手机拿出来！你都是怎么写谢峥然的？"

　　"莳莳！"姜礼浩觉出莳莳有些不对劲，赶紧上前拉开她。黄毛哭丧着脸说："我没写他，我的任务是跟踪你。"

　　"我有什么好偷拍的，你写我还不是会把谢峥然带上？"莳莳的愤怒已经达到了顶点。

　　黄毛将手机从口袋里掏出来，双手奉上："都给你，给你！我说你也别太激动了，是谢峥然让我来偷拍你的，我是不会乱写他的。"

蒔蒔浑身犹如坠入冰窟："你说什么？"

姜礼浩说："你别乱讲，哪里有明星联合狗仔队，跟踪别人的？"

"我知道没有，可谢峥然就是这么说的！"黄毛抱住头部，以防止挨打。

在黄毛断断续续的描述中，蒔蒔总算知道了事情的来龙去脉。其实很多天前，黄毛就已经知道谢峥然的 MV 换了女主角，更劲爆的是，这个女主角每天都被谢峥然带回住处。

这是难得的明星同居新闻，虽然女主角平凡了一点儿，但是抓到证据，仍然可以赚上一大笔钱。尤其黄毛认出了谢峥然就是当年那个砸自己酒瓶子的男生，更是兴奋了两天两夜，恨不得调动脑中所有的桃色贬义词，决定将这个事情包装成惹人眼球的劈腿情变一夜情。

可就在他执行任务的时候，被谢峥然发现了。当时他装模作样地坐在餐厅的一角，谢峥然走过，将他举着的报纸拉开。

黄毛本来以为这次任务泡汤了，可是谢峥然却对他说，你每天这么辛苦，最后才赚那么一点儿钱，我可以给你更多，但是你要帮我收集夏蒔蒔的资料。

他以为谢峥然说笑呢，蒔蒔每天都在谢峥然的身边，用得着偷拍？可是真金白银拍在自己面前，他才确定谢峥然是认真的。

"大姐，我没想过他会让我跟踪你，我说的句句属实。"黄毛发誓，说着拿过手机，点开一段音频，"这是我的职业习惯，当时就偷偷录了音，你可以听一听。"

音频里的确是谢峥然的声音："……你拿着这些钱，不要再去偷拍明星，我要你去跟踪夏蒔蒔，不要让任何人发现……"

一字一字，都如重锤砸在她的心上。

蒔蒔颓然坐在楼梯台阶上，她眼神涣散："不可能，绝对不可能……"

他说过放她走，又怎么会用这种卑鄙的手段继续陷害她？她想不通，当初那个能够垒起万丈高墙，护她在城池中央的人，为什么要这么绝情！

姜礼浩站在一旁，什么也不说，眼中神情复杂莫名。黄毛小心翼翼地劝说："你和谢峥然以前不是好得甘愿手拉手去派出所吗？现在闹成这样，是不是有什么误会？"

他看了看姜礼浩，像看三角恋的当事人，恍然大悟地说："是不是因为他插足……"

话音未落，他头上已经结结实实地挨了姜礼浩一拳头。黄毛吃痛，嗷呜一声蹲了下去。

姜礼浩还想再打，肘部突然一紧，是莳莳从后面抱了上来。她红着眼睛，哽咽着对他说："姜礼浩，陪我去问个清楚。"

他怔了一下，然后点头。

只要是她的要求，他都没法不答应。

第十一章
他比任何人都爱你

她可能永远都不知道，
那些小星星对他而言，意味着什么。
是沙漠里的绿洲、是大海中的孤岛、是旅人眼中的村落。

—1—

录音棚里，谢峥然正在麦克风前试音，耳机里播放着这首歌的样带。薇姐打断了他的试音："峥然，你再这样不专心，新歌的发行就要往后拖了。"

"再来一遍吧。"

谢峥然略微低头，额前的碎发将眼神遮住，显得他有些阴郁。

"不用再来一遍了。"薇姐说，"还在为她心情不好吧？如果这是你没办法专心录歌的原因，那不如一次性解决。"

"什么意思？"谢峥然绷紧了身体，有些不好的预感。薇姐没有回答，径直走到门口，拉开了门。

蒔蒔和姜礼浩站在门口，两个人的表情都有些不自然。谢峥然漠然看了他们一眼，然后转回视线。

他坐在高脚凳上，宽松的大 V 领毛衣里露出一截锁骨，显得他整个人慵懒又淡漠。

蒔蒔走到他面前，将一个大大的白色塑料袋塞到他怀里："还给你。"

谢峥然疑惑地打开塑料袋，在看到内里物品的时候，表情一瞬间僵硬。

那是他送给她的羽绒服，曾经被她像宝贝一样珍藏在身边的羽绒服。

"你这是彻底和我决裂吗？"谢峥然冷笑，"分别的时候给你的羽绒服，你也要在分别的时候送给我？"

"谢峥然，从今以后我们都不要再见面！"莳莳强忍住心中痛楚，狠狠心说，"我没想到你这么卑鄙，竟然找人跟踪我！"

薇姐有些吃惊。

谢峥然没有辩解，只是抚摸着那件羽绒服。莳莳原本以为他会为自己辩解几句，可是他终究什么也没有说。

"你想曝光我的隐私，想让娱记破坏我的生活，想看到我挣扎在痛苦的泥淖中，是不是？"

谢峥然微微一笑："对！我就是这样想的。我想看着无数人围着你，询问各种上不了台面的问题，你心里愤怒得要死，却还得保持着优雅，无法还击一个字。因为我体会过那种痛苦，所以也想让你尝一尝。"

莳莳没想到他竟然这样轻巧地承认。她看着谢峥然，第一次觉得他陌生无比。以往那些时光，真的一去不复返了。

"我恨你。"她强忍着眼泪，不想在他面前哭。

他继续笑："你以为我就不恨你吗？"

她看着谢峥然，有些难过。不是不想解释的，那条害死他爸爸的短信不是她发的，可是他会相信吗？恨一个人恨了一千多个日夜，那恨意已经生了根，难以消除了吧？

谢峥然低头看着手中的羽绒服，嘲讽地说："没想到你还留着，我以为你早就丢了。"

"我留着它，是想有朝一日能够还给你，这样两不相欠。"莳莳故意说着绝情的话。

他眸中闪过一丝狠绝，转身拿来一把剪刀，对着羽绒服就戳了下去。在莳莳的惊叫中，谢峥然将羽绒服剪得稀巴烂，然后用力甩开。

无数洁白的鸭绒碎羽从半空中徐徐落下，像一场漫天大雪。

薇姐终于看不下去了，劝说："峥然，你这是何必……"

"是你让我一次性解决！"谢峥然攥紧拳头，低声吼，"那今天我就做个了断。"

蒔蒔默默地看着一地雪白鸭绒，魂不守舍地扭头离开。她明白这次是真的完了。失落和失望的滋味，真的很苦涩。

姜礼浩从头到尾都不发一言。直到蒔蒔走出大门，他才走到谢峥然跟前："谢谢你成全我。"

谢峥然抬起眼睛，眸中满是不屑。

从录音棚出来时，冷风席卷寒意扑来。

蒔蒔从来都没有觉得，这个世界竟然能够这样冷。十字路口的中央，绿灯亮起，行人在她身边穿行。她忽然觉得无比孤独，蹲在地上痛哭起来。

姜礼浩跑过来，将她拉起："蒔蒔，到马路对面去，你这样很危险！"

他半搂着蒔蒔，一起慢慢走到马路的对面。蒔蒔闭上眼睛，感受到他给的怀抱特别温暖。

很温暖很安全，可是，并不是她想要沉溺其中的天堂。

—2—

回家的车票很快就订好了，姜礼浩和她们一起回家过年。

出发的前一天晚上，几个人窝在小旅馆的房间里打扑克。蒔蒔魂不守舍地玩了几把斗地主，尽管姜礼浩和许千山拼命让着她，她还是输得一塌糊涂。

夏暮雪不是众人追捧的中心，对打牌很快就失了兴致。许千山赢得太容易，也觉得没意思，最后他们干脆侃大山。

姜礼浩巧舌如簧，无比憧憬这个与众不同的新年。夏暮雪脑洞大开，提议到时候让岳晞容猜一猜，姜礼浩到底是谁的男朋友，猜错了就让岳晞容发每人一个大红包。

姜礼浩对这个设计十分满意。许千山也想加入这种猜男朋友的游戏，被夏暮雪好一顿鄙视。

几个人其乐融融，聊天气氛达到了顶峰，只有莳莳一直少言寡语，觉得内心无比疲惫。

手机发出了短信提示音，莳莳拿起一看，是莉心的短信：我在学校南门门口，能出来谈一谈吗？

莳莳的心剧烈跳了起来，快速回复：好，你等我十分钟。

既然莉心主动联系自己，那么友情就有了修复的可能。莳莳装作若无其事的样子起身开门，姜礼浩却一步跟了上来："莳莳，你去哪儿？"

"旅馆洗手间坏了，我得去公共洗手间，你也要去吗？"莳莳白了他一眼。

姜礼浩露出好好先生的温存笑容："那你快去快回，等下我们做火锅吃。"

莳莳点了点头。在姜礼浩进屋之后，她飞快地溜出了小旅馆，向学校的南门口走去。

学校南门地段很是偏僻，对面是尚未开发的荒地，中间只隔着一条马路，还不是主干道，再加上学校放假，所以现在人烟非常稀少。莳莳赶到的时候，发现校门口的广场空无一人。

难道莉心等不及，提前走了？

莳莳有些紧张，立即拨了莉心的手机号，可是手机里只有忙音，并没有人接听。她正想发条短信，忽然发觉身后不远处，不知什么时候停靠着一辆白色的面包车。

面包车上跳下一个男人，大概二十多岁的样子，一把拉住她："莳莳，我不想分手，别跟我怄气了！"

"你是谁，我不认识你！"莳莳惊慌失措，想要挣脱男人的手。男人却将她往面包车的方向拖："爸妈都在家等着我们，你别任性了！"

"放开我，我不认识你！救命啊！"莳莳终于明白对方的意图，就是想要将她架到车上绑走。她用脚狠狠踩了男人几下，可是男人依然没有放手。

南门口比较偏僻，加上学生放假，根本就没有人听到她的呼救。

就在莳莳快要绝望的时候，男人胸口突然中了一脚，闷哼一声向后飞去。莳莳得以解脱，扭头看到出手的人是姜礼浩。

姜礼浩摆好架势，忿忿地说："看清楚，我这么帅的才是她男朋友！你的颜值已经决定了，你就是一个骗子。"

男人躺在地上，半天才爬起来。他目光阴狠，一拉车门，面包车上又跳下一个干瘦的中年男人，目露凶光。

莳莳心头一紧，这个男人她在谢峥然小区门口见过的。她曾经以为他是狗仔队，现在看来却是人贩子。

"你傻站着干什么，快跑！"姜礼浩将莳莳一推。莳莳反应过来，转身就跑。她跑了十几步，忽然听到一声惨叫，回头一看，那个干瘦男人手里拿着一把尖刀，刀尖滴着血。

姜礼浩捂着腹部躺在地上。

"住手！"莳莳跑了回去，阻止干瘦男人继续行凶。姜礼浩躺在地上，挣扎着喊："你疯了，回来干吗，快跑！"

"我不能看着你死！"莳莳跪在地上，捂住姜礼浩腹部的伤口，鲜血从她的指缝里徐徐流出。

姜礼浩闭上眼睛："笨蛋，你一点儿都不像聪明的山鲁佐德……"

在这种危急时刻，还不忘文艺腔的，也只有姜礼浩这种人了。莳莳脱下自己的外套，扎在他的伤口上："你错了，真正的山鲁佐德，不愿意任何人死，所以才会挺身而出。"

"别废话了，快跟我们走！"两个男人架起莳莳的胳膊，夺走了她的手机，然后把她塞上车。

莳莳往车窗外看，想要记住沿途路线，却被蒙上了一块湿巾。

乙醚！

她屏住呼吸，不愿意让自己昏迷过去，可是意识还是陷入了混沌。唯独留下的一点清明的理智，灼灼地燃烧着她的太阳穴。

前途凶险，此去真的会万劫不复吧。在这样的时刻，她唯一想要回忆的人，居然还是他，谢峥然。

她还没来得及和他说一声，永远不见。

时间被无限拉长，漫长而黏腻，每一分每一秒都是一种煎熬。莳莳知道，这一次她走向的会是毁灭。

直到一声巨响带来的连番震动袭来，她才彻底失去了意识。

—3—

苘苘醒来时，入目雪白，让她以为自己已经到了天堂。

她艰难地扭头，发现姜礼浩躺在旁边的一张床上，正在输液。感受到她的声响，姜礼浩也扭过头，表情像一只乖乖兔。

"你醒啦？"他惊喜。

苘苘呻吟："你的点也太背了吧，我都牺牲自己了，你还跟着我上天堂。"

"什么天堂？"姜礼浩向她伸出手，使劲拧了拧她的脸蛋，"我们都活着。"

苘苘不相信，可是脸上传来的痛楚证明了他说的是事实。她又惊又喜："真的还活着，不是做梦！"

可是她很快又开始怀疑："骗人！医院怎么可能让男女同室呢？只有天堂才有这种好事！"

"我和医生说，我们是一家人，住在一起方便亲属照顾。"姜礼浩认真地说。阳光从窗外洒进来，落在他的脸上，将他的瞳仁照出了漂亮的琥珀色。那双眼睛，迷人又美丽。

苘苘不知道如何回答。也许只要共同经历过生死，那么所有的情感都会变得深刻。

她觉得和姜礼浩之间的关系，一夕之间有了质变。

夏暮雪从外面进来，看到苘苘后惊喜地喊："你醒啦？可把我吓坏了——护士，医生！"

夏暮雪跑了出去，没多久就来了一名医生和护士，对苘苘做各种询问和检查。病房里的空间忽然变得热闹而狭小，可是苘苘觉得，只要看到姜礼浩，心里就会变得安静而镇定。

等到医生安排好一切，病房里只留下了三个人。苘苘问夏暮雪："我是怎么到的医院？"

夏暮雪的表情有些不自然："姜礼浩打电话报警，说出车牌号之后就晕了过去。你运气好，那辆面包车撞上了马路围栏，要不然真没有这么快救出你。不过，那两个人贩子逃走了。"

莳莳看向姜礼浩："谢谢。"

姜礼浩很少见地没有沾沾自喜，只是淡淡地回应："不用谢我，你这次出事，我也有责任。"

莳莳没听懂这个回答，微微惊愕。她将那天发生的事理了理思路，脑中突然电光石火，闪过一个念头。

"莉心呢？"她问，"莉心那天约我去南门，可是她并没有出现在那里。"

夏暮雪帮她掖了掖被角："别多想了，你现在要好好休息。"

"不，我想知道莉心在哪里。"

"她为难，怕伤了你，所以我来说吧！"姜礼浩抢过话头，言简意赅地说，"那两个人贩子是受了莉心的指使。"

莳莳不寒而栗。

"当然，谁也不知道莉心是怎么打算的，是会放了你，还是赶尽杀绝。"

"她为什么不放过我？"

姜礼浩微微眯了一下那双桃花眼。莳莳有种不祥的预感。

果然，他拨拉了一下头发，意态潇洒又自恋地说："因为我魅力这样大，任何一名少女都会鬼迷心窍，不惜犯下滔天大罪。"

莳莳毫不犹豫地扔过去一个枕头，正砸在他的脸上。她翻转身体，背对着姜礼浩，也不想去看夏暮雪。

她的心情，糟糕透了。

—4—

莉心很快出现在病房里。她痛哭流涕，哀求莳莳饶恕自己这一次。

莳莳这才知道，那两个绑架她的人，并不是真正的人贩子，而是莉心从网络上找的社会渣滓。这两个人以前都没有干过绑架，所以才会慌里慌张地撞上了围栏吧。

"我错了，真的错了，求求你原谅我这一次。"莉心哭得像一个泪人儿，"如果你把我给你发的短信交给警察的话，我就真的暴露了……我会被勒令退学的，呜呜呜……"

有时候，加害者的眼泪比受害者还多。莳莳坐在病床上，心情有些难以形容。她问："莉心，你就这么恨我吗？"

莉心低头啜泣。

"是我走火入魔了，忌妒你和姜礼浩走得近，所以才想给你一点儿教训。"她的眼睛红肿如桃，"我全部坦白，那个在耳麦里威胁你的怪人，就是我……我找人录了音，然后放到节目里。"

"你说耳麦怪人是你！"莳莳觉得难以理解，"那我姐姐收到的威胁电话呢？"

"也是我！我怕只威胁你一个人会引起怀疑，所以干脆偷记下你的通讯录，给你姐姐打了那个威胁电话。"

莳莳有一种彻头彻尾的无力感。那个威胁自己和夏暮雪的人，居然不是谢峥然？

她还记得谢峥然当时的模样。他坐在保姆车前排的皮椅上，冷峻的目光睨着她，亲口对她说，对，那个在耳麦里说话的人，是我。

为了让她也恨他，他居然背上这样大的黑锅。

莳莳突然很疲惫，对莉心摆了摆手："算了，你走吧！我不会把你交出来的，这件事我也不想追究了。"

莉心千恩万谢地离开了。姜礼浩看着莳莳的眼睛："其实你有问题没有问完，对吧？"

"对，我想问莉心，为了你这样的人，值得吗？"

姜礼浩露出不可思议的表情，将那张俊脸使劲往莳莳那边凑："什么叫不值得！你看这胶原蛋白，你看这唇红齿白，你看这风华绝代，值得任何人为之赴、汤、蹈、火！"

莳莳照样扔过去一个枕头。然而这一次，她的心情释然了许多。

也许该去问谢峥然，为什么要承认自己是威胁她的人，为什么要让她害怕他。可是经历了一场生死，她只想好好休息，安稳度日。

因为车祸没有留下很严重的伤，所以莳莳和姜礼浩很快就出院了。出院那天，许千山来接他们。

许千山从梵高影视辞了职，然后用赚来的钱买了一辆二手的五菱之光。他乐哉乐哉地将夏暮雪请到副驾驶座上，然后像一个国王一样，神气地坐在驾驶座上。

夏暮雪窘得嘴角抽搐："许阿毛你能正常点儿吗？"

许千山只是傻笑，抬手按了两下喇叭。

莳莳坐在后排，她旁边的车玻璃碎掉了一块，风呼呼地往车里灌着。姜礼浩体贴地将身上的羽绒服脱下来，将那块缺口堵上。

"不冷了吧？"他将手套脱下来，给莳莳戴上，眉眼如画。

莳莳摇了摇头，会心一笑，没有放开他握住自己的手。

谢峥然俨然已是自己的一道情伤。能够治愈情伤的，除了时间，应该还有姜礼浩。

—5—

这个新年过得格外热闹。

岳晞容对姜礼浩的到来很是惊喜，毕竟颜值和才华兼得的男生太少了。姜礼浩也发挥了自己的长处，三寸不烂之舌逗得她开怀大笑。莳莳知道，这是自从爸爸入狱之后，岳晞容第一次露出笑容。

夏暮雪没有忘记恶搞一把，她抱住岳晞容的胳膊："妈，你得猜一猜，姜礼浩是谁的男朋友，猜错了就要给我们一人一个红包。"

岳晞容笑眯眯地说："当然是莳莳的男朋友了。"

"妈你好厉害，猜对了！"夏暮雪欢呼。

姜礼浩依旧维持着礼节性的笑容，右手却在桌子底下牵住了莳莳的手。

莳莳很乖地任由他牵着自己的手。他对自己的感情是认真的吧，她这样想。

也许夏暮雪说得对，她应该有姜礼浩这样的男朋友，不沉郁，很阳光，带给她许许多多的快乐。

如果没有发生后来的事，莳莳和姜礼浩可能真的会顺理成章地在一起。

大年除夕，他们坐在一起包饺子，准备晚上一起看春晚。

夏暮雪嘟着嘴巴说不愿意看春晚，宁愿看韩剧，而岳晞容坚持要看春晚。最后姜礼浩掏出自己的 iPad，让夏暮雪用上面的视频 APP 看韩剧，这样就不用抢电视机的遥控器了。

"哪个韩剧好看，莳莳你帮我看看。"夏暮雪将 iPad 递给莳莳。

"去韩剧频道，可以有很多选择的。"莳莳在 iPad 上面点开视频 APP，打算还给夏暮雪。可就在这时，一个娱乐播报的视频标题映入她的眼帘——"小鲜肉歌星谢峥然撞车，飙车还是吸毒？"

她的心一下子揪紧。

愣怔的瞬间，夏暮雪已经把 iPad 接了过去，一边吃杏仁一边搜索。莳莳几乎是扑过去，将 iPad 抢了过来。

"你干吗？"夏暮雪不悦。

莳莳的手指都在发抖，她将刚才那条娱乐播报点了出来。视频很短暂，大概只有五分钟，对于谢峥然的事情也只是提了七八句，大部分都是在说其他明星。

在这七八句播报里，莳莳得知，谢峥然最近出了车祸，圈内有人猜测他是吸毒，而他的经纪人薇姐回应并澄清，这种事纯粹是子虚乌有，车祸是事出有因。

她的心都颤抖起来。

再去百度了相关的新闻，她发现谢峥然出车祸那天，正好也是自己差点儿被绑架的那天。

这么巧？

莳莳抬起头，发现一屋子的人都在默默地看着她，表情都让她读不懂，读不透。

显然，她是最后一个知道的人。

"这是怎么回事，为什么没有人和我说？"苘苘举起 iPad 问，"如果不是我看到这条……你们到底在隐瞒什么！"

"苘苘，你听我说，谢峥然的团队里有非常成熟的公关，摆平这种事不成问题的。"

夏暮雪也在旁边帮腔："你没看到这条，谢峥然的律师打算告那些人造谣了，没问题的。"

"苘苘，你成熟一点儿，别这样。"岳晞容开始皱眉头。

夜空炸起绚丽的烟花，这样喜庆热闹的日子，她的心里却一片悲凉。

都是她最亲近的人，却没有一个人对她说实话。

其实整件事情出现的漏洞不少，不对劲的地方也很多，只是她没有细想，不愿深究。

"姜礼浩，每次我遇到状况，你都会第一时间出现。"苘苘苦笑，"有时候我真不知道，是巧合，还是有意为之。"

姜礼浩表情僵硬，不敢看她。

"你有什么事情瞒着我，对不对？"苘苘情绪有些激动。

他没有回答，只是低头看着地面。岳晞容怒气上来，想要训斥女儿，但苘苘已经先她一步离开，快步走到阳台上。她现在必须要用这种方式冷静下来。

姜礼浩终于跟了过来，他淡淡地说："苘苘，先吃饭吧。吃完年夜饭，我陪你赶回 A 市，去找谢峥然问个清楚。"

"不必了，他不会见我。"

"谢峥然一定会见你。"姜礼浩将每一个字都念得很重，"他很在乎你。"

苘苘吃惊地看着姜礼浩，他的双眸在昏暗中，依稀有细微的光点。

"我不懂。"

"还记得你问我，谢峥然那天找我，都说了什么吗？我回答你，他让我少管你的事。"姜礼浩一副豁出去的表情，"其实，我骗了你。"

尽管早就猜到了真相，但苘苘还是有些难以接受。

"他，到底说了什么？"她的声音颤抖。

一朵烟花在半空中炸开，将夜色瞬间渲染，也照亮了姜礼浩的脸庞。

他回答："谢峥然那天晚上找到我，告诉我他不是威胁你的人，并且让我在你身边多加提防，保护你的安全。莳莳，谢峥然其实比任何人，都爱你。"

他比任何人都爱你，莳莳。

当她听到这个答案的时候，反而选择了不相信。

难道是她一直以来，都在误会谢峥然吗？他雇佣她做翻译，将她羞辱一番；他让她在剧组里吃尽了苦头；他强令她和他一起回家；他派出黄毛跟踪自己，偷拍自己的隐私；他亲手将那件羽绒服剪得粉碎……

一桩桩一件件，她都想问个明白。为什么心里那样爱，却要她相信他恨她入骨？

—6—

医院的VIP病房格外静谧，丝毫没有新年的喧闹气氛。透过落地的玻璃窗，可以看到谢峥然闭着眼睛躺在病床上。

"谢峥然！"莳莳心急如焚，想要去拉门把手。姜礼浩连忙阻止她："莳莳，护士说了不能随便打扰。"

谈话之时，薇姐从走廊那边走过来。她急急地将莳莳拉开："夏小姐，请你离开。"

"谢峥然他怎么了？我要去看看！"

"他没事，最近累坏了，正在休息，我们打算明天出院呢。"薇姐向莳莳投去一个不友好的眼神，"自从他和你重逢，事业就受到了严重的影响。为了他，请你不要再出现了。"

"你这样说不公平。"姜礼浩开口，"如果你让谢峥然自己选择，他还会做同样的决定，你凭什么把责任都推给莳莳？"

薇姐没有回答，眼中冷意更深。

姜礼浩继续说："你越是阻止两人见面，就越会让事情变得更糟糕！为什么就不能解开两人的心结呢？"

薇姐冷笑一声："你确定，他们见了面就能解开心结？这一路看下来，我真的很心疼他。"

蒔蒔茫然无措。

"你知道他为什么会出车祸吗？还不是为了你！"薇姐怒瞪蒔蒔，一指姜礼浩，"是你在报警之后，又给谢峥然打了电话！他当时正在准备参加新闻发布会，接到电话之后，不管不顾地开车去堵那辆面包车！为了追车，他甚至开车去撞，根本就没把自己的命放在心上。可是他得到了什么？新闻发布会泡汤了，也得罪了媒体朋友，所以这次有人泼他脏水，媒体那边也没多少人愿意支持。"

姜礼浩不信："你们可以说，他出车祸是为了去救人。"

"嫌疑人都没抓到，我们口说无凭，谁会信呢？"薇姐反驳，"再说了，救谁？"

蒔蒔问："为什么不能说救我？我就是证人。"

薇姐失笑，连连摇头："我也是这么打算的，可是那个傻瓜不肯。你知道他给我的理由是什么吗？他说，蒔蒔不喜欢。"

蒔蒔愣住了。

"他从来都没想过，让你出现在媒体公众面前！你以为他派黄毛去跟踪你，真的是因为他变态，他恨你，他想让你站在风口浪尖？他不过是想用这种方式来确定你的安全。黄毛提供过来的所有照片和信息，都被他存在手机里，一张都没有外泄。"

蒔蒔无意识地后退一步，她没想到事情的真相居然是这样。

"可是他明明对我那么恶劣……"

"他回国后曾经失踪过两天，后来出现在我家门口，进门就倒在地上，浑身滚烫发高烧，满嘴胡话。"薇姐说，"我猜想，他是去找你了，结果看到你和这小子在一起。"

蒔蒔和姜礼浩对视一眼，彼此都很惊讶。

"我和他没有……"莳莳想解释，忽然语塞。她对姜礼浩的告白，从抗拒到无奈，再到默认，已经无从解释。

姜礼浩眸色一暗，有些失望。

"我不管你有没有男朋友，总之谢峥然就是个没长大的孩子，心里有事也不知道去问你，只知道折磨自己。他为了见你，聘用一个英国人，再聘用你当翻译。见了面也不知道好好说话，就知道发孩子脾气。你误会他威胁你，他也不解释，反而将你和夏暮雪都聘用过来，好让你们的安全时时刻刻都在他的掌控之中。他最担心你，所以强令你跟他一起回家！最后，他病了，没法照顾你，就让姜礼浩过来把你带走。可是你做了什么？你拿着一件羽绒服到他面前，要和他一刀两断！"

莳莳捂住嘴巴，无声地哭泣。

姜礼浩从口袋里掏出纸巾，帮她擦眼泪："不管怎么说，这些都是误会，我想……"

薇姐打断了他的话，直接问莳莳："你现在还想见谢峥然吗？你，还敢见他吗？"

莳莳咬住下唇，默默摇头。

"如果谢峥然真的染毒，那也是因为你就是毒药。"薇姐说完，转身离开，却在看到身后的人之后，停住脚步。

谢峥然站在身后，静静地望着他们。他的目光悠远而淡定，轻轻地落在莳莳身上。

他瘦了很多，颧骨高高耸起，显得他比以前更加冷峻。

他慢慢地走过来，目光里只有她一个人。莳莳一瞬不瞬地看着他，生怕漏过每一个细节。

她想，这可能是最后一次见他了。

"莳莳，这么多年，我早就冷静下来了。我知道，那条害得我爸爸出车祸的短信，不是你发的。"

莳莳难以置信地看着他："你早就知道？"

"是谁发的短信，我已经不想追究了。"他半垂眼皮，似乎很疲惫，"可是刚见面的时候，我的确很生气，你居然对我产生了不信任。当你要把小星星收回的时候，我彻底崩溃了。"

"你早就知道……小星星里的秘密？"

谢峥然点点头。

他在国外的时候，曾经一度无法忍受高强度的训练，重担让他的心犹如荒漠，于是在一个漫长而孤寂的夜晚，他心血来潮地拆开了一颗小星星。

没想到里面露出了她稚嫩的字体，没想到里面藏着一封情书。

她可能永远都不知道，那些小星星对他而言，意味着什么。是沙漠里的绿洲，是大海中的孤岛，是旅人眼中的村落。他的精神为之振奋，苦苦熬过每一次训练，并且在某次知名歌曲大赛中拔得头筹，乘胜回国。

蒂蒂一把抱住他，眼泪浸染在他的毛衣上。他低头温柔地抚摸着她的头顶，继续说："所以还像以前那样，相信我吧……"

相信我是你的救世主，相信我是你世界里唯一的光。

只要能照亮你，我甘愿只是一抹光。

—7—

从医院走出来的时候，蒂蒂的脚步都有些发虚。

她想起谢峥然对她说过的每一个字，想起他转身离去的背影，忽然觉得这一切好似一场迷梦。

明明是确认彼此的心意，却说得云淡风轻。他们是怎么走到了如今这个尴尬又疲惫的境地的？

残雪还未化尽，炮竹的红衣掺在雪里，又被泥水浸染，一地狼藉。蒂蒂踩在雪上，差点儿滑到。

姜礼浩上前拉住她的手，被她轻轻甩开。

"对不起，我可能没办法和你在一起了。"蒂蒂对他说道，像是一声叹息。

姜礼浩顿了顿："蒂蒂，我知道，你恨我骗了你，可是你能再给我一次机会吗？"

她回头，看到那双好看的桃花眼，如今也流露出悲伤的表情。

她问："你为什么喜欢我？"

"从校报上看到你写的故事，我就慢慢喜欢上你了。"姜礼浩说。

莳莳微笑："可是那些故事，从来都不是讲给你听的。"

山鲁佐德的故事，只讲给她的国王听。谁说山鲁佐德不爱国王，甘愿丢命也要嫁的人，她是深深爱着的。

这世界上能让她奋不顾身的人，只有谢峥然。

—8—

莳莳一个人回到家里，岳晞容和夏暮雪都小心地陪着，生怕哪一句话说得不妥，触动了她脆弱的神经。

看着她们小心翼翼的样子，莳莳有些心疼。因为她的任性，她让家人担心害怕。

"我没事，去 A 市逛了一圈没意思，就自己回家了。哦，对了，姜礼浩回家过年了。"

岳晞容这才释然地笑言："那孩子看着真好，是该回家过年，省得父母在家操心。"

莳莳点点头，看到夏暮雪化了一个裸妆，问："你今天有活动吗？"

"同学聚会，你去吗？"夏暮雪问。

"当然要去。"莳莳站起身来。她现在必须要和许多人在一起热闹一下，因为心里已经荒芜得快要发疯。

同学聚会安排在一家大酒店，嘻嘻哈哈地聚集了一屋子人。莳莳在人群中穿行，忽然眼前一亮，看到一名女生特别眼熟。

那名女生正端着一杯红酒，优雅地在手上微微摇晃。她身穿黑色皮衣，过膝的长筒靴，气质酷帅冷冽。莳莳正在回想，夏暮雪已经喊出了她的名字："喵喵。"

喵喵看过来，似笑非笑："夏暮雪，多年不见！不过，你得叫我何青竹。"

立即有男生凑过来："怎么能直呼其名呢？现在得叫她何总！何总好，请多多关照。"

高中毕业之后，喵喵没有选择考大学，而是跟着妈妈做起了爆米花生意。她很快就嫌爆米花赚钱太慢，于是拿出所有积蓄，承包了一个小型的食品加工厂。这几年居然赶上好时候，赚了个满钵。

等到男生离开之后，喵喵低声对夏暮雪说："算了，你还是叫我喵喵得了。何总什么的，我怎么越听越别扭呢？"

莳莳扑哧一笑。夏暮雪用肩膀蹭了蹭她："就是，何青竹这名字多不符合你气质呀！"

几年不见，喵喵和她们亲近了许多。莳莳想一想就觉得奇怪，以前大家也有水火不容的时候，可是分别之后再相聚，剩下的居然有这么多惺惺相惜。

"你们都不知道，姐刚创业的时候，遇到了多少恶心的人。"喵喵谈论得眉飞色舞，"有一次，我去催一笔货款，对方居然摸上了我的腰。姐二话不说，抬起七厘米高的高跟鞋，冲着他的脚背踩了下去。他嗷嗷叫着要报警，我晃着手机说已经录音。报警就报警，咱告他性骚扰，两抵！最后那货还是软了，乖乖给我结了货款，一分不少。"

夏暮雪和莳莳听得津津有味。

"后来你是不是和他再也没合作？"

"废话，当然要合作了！就算有这么一过节，也不能跟钱过不去不是？"喵喵灌了一口酒。

夏暮雪感慨："还是你阅历丰富，我和莳莳都在大学里闷着，快与世隔绝了。"

"我知道，你们现在都是天之骄子。"喵喵横了她们一眼，看向莳莳，"你呢？听说谢峥然回国了，你和他联系了吗？"

当年发生的种种意外，喵喵也有所耳闻。如今贸然提起这茬，让夏暮雪都捏了一把汗。

谁都知道谢峥然是莳莳的死穴，是软肋，是禁忌。

没想到，莳莳很平静地说："联系了，又分开了，并没有怎么样。"

夏暮雪朝喵喵使劲挤眼睛，可是喵喵就像没看懂她的暗示一样，继续说：
"什么叫作没怎么样？是做普通朋友了，还是做男女朋友了？"

莳莳拿起酒杯，和她手中的酒杯清脆一碰："连朋友也没得做。"

喵喵不怕死地问："为什么？"

"物是人非，时过境迁。"

夏暮雪终于忍不住将酒杯一放："你行了，哪壶不开提哪壶。"

喵喵已经有些醉眼迷离："小雪，这话你说得不对，好歹那是咱们当年
共同喜欢过的人，提一提怎么了？"

她仰起脖子，将杯中红酒一饮而尽。

夏暮雪看向莳莳，原本以为莳莳会崩溃会放肆，可是她表现得非常平静。
可能真的如喵喵所说，提一提又怎么了？

可能连提都不提，大家会更难过。毕竟，当初是那样想念。

夏暮雪苦涩地想，三个人当中，最没有资格想念谢峥然的，就只有她自
己了。

大家吃吃喝喝到九点多，开始有人提议去 KTV 唱歌。喵喵、莳莳和夏
暮雪不约而同地回绝了。

大伙一开始极力挽留，可是三个人像对上暗号一样，坚持不去。最后三
个人走在萧瑟清冷的大街上，结伴回家。

喵喵突然说："自从那件事发生之后，我就再也没有去过 KTV。夏暮雪，
你要赔我精神损失。"

莳莳心里一紧，想起了 Ann。其实从那以后，她对 KTV 也有所惧怕，
不敢踏进一步。

夏暮雪也是醉话连连："你以为你就没责任吗？要不是你找的小白脸出
了乌龙，能发生那样的事故吗？"

"行了，你们都别说了！"莳莳不懂为什么一见面就尽提一些不开心的
事。她推了推夏暮雪，"姐，你去买几瓶水，我们都有些头晕。"

夏暮雪迈着醉步，向不远处的小卖部走去。

喵喵按住莳莳的肩头，喷着酒气说："莳莳，今天晚上姐喝大了，你别往心里去。"

"我没事，你站稳啊。"

喵喵还想说什么，手机在这时响了，是短信提示音。她晃着身体点开短信，在看到内容之后，像打了一针鸡血，亢奋地回了电话："喂，你个王八蛋，整天发什么骚扰短信？什么用鲜血弥补自己犯下的错，你还挺文艺的呀……我告诉你，我没错！"

莳莳忽然觉得心头窒息。

喵喵也收到了同样的威胁，有人对她说，用鲜血弥补自己犯下的错？

"喵喵，你告诉我，你是不是被什么人威胁了？"莳莳拉住她问。莳莳心里闪过一丝不好的预感：作案的人是莉心，可为什么连喵喵也被威胁了？

莉心并不认识喵喵呀！

喵喵晃晃悠悠地推开她："我等下给你说……我现在内急。"说完，她步履蹒跚地向路边灌木丛里走过去。

莳莳无奈，只好在路边等她。灌木丛内侧是一处工地，从路边往里看，黑乎乎的什么都看不见。她有些后悔，在喵喵进去之前没有阻拦。

灌木丛里突然响起窸窸窣窣的声音，莳莳以为是喵喵回来了，试探着喊了一声："喵喵？"

声音却忽然停了。

黑黢黢的灌木丛犹如一个黑洞，几乎要将她吞噬。莳莳打了个冷战，后退了一步。

就在这时，手机铃声响起。莳莳哆哆嗦嗦地接听，直到对方喂了两三声，她才回过神来："喂？"

说话的人居然是姜礼浩。他低低地问："你怎么了，没事吧？"

莳莳快要哭出来了："我感觉有人在偷窥我。"

"你在哪里，我去找你！"姜礼浩的声音里充满了紧张。莳莳反而放松下来："没关系，我身边还有姐姐和朋友，不会有事。"

姜礼浩再三确认，才终于放心："你没事就好，没有亲自送你回家，让我后悔担心了好几天。"

蒔蒔心头一暖，不知道说什么好，只好回应："谢谢你，还有，新年快乐。"

谢谢你，曾经守护过我。

谢谢你，在我背弃了你之后，仍然像朋友一样关心我。我无以回报，唯有报以祝福。

挂上电话，蒔蒔怔怔地站在夜风里，直到夏暮雪抱着三瓶矿泉水回来，也没有发觉。

夏暮雪问："喵喵呢？"

蒔蒔往里面一指："她已经进去方便五分钟了，还没回来。"

"这么慢，真是的。"夏暮雪一边咕哝，一边往里面走，"咱们一起去喊她。"

蒔蒔跟着钻进灌木丛，可是并没有发现喵喵的身影。夏暮雪打开手机上的手电筒，一边左右看着，一边轻声喊着喵喵的名字。

"你帮我抱着水，我去找她。"夏暮雪将怀里的矿泉水都卸到蒔蒔的怀里。

蒔蒔开始心焦："那你去那边找一下，可能她走得有点儿远。"

夏暮雪点头。

可是哪里都没有喵喵，她就像人间蒸发了一样，忽然消失不见。

"不可能，只是这几分钟的时间，不可能找不到。"蒔蒔像一只无头苍蝇一般乱逛，自言自语地安慰自己。

工地旁边有一个水塘，开发商还未来得及填平。蒔蒔走在水塘边上，忽然感觉脚下踩到了一个硬物。她挪开脚低头看去，那是喵喵手腕上戴着的一只镯子。

蒔蒔发出了一声惊叫，怀里的矿泉水咕噜噜滚到地上。

第十二章
即使全世界与你为敌

星子在蓝丝绒的天幕上闪烁，如散落一地的钻石。

"苘苘，你知道吗？在布拉格的许多个夜晚，我都这样看着星空，想象着你也这样看着，就会很开心。"

—1—

喵喵死了，死得出乎所有人的意料。她失足落水，大好年华终结在二十岁。

苘苘觉得这个世界太癫狂了。她还记得喵喵在同学聚会上意气风发的样子，为什么只是一转眼，一个鲜活的生命就消失了呢？

喵喵的母亲堵在苘苘家门口，询问当天晚上到底发生了什么事，为什么她的女儿会突然遭此横祸，并一口咬定，这是一起谋杀。

"喵喵出事，我也很伤心，可这真的是意外啊！我怎么知道她喝醉了酒会掉进池塘呢？"夏暮雪蹲在床上抱住膝盖，苦恼地发牢骚。

苘苘坐在旁边，听着门口叫骂声隐隐传来。尽管室内开着空调，可她还是觉得一阵阵寒气上身。

真的是意外吗？

喵喵也收到过同样的威胁，在暗处的某个人，告诉她们：她们犯下的错误要用鲜血来偿还。

因为喵喵的母亲来闹事，所以岳晞容忍无可忍地报了警。喵喵的母亲终于被劝了回去。而作为报案人，苘苘和夏暮雪被带到公安局做笔录。

接待她们的是一名年轻的警察。在询问了几个问题之后，警察忽然话锋一转："你们当时相隔不过一百米，就没有听到何青竹的呼救声吗？"

莳莳摇头。

"我没有听到任何声音。"夏暮雪回答。

警察从面前的文件夹里抽出一张纸，看了看上面，说："法医鉴定的结果出来了，何青竹的死因并非溺水，而是死于勒毙。"

莳莳倒抽了一口冷气，夏暮雪惊讶地睁大了眼睛。

"她的肺里并没有水，所以并不符合溺水特征，而且法医在她的脖颈上发现了勒痕，初步判断是一根一厘米粗细的尼龙绳。"

"怎么会这样？"夏暮雪抱住双臂，"你的意思是说，当时我们……距离凶手不到一百米的距离？"

莳莳想起灌木丛里的细碎声音，头皮有些发麻。她犹豫地说："当时灌木丛里有奇怪的声音，我还以为是喵喵……正好我接了一个电话，后来那个声音就消失了。"

"如果不是你接的那个电话，你可能跟喵喵是同样的下场了。"警察看向莳莳，"你们了解何青竹的生活吗？她有没有什么仇人？"

莳莳蓦然想起了那条短信。她犹豫了一下，还是说："不太了解，我们是高中同学，已经好几年没有见面了。"

警察的目光开始变得锐利："在何青竹的手机上，我们发现了这样一条短信：'用鲜血弥补自己犯下的错误，你准备好了吗？'你们之前了解这个情况吗？"

夏暮雪震惊了，开始浑身发抖。

莳莳心一沉，在桌子底下一把攥住夏暮雪的手，却被夏暮雪一把甩开。

夏暮雪陷入了神经质中："我们之前也收到过同样的威胁，这么说凶手下一个要杀的是我们？我不要死！"

"姐，你冷静一点儿，我们现在是安全的！"

警察盯着莳莳："她情绪不稳定，你来说。"

莳莳说："我和姐姐都收到过同样的威胁，后来我的大学同学承认了，事情是她干的。但是我的大学同学，根本不认识何青竹，这其中必定有误会……"

夏暮雪打断了她的话："你不是说这事和谢峥然没关系吗？现在喵喵这件事怎么解释？"

"姐……"

"你别再包庇任何人了，就是谢峥然做的！"夏暮雪吼道，"他还是记恨当年的事情。莳莳，你知道吗？当年给谢叔叔发短信的主意，是喵喵出的，所以谢峥然恨我们仨是理所当然的。"

夏暮雪口无遮拦地说了一大堆，莳莳这个时候再掩饰已经没有用了，也只好解释："谢峥然当时承认，不过是为了赌气，后来证明那个威胁我们的人，的确不是他。"

警察说："我们已经从通讯公司调查了，那个给喵喵发威胁短信的号码，你们认识吗？"

莳莳看了看那 13 个数字，心仿佛浸在冰水里。

那个手机号码，的确是谢峥然的私人号码。

"我不相信是他做的。"莳莳笃定地说。

她想起他那双温暖有力的手，想到他低沉充满磁性的嗓音，一遍遍地告诉她，要像最初那样，相信他。

警察露出讽刺的笑容："小姑娘，就算你不说这个人是谁，我们也能去查。你只需要告诉我，这个号码的主人的身份背景。"

莳莳眼神一片呆滞，面色非常平静："不是他做的，我相信他。"

—2—

几个小时后，莉心被带到公安局里。

莉心一看到莳莳，就扑了上去："我不是杀人犯！我根本不认识什么叫何青竹的！夏莳莳，诬陷我很有趣吗？"

两名女警将莉心拉回来，她仍然喘着粗气，一副恨不得要把莳莳千刀万剐的样子。

蒔蒔记得，前不久的时候，莉心还站在她的病床前，楚楚可怜地央求她不要将绑架她的事说出去。这才过了多久，加害人就可以向受害人张牙舞爪了。

"规矩点儿，在这里没人会冤枉你。"一名警员将莉心带进了审讯室。

夏暮雪怏怏地蹲坐在一旁，问："蒔蒔，她个子刚到喵喵的肩膀，能是凶手吗？"

"不管谁是凶手，我都相信谢峥然。"

夏暮雪一副被打败了的模样："那我问你，那个发威胁短信的，为什么会是谢峥然？"

"只是手机号码是他的，说不定是别人代发的！"蒔蒔喊。

夏暮雪像看怪物一般看着她："你就这样无条件信任他，为他开脱？"

蒔蒔扭过头，不打算再搭理她。可就在这一瞬间，她看到谢峥然居然站在门口。

几日不见，他瘦削了一些，额头上还贴着一块白色纱布，却丝毫不影响他的俊朗气质。

他微微喘着气，似乎来得很急。

"谢……"蒔蒔不知该说什么好，一时间哽住。还未等她说出下一个字，他已经走过来一把将她抱住："蒔蒔，你没事吧？"

古龙香水的味道铺天盖地，将她淹没。蒔蒔沉浸在这熟悉的怀抱里，过了半晌才发现，他身后还跟着薇姐和警察。

"我没事。"

警察很快将谢峥然带到了另一间审讯室。薇姐不能跟去，拉了一把椅子在蒔蒔身边坐下，掏出一支烟点上，狠狠抽了一口："又见面了，你可真是阴魂不散。"

蒔蒔知道薇姐一定恨透了自己，索性沉默。

"这次完了，全完了！"一向冷静自信的薇姐，此时也掩不住痛惜之情，"谢峥然的演艺事业，完了！"

蒔蒔忍不住开口："他不是杀人犯，大众不会计较的。"

"光是嫌疑犯这种，就能毁了他的公众形象。这种案子一两年破了就不错了，破了之后还要判一两年，我们拖不起。"薇姐吐出一个烟圈，忽然听到一声短信提示音，苦笑，"你看，肯定是广告公司商议解约的短信。"

"我有什么可帮忙的吗？"

薇姐斜了莳莳一眼："你能作证就好了，可那是不可能的，他不可能让你出面。"

莳莳沉默。这次的事情，对谢峥然的事业肯定有不小的冲击力。

经过几个小时的审讯后，得出的结果让人跌破眼镜。莉心一口咬定自己是恶作剧，只是想吓唬吓唬莳莳，出一口气罢了，其实自己跟杀人案没有半分关系。警方调取了她的身份背景，她只是一名普通的大学生，人际交往也仅限于学校内，并没有太多出格的地方。

莳莳也觉得奇怪，因为莉心的确没有杀人动机和作案条件。可是，她总觉得莉心的话有些不合逻辑。

"我可以见一见莉心吗？"

"可以，不过时间不能太长。"

再次见到莉心，莳莳只觉得心里五味杂陈。她轻声喊了声莉心，莉心没有抬头，背光坐着，大半张脸都藏在阴影背后，让人看不清楚表情。

"我知道你讨厌我，可是我没想到你会这么讨厌我。"莳莳心头充满失落，"既然你没有指使别人绑架过我，那你当初为什么要背黑锅？"

"只不过，想看你难过的样子罢了。被朋友背叛的滋味，很不好受吧？"莉心冷冷地回答。

"你冒充绑架案的背后指使者，只是为了报复我，这代价未免太大了吧？我不信你会这么做。"

莉心扭过头，不愿意再搭理她。

莳莳仔细观察着她脸上的每一个表情细节："你有事瞒着我，对吗？"

莉心仍然不开口。

莳莳知道再也问不出什么，站起身说："既然你不肯回答，那我就不问了。莉心，我想告诉你，以前我答应不追究你做错什么，现在依然不追究。

我等着你告诉我真相。"

莉心好像受到挺大的触动，嘴唇颤抖了两下，却还是什么都没有说。

—3—

谢峥然很快洗清了嫌疑。那个给喵喵发威胁信息的号码，是有人用伪基站冒充他的手机号码发的。

"很显然，凶手是你们共同的熟人，并且和你们有仇怨。"警察一边说，一边在记录本上写着什么。

莳莳和谢峥然面面相觑。他们真的想不出有什么人，能恨他们到要痛下杀手的地步。

"这样吧，"警察合上本子，"你们想到什么线索，就直接联系我，这是我的电话号码。"

两张名片被分别推到他们面前。莳莳拿起名片，默默记下上面的姓名和电话之后，塞进口袋。

"行，一有凶手的线索，我就立即联系你。"谢峥然将名片交给薇姐。

薇姐将名片放进精致的小手包里，横了一眼夏暮雪，冷笑着说："这年头，人人恨不得都是福尔摩斯，都没调查清楚就说别人是凶手，也不怕说话咬着舌头。"

夏暮雪顿时尴尬万分，目光中有惭愧之色。她说："谢峥然，不管怎么样，你澄清了就好。"

薇姐却一脸不平："澄清了又怎么样，记者已经把谢峥然被提审的新闻写出去了。"

夏暮雪急了："可以开新闻发布会，向记者说明真相。"

"肯定会借着新歌发布会的机会说一下的，希望不会有人兴风作浪。"薇姐语调沉郁。

莳莳心头一沉，看来情况不容乐观。

"明天还有一个通告要赶，我们晚上就立即动身吧。"薇姐的语气不容抗拒。谢峥然微微点头，和莳莳并肩走到门口。

分别来得这样快，让莳莳有些不知所措。莳莳尽量克制自己不去看他，勉强笑了一下说："谢峥然，又到了该说再见的时候了。"

他侧过脸看她："再见。"

薇姐寸步不离地跟着他，将墨镜和口罩递给他。谢峥然戴上，忽然发现手套不见了："薇姐，手套忘在办公室了。"

"我去给你拿。"薇姐转身离开。

谢峥然目送薇姐的身影消失在拐角后面，忽然向莳莳挤了挤眼睛。还没等莳莳反应过来，手就被他一把拉起。

他急急地走下台阶，连带着她也忙不迭地跟了上去。身后响起薇姐的喊声，依稀是让他回来。

谢峥然理都没理，拉着莳莳跑了足足半条街。

"谢峥然，我们去哪里？"莳莳气喘吁吁地问。

他回头，额前是飞扬的碎发："去学校吧，我好久没回去了。"

"可是你明天还有通告！"

谢峥然摘下口罩，在她耳边大声喊："让通告见鬼吧！你比较重要！"

你比较重要。

莳莳的心欢快得几乎要飞起来。她大笑着，和他手牵着手跑过很多个路口。以前的种种不愉快，仿佛都随风消逝了。

一如许多年前，他们奔跑在冬日的雾气中，那样快乐。

—4—

学校里放了假，虽然门口高挂的巨大对联和红色灯笼增添了几分喜庆，但空无一人的场景还是凸显出冷清孤寂的气氛。

谢峥然去学校门口买了一本高三数学习题集和一本物理试卷，分别塞进自己和莳莳的口袋里。莳莳奇怪地问："买这些做什么？"

"应付门卫老头。"

学校的门卫老头是出了名的严苛，一旦放假，不准任何学生出入，就连老师出入，都要出示工作证。

果然，门卫老头将他们拦下来。

"你们不是本校学生吧？"门卫老头眯着眼睛打量他们，"快回去，放假之后学校不准学生进入。"

谢峥然拿出习题集和物理试卷："我们是来向老师请教寒假作业的，有很多题目都不会做呢。"

他一本正经地装起了好好学生的样子，莳莳在旁边憋得都快笑出声了。也许是感受到她快要露马脚，谢峥然扭头警告地瞪了她一眼。

门卫老头把头一甩："不行，快回去！"

"你凭什么打消我们求知的欲望？你这是在扼杀未来的数学家和物理学家！你知不知道，你正在改写我们的人生轨迹。"谢峥然振振有词。

门卫老头被唬得一愣一愣的，居然放他们进去了。刚走了两步，莳莳就听见门卫老头自言自语地咕哝："这小伙子长得真像我孙女整天念叨的一个歌星……"

眼看要露馅，莳莳赶紧加快步伐。等到走出老远，他们相视一眼，才开始爆笑。

他们去了学校的琴房，那里老旧不堪，据说开学后就要拆掉。墙皮外的爬山虎已经凋零，只留下黑溜溜的藤蔓。

"以后，再也看不到它郁郁葱葱的样子了。"谢峥然说，语气中有化解不去的苍凉。

看向西边，太阳正迅速地向地平线坠去。又是一天过去，明天会有怎样的前途，他们都心照不宣地不想提及。

木质窗户上碎了一块玻璃，谢峥然将手伸进去，打开窗户跳了进去，然后将门打开。

琴房里放置着一台钢琴，谢峥然试了几个音："莳莳，你想听什么？"

她歪着脑袋想了想："《卡门》。"

他一本正经地坐在琴凳上，将钢琴盖打开，双手放在琴键上，深呼吸一口气，却笑着说："并不会弹。"

"你耍我，要刮鼻梁的。"莳莳笑着伸出手去。

"我本来就是学大提琴的，怎么会弹钢琴吗？我去了布拉格，妈妈教我钢琴，我也没怎么学。"

他骤然提及布拉格，让莳莳心头一震。他应该找到妈妈了。布拉格的梦想，实现了。

她在心里措辞，刚想开口问这个问题，就看到谢峥然脸色微变，右手捂住肚子，痛苦地低声呻吟。

"你怎么了？"莳莳慌了。

他艰难地回答："没事，来的路上太匆忙，一天都没有吃饭。这会儿，太饿了。"

"我去买面包。"莳莳慌慌张张跑出琴房。学校里有小卖部，因为校园内还有教师职工宿舍，所以小卖部还开张做生意。

二十分钟后，她抱着面包和热饮跑回琴房。天色已经黑透，琴房里亮着灯，可是谢峥然却不见了。

莳莳呆呆地站在门口，看着空空如也的琴房，一股无力感油然而生。他抛下她，去了哪里？

"谢峥然，你在哪儿？你不会抛下我的对不对？"莳莳的声音都带了哭腔。她惊慌失措地走到走廊，往楼下搜寻他的背影。

背后却突然响起他懒洋洋的回应："笨蛋，我在这儿。"

莳莳愕然，重新回到琴房，发现立起的钢琴盖上方，一只手在对着她摇晃。她走到钢琴旁，看到谢峥然果然躺在钢琴上。

他依旧躺着，伸手擦了擦她眼角的泪，目光沉静而温柔："就这么不舍得我离开？"

莳莳赌气地将面包和热饮往他怀里一塞，然后转过身去"你太过分了！"

身后响起琴盖合上的声音，还有他轻微的足音。莳莳想，他一定是来向自己道歉了。可是这个念头尚未消失，她就被人从身后一把抱起。

他的怀抱温暖又安全，莳莳睁大眼睛看着他的下巴，心跳如雷，脑中一片空白。

谢峥然将她抱到钢琴上，然后一跃也上了钢琴。他将面包和热饮分了一半给她："快吃吧。"

苘苘悲愤地咬着面包，心里有些郁闷。在浪漫电影里，女主角被公主抱之后，不都是会被吻吗？

两个人填饱肚子之后，并排躺在钢琴上。钢琴上方的屋顶上，有一块玻璃天窗，漏出一方星空。

星子在蓝丝绒的天幕上闪烁，如散落一地的钻石。

"苘苘，你知道吗？在布拉格的许多个夜晚，我都这样看着星空，想象着你也这样看着，就会很开心。"

在这静谧的夜晚，听着身边人均匀地呼吸，苘苘反而平静下来。她侧过头，看到他英俊的侧脸。

"你实现了关于布拉格的梦想了？"她问。

他凉凉地笑了起来："无所谓什么实现不实现……我找到了妈妈，可是她已经再婚。我告诉她爸爸去世了，她也没有太多的悲伤。苘苘，可能我们追寻的梦想和爱，只存在于自己的幻想中。"

苘苘的心一点点地疼痛了起来。她早就留意到，他宁愿来到学校，也没有回家。家里已经没有爸爸妈妈，只剩了他一个人，回到家也是孤独得可怕。可即便是这样，她依然想让他知道，他一直追寻的梦想和爱，就在他身边。

她轻轻地握住他的手心。

"你对你妈妈很失望？"

"对，很失望。"他呆呆地看着天花板，"她不是我想象的样子。我原本以为她会把我留在身边，可是她只是动用了自己的资源，培养我去韩国走上歌星的路子。"

她以为，为他铺好繁华前途就可以弥补自己的失职。可是这世间的繁华若是没有亲人的陪伴，也只剩悲凉。

他想要的，只是陪伴。

苘苘眼角发酸，她默默地将另一只手放进他的手心。

"她虽然没有陪伴你，可是她教会了你很多东西。比如……"茼茼忽然语塞。

他扭头看过来："比如什么？"

那双黑如曜石的眼睛就在眼前，呼吸和体温都触手可及。幸福就是这样突如其来地降临，无可抵挡。

她没有回答，只是将嘴唇轻碰上他的。然后，她得到了热烈的回应。

谢峥然，其实布拉格的梦想，教会了你太多的东西。

比如，爱。

比如此刻，我们互相依偎，彼此取暖。

—5—

幸福来得这样突然，让人眩晕。

茼茼想起，不久前她和谢峥然还水火不容，剪碎了那件羽绒服。可是一场事故，反而让两人的缘分重新缝合。

那天晚上，他们在学校里乱逛，去看了曾经一起学习的教室，去操场上压马路，在晚上九点多的时候，偷偷地来到院墙下，打算翻墙出去。

很不幸，被门卫老头逮到了。

两人大半夜地坐在门卫室内，耷拉着脑袋听老头唾沫星子乱飞的训斥。后来一个小姑娘从门口伸出脑袋："爷爷，爸爸和我来接你了，你该回家了！"

门卫老头还没来得及答话，就听到小姑娘惊喜地喊："谢峥然！"

茼茼看到谢峥然抬起头，露出了招牌式的秒杀笑容。最后，谢峥然以一个签名为代价，和茼茼成功离开了门卫室。

薇姐找到他们的时候，他们已经坐在车站的候车室里了。尽管不想面对，可是离别还是会到来。有很多事务等着他去处理，他不能在这座小城市里消磨太多的时间。

茼茼将头偎依在谢峥然的肩膀上，已经睡着。谢峥然肩膀酸痛，却依然保持着这个姿势，生怕有一丝半点儿的打扰。

薇姐一腔怒火瞬间熄灭，取而代之的是惊愕。她慢慢走到两人面前，犹豫地问："你们……被拍到怎么办？"

谢峥然伸出一根手指，做了一个嘘声。

"如果被你的粉丝知道你谈了地下恋，会造反的。"

"无所谓了。"他说，"在任何选择面前，我永远选择苒苒。"

薇姐倒抽一口冷气。

"任何选择？"

"对。"

"你知不知道，你现在坐在车站里，马上就要回到 A 市。你这叫作选择了她？"薇姐冷笑。

"回去之后，我会对粉丝做一个交代，然后和她在一起。"

薇姐冷笑："你不仅要对粉丝做交代，也要跟公司股东做交代，还有一大帮记者等着开发布会呢。"

谢峥然淡淡地说："真的做不下去，那我就隐退，反正原本答应妈妈做这一行，也不过是为了能让她看到。"

只为了让无数镜头争相闪烁，将他的影像送到妈妈面前。所有的这一切繁华，只是让妈妈看到他而已。

谢峥然没有再去看薇姐，小心翼翼地伸出左手，将披在苒苒身上的围巾裹得紧了一些。他没有看到，苒苒的睫毛在微微颤抖。

其实她一直没有睡着。

在听到他说的那句，我永远选择苒苒的时候，她的心就已经融化为水，再也坚硬不起来。

谢峥然，就算你要离开，我也想要转身得漂亮，不受任何人非议。

—6—

一旦恋爱，于是每一分每一秒的分别都变得格外难熬。

苒苒经常想，她和谢峥然是怎么走到这一步的呢？并没有像其他情侣那样经历告白，就稀里糊涂地确定了关系。仿佛他们早已经心知肚明，彼此是相爱的。

谢峥然每天都会给莳莳发来晚安短信，可惜短信来得总是那样晚。有时候是深夜一两点，有时候居然是早上五点。

莳莳忍不住回复："大明星，现在是早上五点半，应该说早安，而不是晚安！你的时间概念去哪里了？"

隔了好久，他才回复："都去你那里了，全部都在你那里。"

莳莳看着微信，脸红了。

诸如此类的幸福瞬间，还有很多很多。她心心念念地想要尽快见到谢峥然，每天都在盼着开学的日子。

寒假终于结束，莳莳踏上回校的路途。当她拖着重重的行李箱走出火车站的时候，意外地发现姜礼浩站在出站口。

她迅速在人群中搜寻了一下，没有看到薇姐和保姆车。谢峥然明明说过，会让薇姐来接她的。

姜礼浩笑眯眯地向莳莳打招呼："新年好。"

"你在这里等我？"

"是啊，都等了半个小时了，真冷。"姜礼浩跺了跺脚，"走吧。"

莳莳斜着眼看他："你怎么知道我坐这一班车？我明明提前了一天到校的。"

姜礼浩笑嘻嘻地说："当然是姐姐给面子。"

莳莳撇嘴，早已经猜到是夏暮雪泄的密。整个寒假，夏暮雪不止一次给莳莳洗脑，力荐姜礼浩这个暖男，并分析谢峥然不适合她。

夏暮雪最后还举了刘德华当例子，指出莳莳如果选择谢峥然，就会像朱丽倩一样，默默奉献二十四年的青春才被承认。对此，莳莳表示很无语，对夏暮雪能避就避。

可是眼下，姜礼浩就站在面前，她避无可避。

"等一下，我打个电话。"莳莳拨了薇姐的手机，可是语音提示已经关机。她的手指在谢峥然的手机号码上停顿了很久，还是没有拨。谢峥然比较忙，她不想去打扰。

"还是跟我走吧，我带你去吃饭泡吧。"姜礼浩指了指不远处的停车场。

莳莳眯了眯眼睛，看到停车场上停着一辆蓝色的车。"你换车了？"她记得姜礼浩的车明明是红色的。

"NO！"姜礼浩摇了摇手指，"因为被你拒绝，所以我才把车刷成了蓝色，代表我阴郁的心情。"

莳莳："……"

她倒是一点儿都看不出姜礼浩哪里心情阴郁呢。

"请上车，我的山鲁佐德。"姜礼浩做了一个请的动作。莳莳点点头，将行李递给了姜礼浩。姜礼浩把行李放到车后备厢里，回头发现莳莳不见了。

用目光再搜寻，他看到莳莳坐在一辆公交车上，正透过玻璃窗向他调皮地吐舌头。

公交车从他面前行驶而过。

"拜托你把我的行李运回学校，谢谢啦！"她在车窗后向他喊。

望着远去的公交车，姜礼浩苦笑："为了谢峥然，你就这样急着跟我划清界限。"

莳莳歪着脑袋看公交车路线。

为了摆脱姜礼浩，她随便上了一辆公交车，结果这条路线把她带偏了好多，她要绕很远的路才能回到学校。莳莳正在心里痛骂姜礼浩，忽然听到车载电视里播放着熟悉的音乐。

她抬头往车载电视的屏幕上看去，播放的居然是自己和谢峥然拍摄的那支音乐MV。

回忆的点滴涌上心头，莳莳眼睛一眨不眨地看完了整部MV。旁边坐着的两个女生正对着MV犯花痴："男主角好帅！"

"他就是当红歌星谢峥然，听说马上还要拍电影了。"

莳莳忍不住庆幸，没有人提起她，也没有人认出她就是MV的女主角。

就在两个女生犯花痴的时候，坐在后面的一个扎马尾的女生冷冷地打断了她们的对话："你们还不知道吧，他被卷入一起杀人案中了。"

苪苪的心猛然被揪紧。

"胡说，他怎么可能杀人？"女生反驳。

扎马尾的女生耸耸肩膀："我不是他的粉，所以比较冷静。你还不知道吧，他是嫌疑人之一，都进局子里配合调查了。"

苪苪再也忍不住，唰地站起来，义愤填膺地说："如果嫌疑人就是凶手，那还要法官做什么？你们随便怀疑一下，就能给人定罪了。"

扎马尾的女生还在嘴硬："你激动什么，又不是我一个人说的。喏，你看——"

苪苪扭头向车载电视看去。电视正在播放一则娱乐新闻，谢峥然面对许多记者话筒，正在接受采访。

有记者提出了尖锐的问题："听说你最近因为一起杀人案被警方调查，此事确切吗？"

谢峥然冷漠的脸上闪过一丝不耐："案情正在调查中，我不方便多做透露。"

话音刚落，人群中丢出一只手套，正砸在他的额头上。接着有人在大喊："你这个杀人犯！"

场面一时混乱，画面迅速被切成背景，娱乐新闻的主持人开始出来主持。可是主持人说了什么，苪苪一点儿都没有听清。她呆呆地站着，脑袋里混乱一片。

—7—

苪苪冲下公交车，茫然无措地站在公交车站里。她一时冲动下了车，却不知道该去哪里找谢峥然。不过，一辆蓝色跑车很快就停在她面前。

车玻璃徐徐摇下，姜礼浩甩了下头："快上车，我知道他们在哪儿。"原来他一直开着车，跟在公交车屁股后面。

苪苪不假思索地上了车，问："你知道谢峥然现在在哪儿？"

"看来你已经发现他遇到麻烦了。跟你说实话吧，其实是他让我来接你的。"姜礼浩一踩油门。

"到底是怎么回事？"

"是从前天开始，突然有八卦营销号爆料，说谢峥然卷入一起杀人案。薇姐很快就报了警，可是经过调查，八卦营销号只是被黑客攻击，爆料的人是盗号的人。可惜那个人的 IP 地址是在国外，暂时还没办法抓捕他。"

苒苒沉默，事情果然没有那么简单。

"爆料的人，和杀人案有关。"

"谢峥然也这么认为，所以才让我来接你，叮嘱我寸步不离地跟着你，以防不测。"

"那个人不仅和杀人案有关，还是威胁过我和夏暮雪的人。"苒苒想起了那个耳麦里的怪人。

"你们真的没有和什么人结怨？"姜礼浩分析，"闹成这样，恐怕是血海深仇。"

苒苒想了想，又摇头。她真的想不出究竟有谁这么恨他们。

半个小时后，姜礼浩将车停在一家大饭店的停车场里。他打了一个电话，简短地说了一句"我们到了"，就挂了电话。

地下停车场里空旷而安静，苒苒一直绷紧着神经。终于，谢峥然穿着黑色风衣，戴着口罩和墨镜，出现在停车场。

他将车门拉开，坐在苒苒身边，语速很快地说："外面都是记者，快开车。"

姜礼浩发动车辆，向出口处冲去。苒苒心里有些紧张，忍不住握住了谢峥然的手。

可是只是转了一个弯，前方就出现了一大批记者。他们仿佛提前得知了消息，将蓝色跑车层层围堵起来。

苒苒终于见识隐私曝光的可怕。许多张脸挤在车玻璃上，已经有些变形，却仍然用贪婪的眼神向内里张望。

姜礼浩骂了一声，扭头问谢峥然："到底怎么回事？我警告你，你倒霉可以，但是别把苒苒拖下水！"

"抱歉，我也没想到会这样。因为案件，我的商演临时取消了，但是记者不知道从哪里得到消息，全部都集中在饭店进行采访。"

莳莳急了："他们怎么能这样？"

"没办法，有背后推手在操作这一切。"谢峥然言简意赅地说。

姜礼浩使劲按喇叭，尖锐刺耳的声音划破停车场上空，可是那些记者仍然没有散去。

"跟他们干了！"姜礼浩脱下外套，想要冲出去。谢峥然一把抓住他的肩膀，语气不容抗拒："我去。"

还未等莳莳拉住谢峥然，他已经打开车门走了出去。无数话筒立即举到他的嘴边，记者们开始七嘴八舌地问了起来。

"谢先生，听说与你合作的电影制片方近期毁约，是否确有其事？"

"请问你和那名死去的女子是什么关系？"

"你对那起杀人案的看法？"

"传言说你策划了那起杀人案，请问属实吗？"

……

谢峥然一一应付，太多人将他围在中央，周围挤得密不透风。跑车终于获得解脱，姜礼浩开始发动车辆："好机会，咱们可以走了！"

"停车，我下去。"

姜礼浩像看疯子一样看莳莳："你疯了吧？这么多人，你下去还不知道什么时候脱身。"

莳莳摇摇头，坚持打开车门。她想起多年前，她怀揣着怦怦乱跳的一颗心走向他的课桌。那张课桌在昏暗的教室里，仿佛散发着光芒。

那时和现在有什么区别呢？那时的他被孤立，现在的他被怀疑。所以，那时的她选择和他并肩而立，现在的她依然会这样选择。

不管他站着的位置，是领奖台还是审判台。

莳莳拨开人群跑进去，大喊："案子还没破，请你们不要用对待犯人的态度对待他！"

谢峥然连忙将莳莳往自己身后拉，并用手挡住镜头，扭头轻叱："你来做什么？快回去！”

“不，这件事必须解释清楚，我是人证！”

记者们的注意力全部集中在莳莳身上。有记者阴阳怪气地问："你是谁？"

莳莳大声说："我是人证！我可以证明，谢峥然是清白的！"

无数闪光灯开始闪烁，汇成一片银色的海洋。

一个尖锐的声音响起："你说你是人证就是人证？请问你和谢峥然是什么关系？"如果没有这么多人在场，估计问的就是她是哪根葱。

莳莳不知道该如何回答，顿时涨红了脸。谢峥然一把夺去话筒，话里带着浓浓的怒气："你没有资格问。"

“谢先生，你这是在保护这位小姐的身份，是吗？”

现场有些混乱，记者们的问题更加尖锐。莳莳慌了，想要解释，人群却拥挤起来，有人一直往她身边挤。

不过是一瞬间，她已经用余光注意到，有一道白光忽闪。莳莳迅速回头，在人群中看到了一张熟悉的脸——

是那个曾经绑架过她的中年男人。

中年男人袖子里露出刀尖，森森地闪着锐利的光。

脑中电光石火的一瞬，莳莳这才意识到危险。这一切都仿佛是一个圈套，耳机里的怪人，喵喵的死，网络上的传言，聚集的娱记……其实都是在策划着她的死亡。

“啊——”

人群中发出一声尖叫。

莳莳茫然无措地站着，身前的谢峥然已经倒下。他咬紧牙关，身体的大部分重量都压在她的身上。

莳莳抱住他，蹲下去，伸手一摸，一手黏腻的鲜血。

刚才生死的一瞬间，是谢峥然挡在她的面前，受了那一刀。

“谢峥然！”她心头绞痛，颤抖着声音喊。他勉强直起身体："我没事，莳莳……"

那个执刀的中年男人，很快就被记者们制伏，躺在地上喘着粗气。记者们打了 110 和 120，警车的呼啸声从远处传来。

姜礼浩拨开人群时，苪苪已经哭成了泪人儿。她抱着谢峥然，哭着帮他捂住伤口。可是鲜血还是从她的指缝里流淌出来。

"苪苪，救护车来了，快把谢峥然抬上去。"姜礼浩开始搬谢峥然的身体。苪苪摇摇晃晃地站起身，忽然眼前一黑，没有了意识。

—8—

苪苪梦到了很多年前。

那时的她站在金黄色的麦浪里，和小伙伴们玩装死游戏。她一动不动地躺在地上，佯装已经失去了生命体征，然后小伙伴们围着她哭。

她原本以为那是一个好玩的游戏，可是后来才发现，一点儿也不好玩。

生命，是一个太沉重的话题。

醒来时，苪苪躺在病床上，姜礼浩正坐在床边给她削苹果。看到她醒了，他惊喜地喊："你醒了？"

她使劲支撑起身体："谢峥然在哪里？"

"他没事，状况已经稳定了。"姜礼浩忙按住她的肩膀，让她躺下。苪苪挣扎着坐起来："不，带我去看看他。"

"那你把这个苹果吃掉，补一补血糖。这次你就是因为血糖太低才晕倒的。"

苪苪拿起苹果就啃。姜礼浩苦笑："你就这么不放心他。"

十分钟后，苪苪和姜礼浩来到重症病房。薇姐正在病床前看护，在看到他们之后起身："到外面说吧。"

苪苪依依不舍地望向病床上的谢峥然。他正闭目沉睡，手臂上挂着点滴，脸色苍白得吓人。

到了病房外，薇姐叹了一口气："犯人抓到了，他很快就承认说是受人指使。苪苪，你仔细想一想，他会是受谁指使？"

苪苪仔细回想那个高瘦的中年男人的模样。他从很久以前，就在谢峥然的住处附近跟踪自己，后来绑架自己，再到现在公然趁乱伤害自己……每一桩每一件，如果都是受人指使的话，那会是谁呢？

她蓦然想起了 Ann 老师。

在这个世界上，如果非说有人恨透了自己，那只有她了。可是夏暮雪说，Ann 老师已经去世半年了。

蒳蒳掏出手机，给夏暮雪打了一个电话。手机很快就通了，夏暮雪那边的声音很嘈杂："喂，蒳蒳，我正想给你打电话呢！听说你又进医院了，你怎么搞的，当医院是宾馆啊？对了，听说凶手抓到了？"

蒳蒳不想废话，开门见山地问："夏暮雪，你是听谁说，Ann 老师去世？"

"是我打听到 Ann 老师的老家人，打电话过去问的。"

蒳蒳心里直抽冷气，恨自己当时没问清楚。如果 Ann 想要隐瞒自己的行踪，那么肯定能够隐瞒得过去的。

"你现在在哪里？"

"我在 A 市，刚打了一辆出租车。昨天姜礼浩打电话给我，说你住院了，我去看你。"

蒳蒳挪开手机，问姜礼浩："你昨天给夏暮雪打电话了？"

姜礼浩一头雾水地摇头。

蒳蒳的心突突地跳了起来。姜礼浩没有打电话，那夏暮雪究竟接的是谁的电话？

她想也不想，就对手机喊了起来："夏暮雪，你现在乘坐的车子安全吗？我告诉你，凶手另有其人……"

夏暮雪的声音很茫然："蒳蒳，我不懂你说什么，凶手不是……"

余下的几个字，她还没有来得及说出口。蒳蒳很快听到手机里发出了几声撞击声，似乎是手机掉在了地上。

"喂，喂？姐！"蒳蒳连续喊了几声，可是夏暮雪都没有回应。通话很快就被挂断，蒳蒳重新拨打过去，可夏暮雪都没有接听。

"怎么了？"薇姐见蒳蒳脸色有异，关心地问。

苪苪缓缓放下手机，眼神呆滞："我姐姐……可能被绑架了。"

夏暮雪失踪了。她来到 A 市之后，打了一辆出租车。在和苪苪通话之后，她就失去了联系。

苪苪报了警，警方从火车站的监控录像里看到夏暮雪上了一辆面包车，可是从各个路口的监控视频里都没有再发现那辆面包车的踪迹。警方分析，面包车很可能走小路，所以才避开了所有监控镜头。

苪苪不敢告诉岳晞容，她害怕岳晞容会崩溃。她每分钟都在等待绑匪的勒索电话，可是手机比任何时候都安静。

姜礼浩一直陪在她身边安慰她，可是再多的安慰也抵消不了恐惧。苪苪常常想起喵喵死时的惨状，再想起夏暮雪如今的遭遇，忍不住不寒而栗。

许千山听说夏暮雪失踪，没有耽搁一分钟就赶到 A 市。他见了苪苪就情绪激动："苪苪，你告诉我，夏暮雪怎么会失踪！喵喵刚走没多久，她就发生了这样的事，是有人报复你们，对不对？"

许千山是一个很笨很笨的人，书读不好，成绩很差，可是当心爱的人失踪之后，他变得很聪明，一语命中要害。

苪苪再也不能隐瞒任何事情，她从很多年前的那个发生悲剧的 KTV 讲起。当许千山听完事情的来龙去脉，陷入了久久的沉默。

他狠狠抽了一口烟："夏苪苪，不得不说，你的运气很好！"

姜礼浩不悦地问："你什么意思？"

"字面意思。"许千山面色是前所未有的愤怒，"苪苪，有这么多爱你的人在你身边，你有惊无险！可是夏暮雪呢？你为什么不早点儿告诉我？！"

"我不知道该如何说起……"

"那现在你知道如何说了？"许千山将烟头狠狠按在病床前的桌子上，"你说实话，你是不是还记恨小雪以前欺负你的事？你别忘了，她是你姐姐！"

说完，他狠狠瞪了苪苪一眼，转身向门口走去。不过刚走两步，他就停住脚步。

谢峥然堵在门口，眼神冷峻，如冰封利刃，几乎要将许千山整个人穿透。他一把揪住许千山的衣领，迸出两个字："道歉。"

"怎么，你们把小雪甩在一旁，还要闹内讧不成？"许千山依旧嘴硬。

莳莳扑上去，抱住谢峥然的胳膊，哭着说："谢峥然，你放手吧，姐姐丢了，谁心里都不好受……"

谢峥然这才忿忿地放开许千山。许千山整了整衣服，扬长而去。

"莳莳，你能确定这件事是 Ann 做的吗？"谢峥然问，"如果是，那么一切都好办了。"

莳莳点头，又摇头。过了这么多年，Ann 都能瞒天过海，就算能确定是她，等找到她，夏暮雪也该完了。

她从没想到，自己会为了夏暮雪心痛至此。她一直觉得那是一个跋扈的姐姐，可是等到失去的时候才明白，那是血浓于水的亲缘。

"别担心，一切有我。"谢峥然看出她的担心，将她拥在怀里。姜礼浩尴尬万分，走到门口，向莳莳做了一个再见的手势。

姜礼浩的笑容很苦涩，全然没有了往日花花公子的派头。莳莳有过一眨眼的失神，也许姜礼浩对她是认真的。

可是她这辈子，已经认定了谢峥然，所以再也容不下其他人。

—10—

莳莳走进病房的时候，谢峥然睡得正沉，浓密的睫毛浸在暖金色的阳光里。薇姐回头看到她，刚想说话，却被她制止。

她只是想来看看他。

莳莳站在床边，听着他均匀的呼吸声，目光一点一点地滑过他的脸庞。初遇的那天，他穿着白衬衫牛仔裤走过蔷薇丛，带刺的枝叶钩挂住他的衣袖，又被轻轻拂开。时光并没有改变什么，他还是那般美好，只是少了许多遗世独立的冷清。

和他相处的时光，也许从今以后，再也不会有了。

最后，莳莳将装满了小星星的玻璃罐放在谢峥然的枕头旁。那是她写给他的情书，她曾经满怀雀跃地将这个小秘密交给他。后来，她将小星星收回，惹他发了一场火。可是谢峥然一直都不知道，她因为这件事后梅了许久。

就算世间沧海桑田，她也不该收回当初的心意。那是刻画在时光里的瞬间风华，发生了就是发生了，自己再不承认，也无法改变深爱他的事实。

"再见，再见。"莳莳喃喃地说出这句话，就扭头离开了病房。守在门口的薇姐问她去哪里，她也没有理睬。

这一去，可能就是一条不归路。

她决定用自己当鱼饵，去解救夏暮雪，还有让谢峥然再也不会受到任何骚扰。

收件箱里躺着一条莉心的短信："莳莳，我们好歹朋友一场，星期天下午两点，在学校里等我，可以吗？"

莳莳回复："好。"

莳莳按时来到学校宿舍，发现莉心坐在自己座位上等她。比较巧合的是，其他室友都没在宿舍。

刚开学，课业不那么紧张，所以大家要么去逛街，要么去约会，都不会留在宿舍里。

莳莳装作轻松的样子，问："莉心，你要和我谈什么？"

莉心亲亲热热地挽起她的胳膊："莳莳，以前是我不对，你能原谅我吗？"

"我们永远都是好朋友。"莳莳说，"我并没有和姜礼浩在一起。"

莉心顿了顿，笑容里有些失落："我知道，我已经不喜欢他了，甚至有点儿恨他，不然我们还是好姐妹。"她眨巴了两下眼睛，"莳莳，我们好久没聚了，学校门口新开了一家花茶店，我们去那里喝花茶，我请你。"

莳莳答应了。

可是就在她们快走到学校门口的时候，莉心却发现自己手机忘带了："莳莳，你先去花茶店，我随后就来。"

看着莉心的背影，莳莳苦笑。

时至今日，莉心还在骗她。那个中年男人被逮捕后，供出背后指使他的人，根本就不是莉心。也就是说，是有人共同控制了莉心和那个中年男人为自己所用。

莳莳曾经打电话给莉心的妈妈，对方以为是讨债的债主，一个劲地求饶。于是，莳莳再也没有办法硬起心肠，去问莉心为什么要背叛自己。

她到了花茶店，服务员先给她泡了一壶红枣桂圆茶，然后就出去了。莳莳端起茶碗喝了一口，却偷偷吐在卫生纸上。

十分钟后，她装作晕倒，趴在桌面上。一个服务员走进来，搜走了她口袋里的手机，然后把她的手和脚绑在一起。之后，服务员将她抬到一辆车的后备厢里。

等到后备厢合上后，她才睁开眼睛。

幸好袖子里有提前藏好的另一部手机，否则她真的一筹莫展了。莳莳艰难地掏出手机，将自己的定位用微信发给了姜礼浩。姜礼浩很快就回复了："莳莳？你在哪里！手机怎么打不通？"

"你一路记下我的定位，然后让警察来救我。"莳莳回复。

姜礼浩回复的语气很是气急败坏："莳莳，你到底在干什么？你别告诉我，你拿自己去钓凶手了！"

"聪明。"

"我现在就报警。"

"你一定不能打草惊蛇，说不定凶手这次又是雇佣别人隐藏了自己。等我发给你最后的定位。"

回复完这一条，莳莳就关掉了微信。

车子终于停了，莳莳赶紧装作昏睡状。有人打开车子的后备厢，她被拖下车，扛着上了楼。莳莳将眼睛睁开一条缝，发现台阶还是尚未装修的毛坯水泥地面。四面八方都透着风，这应该是一处正在建设中的高层住宅。

莳莳偷偷从袖子里拿出手机，将定位发给姜礼浩。刚按下发送，一个尖锐的声音就从旁边响起："你在干什么？"

有人将手机一把抢过去。

扛她的人将她猛地摔到地上，莳莳后背上一阵剧痛，顿时痛呼出声。她吃力地睁开眼睛，发现上次绑架自己的那个男人站在面前，而抢走自己手机的人，就是 Ann。

几年不见，Ann 的气质变得妩媚狠厉了许多。她盯着莳莳，猩红的嘴唇弯了弯，将手机往她面前一举："可惜，信号不好，你最后那条没有发送成功。"

"你没死？"莳莳脱口而出，"我姐在哪里？Ann 老师，你现在还有回头的机会。"

"回头？我做了这么多，你让我回头？！"Ann 的脸扭曲而恐怖。她指使男人离开，"去把我给两位夏小姐准备的礼物搬上来。"

男人离开了。

莳莳这才看到在自己身后不远处，夏暮雪遍体鳞伤地坐在一张椅子上。她低垂着脑袋，似乎是昏过去很久了。

Ann 走到夏暮雪面前，将她的头发一把拉起，抽了两巴掌。夏暮雪这才悠悠地醒了过来，她看到 Ann，惊恐地喊了起来："求求你，放过我！"

"放过你，你们当初有没有放过我？"Ann 妩媚一笑，"出院之后，我就下定了决心，要让你们吃尽苦头。对了，有一件事你们还不知道吧，举报你们爸爸的那个人，就是我。"

莳莳一怔。原来由爱生出的恨意，可以如此强烈，不惜毁灭曾经的枕边人。

夏暮雪几乎是癫狂地笑了起来："居然是你，不是谢叔叔，我早该想到……"

夏暮雪笑到最后，全部都变成哭腔："莳莳，如果你能活着出去，请一定要代替我向谢峥然道歉。"

"姐，我们都会活着出去的。"莳莳哽咽着说。

Ann 冷笑："你们别做梦了，我是不会放过你们的。"

方才离开的那个男人重新回来，手里搬着几包炸药。他狰狞一笑，将炸药绑在莳莳和夏暮雪的脚边。Ann 按下炸药上的计时器，然后向两人挥了挥手："拜拜。"

"你这个恶魔，恶魔！"夏暮雪痛骂起来。

"你能逞嘴上功夫的时间，已经不多了，希望你们姐妹能好好话别，而不是骂人。"Ann 鄙夷地哼了一声，转身就要和男人离开。

就在这时，斜刺里忽然冲出一个身影，将男人踢倒在地。Ann 刚刚掏出电击棒，就被踢飞。

"谢峥然！"莳莳难以置信地看着他。她没想到，冲上来救自己的居然是他。

谢峥然顾不上回应，挥拳挡开男人的攻击，然后右拳击在他的肚子上。男人整个人向后飞去，躺在地上呻吟，再也起不来了。

Ann 咬着牙去捡电击棒，就在手快要够到的时候，谢峥然将电击棒一脚踢飞。

"小雪！"许千山也从楼梯口冲了上来。他赶过去解开夏暮雪身上的绳索，"你没事吧？"

"我没事。"夏暮雪激动得快要哭出来了。她手脚并用地爬到莳莳身边，帮她解开绳索。

谢峥然用命令的语气说："你们快走，姜礼浩在楼下接应你们，警察也快到了。"

莳莳挣扎："不，要走一起走。"

Ann 露出一个可怕的笑容："恐怕你们走不了，难道我会笨到只在一个地方安放炸药吗？"

她从腰中掏出一个遥控器，使劲按下去，整个大楼顿时发出震耳欲聋的巨大声响，接着水泥块和粉尘唰唰地往下掉。谢峥然把莳莳狠命往楼梯口推："走啊！再不走就来不及了！"

莳莳死命地摇头，不肯离开。许千山猛地揪住她的衣领，夏暮雪也拖住她的腰肢，两个人用尽全身力气将她往楼下拖。纷飞的尘土中，莳莳依稀看到谢峥然和 Ann 在搏斗，不远处那个男人也在动弹……

他腰上的伤还没有好，面对 Ann 和那个男人，该如何脱身？

蒔蒔奋力挣扎，可是许千山的力气很大。他不停地在蒔蒔耳边说："蒔蒔，别傻了，你回去也救不了他！别怪我，是他要我先救你的。"

"他让你先救我，你就听他的吗？"蒔蒔哭喊，"放开我！"

夏暮雪却拖着她往下走，不肯松手。最终，蒔蒔还是被拖到了一楼。

Ann引爆的是大楼左侧的炸弹，炸掉了整个未完工大楼的五分之一。大楼周围已经被警车包围，许多警察严阵以待。站在最前面的，就是姜礼浩。

见蒔蒔出来，姜礼浩迎上来，一把抱住她："蒔蒔，你总算安全了！"

"放开我，我要找谢峥然！"蒔蒔尖叫着挣扎，要重新冲回大楼里。姜礼浩将她死死拉住："蒔蒔，太危险了，Ann不知道在大楼里安了多少炸弹，你再进去很危险的。"

"我求求你，让我进去……谢峥然还在里面！"蒔蒔喊得嗓子都出了血，用力一咳嗽，喷出一口鲜血。

姜礼浩气得打了她一巴掌，恨铁不成钢地喊："你根本不懂他的心意！他要你好好地活下去，你还不明白吗？"

蒔蒔怔住。

半晌，她才喃喃地说："不明白的人是你才对……我管他在天堂还是地狱，只要是有他在的地方，我就要在，必须在。"

就好像多年前，她故意让自己患上红眼病，只为了离他近一点儿，再近一点儿。

现在和过去，也并没有什么不同。她还是那么爱他，甚至，更爱他。

就在这时，大楼里又发出了巨大的爆炸声。这次引爆的是大楼的右侧，砖块和水泥灰迸射得到处都是，烟尘向人们席卷而来。

所有人都弯下腰，剧烈地咳嗽起来，姜礼浩也始料未及，转过身躲避烟尘。就在这一刹那，蒔蒔推开他，向大楼入口处跑去。

她要和他在一起，永远。

死有什么可怕，没有他的世界才是真的可怕。

她飞快地奔跑着，躲开了落下的石块，飞快地跑到台阶上。她一边喊着他的名字，一边上楼。遥遥地，她听到了他的回应。于她而言，堪比世间最动听的福音。

他还活着，还活着。

她在烟尘中前行，终于看到了他的身影，泪水霎时滴落下来。短短的几分钟，她仿佛已经度过了前世今生。

很多年前的那个蔷薇小院子，她和他初次相逢；很多年后，她和他的缘分终于再度延续。缘起缘灭缘续，居然都和 Ann 有关。

大楼在剧烈地晃动，又有几个炸弹被引爆。这次不是 Ann 在操控，而是炸弹之间的互相引爆。

莳莳听不清谢峥然在说什么，所有的事情都发生在一瞬间，他已经扑了过来将她推开。等到她重重地倒在地上，才看到谢峥然被一根钢筋压在下面。

她扑过去，徒劳地想搬动那根钢筋："谢峥然，我去喊人！"

"莳莳！"

身后，姜礼浩冲了上来。谢峥然咬着牙说："你快把莳莳带走！"

"可是你……"姜礼浩有些不忍。

"走啊！难道你想我们都埋在一起吗？"谢峥然的眼眶都红了。

"不！"莳莳苦苦挣扎。可是她很快就感到脖子后传来一阵剧痛，接着眼前的一切便模糊起来。

最后的影像，是谢峥然的脸。

他好像在说什么，她却一点儿都听不见。

—11—

开学后的两个月，冬雪已经全部化尽，春日阳光暖洋洋地洒在大地上。

莳莳一个人去上课，背影更显孤寂。

自从那件事发生过后，莉心就被警方带走了，是她收了 Ann 的钱，按照 Ann 的指示去做事。

在警察局里，莳莳问了一个困扰她许久的问题。她问："莉心，威胁我的人不是你，你后来为什么要承认？"

莉心回答："那是因为你身边有姜礼浩，有谢峥然，Ann 不好下手，才会策划绑架。如果绑架失败，就让我承担全部责任，一来可以让你放松警惕，可以支走谢峥然他们；二来也是放一个烟幕弹，让人想不到是 Ann 在背后操控。"

说完之后，她又补充："苛苛，其实我挺羡慕你的，你身边有那么多人保护你，而我谁都没有。"

苛苛想了想，并没有反驳她的话。因为保护自己的人，少了最重要的一个。

在那场爆炸案中，谢峥然和她都被救了出来，可是在那之后，他们并没有见面。

谢峥然的母亲从国外赶了回来，听完薇姐汇报的一系列惊心动魄的事情之后，决意将谢峥然带走，理由是他的伤势很重，很可能留下严重的后遗症，去国外才能得到更好的治疗。

苛苛想要赶去见上一面，可是薇姐阻拦她说，夫人可能不愿意见她。

也是，她是一个灾星，给谢峥然带来的只有无尽的痛苦。所以，她并没有去见他，而是默默地回了学校继续上课。

在这个没有谢峥然的地方，她生活了两个月。有时候苛苛会想，其实没有他的世界，也并没有那么可怕呢。

她一边这样麻醉自己，一边踏进了教室。以往懒散的公共政治课，此时居然座无虚席。苛苛有些吃惊，以为自己进错了教室。

难道她今天要站着听课？

苛苛有些窘迫，却在扫视全班之后发现，并不是座无虚席，在第五排的中间，居然还剩了一个座位。

她走过去，刚坐上那个座位，前后左右就响起一阵收拾书本的声音，许多学生都离席而去。

就在苛苛一头雾水的时候，一个男生拍了她同桌那个人的肩膀："哥们儿，兄弟们只能帮你到这里了！"

一个女生冲着他们这边，做了一个加油的手势："大才子，你可要好好把握机会！"

到底什么状况？

莳莳更加不明白。

那个人这才直起腰，扭头看着莳莳笑。莳莳愣住，居然是姜礼浩。

她气不打一处来："你又想搞什么幺蛾子？"

"没什么，你总是躲着我，所以我只好喊上我文学系所有师哥师姐学弟学妹帮我。"姜礼浩依旧是那样油嘴滑舌。

莳莳扭转视线，翻开书本，淡淡地说："上课了。"

这一堂课上得索然无味。

下课之后，莳莳起身离开教室。姜礼浩追了出来，急切地说："莳莳，你要怎样才能重新开始？"

她哑然失笑："你的问题很可笑……我根本没有结束过。"

"别骗自己了，你明白我在说什么。"姜礼浩将她拉到一棵树下，一字一句地说，"那个人，可能永远都不会回来了。"

莳莳抬起头，看到头顶上方的灼灼桃花。春日，无论什么花朵，都开得如此艳烈。

她仿佛在问姜礼浩，又仿佛自言自语："你告诉我，他最后对我说了什么话？"在那栋即将倒塌的大楼里，谢峥然被压在钢筋下面，最后对她说了什么呢？她一直百思不得其解。

"告诉你，你就答应重新开始吗？"

她似是而非地点头。

姜礼浩深呼吸一口气，重重地说："谢峥然当时说，莳莳，闭上眼睛。"

莳莳发怔。

闭上眼睛？

忽而，她意识到了什么，心头仿佛被人重重地捶击。

他以为自己快要死掉，不忍让她看到自己的惨状，所以才让她闭上眼睛。

"傻瓜，傻瓜……"莳莳一边落泪，一边说了很多个傻瓜。说到最后，她蹲在地上号啕大哭。在这个灿烂的春日里，她怨恨着一个傻瓜，却哭得像一个傻瓜。

再也没有人，比他们爱得更像傻瓜，那么笨拙，那么纯粹，那么莫名其妙。

有些人，一旦喜欢上，就会失恋。

喜欢上谢峥然，莳莳还算不出，她要失恋到什么时候。她只知道，这个期限会无比漫长。

终究还是没能守在你的身边，我的小小少年。

——完——